蜃樓志

清 庾岭劳人 著

凤凰出版社

图书在版编目（C I P）数据

蜃楼志 / (清) 庾岭劳人著. -- 南京 : 凤凰出版社
, 2013.5
ISBN 978-7-5506-1789-6

Ⅰ. ①蜃… Ⅱ. ①庾… Ⅲ. ①章回小说－中国－清代
Ⅳ. ①I242.4

中国版本图书馆CIP数据核字(2013)第094705号

书　　名	蜃楼志
著　　者	(清)庾岭劳人
责任编辑	常宁文
出版发行	凤凰出版传媒股份有限公司 凤凰出版社(原江苏古籍出版社) 发行部电话025-83223462
出版社地址	南京市中央路165号,邮编:210009
出版社网址	http://www.fhcbs.com
经　　销	凤凰出版传媒股份有限公司
照　　排	南京凯建图文制作有限公司
印　　刷	江苏凤凰新华印务有限公司 中国江苏南京经济技术开发区尧新大道399号,邮编:210038
开　　本	850×1168毫米　1/32
印　　张	7.375
字　　数	192千字
版　　次	2013年5月第1版　2013年5月第1次印刷
标准书号	ISBN 978-7-5506-1789-6
定　　价	15.00元

(本书凡印装错误可向承印厂调换,电话:025-68037411)

出版说明

中国自唐以来,凡盐、铁、市舶诸种大利之事,政府往往独揽经营。而贸易包揽制度,起于明万历广东三十六行之牙商。这种制度又仿自盐商贸易,盐商是对内贸易独占,行商是对外贸易独占。康熙二十四年(1685)设粤海、闽海、浙海、江海四海关,凡是对外贸易之事都以“官商”承揽。官商所设贸易行,名曰“牙行”,沿明之制,习称十三行,行商数目通常为十三,亦时有增减。十三行行商亦为朝廷钦定,为政府官吏代表,有对外贸易独占的经济权,外国人不得与中国人直接贸易。因为独占,行商获利丰厚。而粤海关监督,在对外贸易中占有最重要地位。

《蜃楼志》(又名《蜃楼志全传》)小说就是在这样的背景下展开的。小说细腻地描摹了以广州为中心的岭南海关口岸的世态人情、政治经济,勾勒出官僚地主阶级队伍中的一部分成员开始向早期商业资产阶级分化过渡的轨迹,尤其是对中国海关经济史具有重要的认识价值。小说由双线展开:一条是以苏吉士为主的描写其读书、经商等城市社会生活的线索,辅以海关逼勒商人小吏的故事;另一条是以姚霍武为首的山林强人的斗争线索,辅以假番僧摩剌海盗劫掠的故事。双线时有分合,以前一条线索为主。

本书在中国小说史上具有独特的价值。首先,小说形象而深刻地反映了海关口岸的商业经济社会面貌,以及封建官僚制度对新兴商业资本主义制度的禁锢。海关监督勒索行商及下属,逼迫他们填补税饷亏空,继而中饱私囊,行商贿赂海关图利,都在小说中得到形象的反映。小说还描画出封建官僚社会向商业资本社会转化的蛛丝马迹。小说主人公苏吉士就是这种转化的代表人物,他并不热衷读书做官,而是经商发家,诚信待人,乐善好施,生活美满。其次,小说言情也很有特色,“言情而不伤雅”。小说叙述了苏吉士与温素馨、乌小乔、茹氏等女子的恩爱聚散,其中有大量描写苏吉士家庭生活、闺房之乐的篇幅。再次,这是一部清中叶的海关社会谴责小说,堪称是晚清谴责小说的前奏。海关监督赫广大为满足财、色欲望,使出种种伎俩。河伯乌必元为奉承海关升官发财,送女人,送银子,甚至将自己的亲生女儿也送进海关。姚霍武等人一心想报效国家,却不断遭受陷害,无辜被囚禁监牢,最后不得已反上羊蹄岭。小说中的真海盗摩刺,借助妖法蛊惑赫广大,不但骗取劫掠了大量金钱,甚至连海关四位姬妾也拐带走了。这些光怪陆离的现象在晚清的谴责小说中得到了更加充分的描述。

小说的艺术成就较高,具有强烈的时代、地域特征及浓厚的人情味。小说结构精妙,自然展开;语言流畅细腻,人物语言毕肖其身份、地位及境况。郑振铎在巴黎无意中读之,感到“欣慰不已”,并慨叹“名作之显晦,真是也有幸与不幸之分”。戴不凡认为:“就我所看过的小说来说,自乾隆后期历嘉、道、咸、同以至于光绪中叶这一百多年间,的确没有一部能超过它的。”当然,小说也明显受到《红楼梦》《金瓶梅》《水浒传》等书的影响,苏吉士与西门庆、贾宝玉有明显继承关系,其妾施小霞似王熙凤,也很能干,惩治乌岱云一节显然仿自《红楼梦》第十二回《王熙凤毒设相思局》。姚霍武等人起义落草,后被招安与《水浒传》情节有明显的承继关系,人物吕又逵从人名、性格、行动、语言都是《水浒传》中李逵的翻版。

本次出版以法国国家图书馆藏嘉庆九年(1804)刊本为底本,对明显的错漏之处根据别本加以更正;对书中夹有的性行为描写文字加以必要而审慎的删除,并在括号内注明所删字数,全书共计删去一千三百七十八字。我们希望,《蜃楼志》的出版有助于彰显我国古典名作,使广大人民群众能够读到古典小说中的优秀之作。

蜃楼志小说序

小说者何别乎大言？言之也，一言乎小，则凡天经地义、治国化民，与夫汉儒之羽翼经传、宋儒之正诚心意，概勿讲焉。一言乎说，则凡迁、固之瑰玮博丽，子云、相如之异曲同工，与夫艳富辨裁清婉之殊科，《宗经》、《原道》、《辨骚》之异制，概勿道焉。其事为家人父子、日用饮食、往来酬酢之细故，是以谓之小；其辞为一方一隅、男女琐碎之闲谈，是以谓之说。然则，最浅易最明白者，乃小说正宗也。世之小说家多矣，谈神仙者，荒渺无稽；谈鬼怪者，杳冥罔据；言兵者，动关国体；言情者，污秽闺房；言果报者，落于窠臼。枝生格外，多有意于刺讥；笔难转关，半乞灵于仙佛。大雅犹多隙漏，复何讥于自《郐》以下乎。劳人生长粤东，熟悉琐事，所撰《蜃楼志》一书，不过本地风光，绝非空中楼阁也。其书言情而不伤雅，言兵而不病民，不云果报而果报自彰，无甚结构而结构特妙，盖准乎天理国法人情以立言，不求异于人而自能拔戟别成一队者也。说虽小乎，即谓之大言炎炎也可。

罗浮居士漫题

目　录

第一回 拥资财讹生关部 通线索计释洋商

诗曰：

捉襟露肘兴阑珊，百折江湖一野鹇。
傲骨尚能强健在，弱领应是倦飞还。
春事暮，夕阳残，云心漠漠水心闲。
凭将落魄生花笔，触破人间名利关。

坐井不可观天，夏虫难与言冰，见未广者识不超也。裸民诮雾縠为太华，邻女憎西施之巧笑，愧于心者妒于面也。天下如此其大，古今如此其远，怪怪奇奇，何所不有。况男女居室之私，一日一夜，盈亿盈兆，而托名道学者必痛诋之。宵小窃发之端，由汉迄宋，蜂生蚁附，而好为粉饰者必芟夷之。试思：采兰赠芍，具列《风》诗；辛螯飞虫，何伤圣治，奚必缄口不言，而自博君子之名，使后人无所征信乎！

广东洋行生理在太平门外，一切货物都是鬼子船载来，听凭行家报税，发卖三江两湖及各省客商，是粤中绝大的生意。一人姓苏名万魁，号占村，口齿利便，人才出众，当了商总，竟成了绝顶的富翁。正妻毛氏无出。一子名芳字吉士，乳名笑官，年才十四，侧室花氏所生。次妾胡氏生女阿珠、阿美，还未字人。他有五十往外年纪，捐纳从五品职衔，家中花边番钱整屋堆砌，取用时都以箩装袋捆，只是为人乖巧，心计甚精，放债七折八扣，三分行息，都要田房货物抵押，五月为满，所以经纪内如兄若弟的固多，乡邻中咒天骂地者亦不少。此公趁着三十年好运，也绝不介意。

这日正在总行与事头公勾当，只见家人伍福拿着一张告示进来，仔细一看：

监督粤海关税赫为晓谕事：

照得海关贸易，内商涌集，外舶纷来，原以上筹国课，下济民生也。讵有商人苏万魁等，蠹国肥家，瞒官舞弊。欺鬼子之言语不通，货物则混行评价；度内商之客居不久，买卖则任意刁难。而且纳税则以多报少，用银则纹贱番昂，一切羡余都归私囊。本关部访闻既确，尔诸商罪恶难逃。但不教而诛，恐伤好生之德，苟自新有路，庶开赎罪之端。尚各心回，毋徒脐噬。特谕。

万魁心中一吓，暗地思量打点，不防赫公示谕后，即禀差郑忠、李信，将各洋商拘集班房，一连两日，并不发放。

这洋商都是有体面人，向来见督抚司道，不过打千请安，垂手侍立，着紧处大人们还要留茶赏饭，府厅州县看花边钱面上，都十分礼貌，今日拘留班房，虽不同囚徒一般，却也与官犯无二。各人面面相觑，不知葫芦里卖的什么药。内中一个盛伯时道："大人票拘我等，料是凶多吉少。"一个李汉臣道："告示本来利害，你我必须寻一个天大人情。"一个潘麻子道："舍亲在抚台办摺奏，我们托他转求抚台关说如何？"众人都道："极好。"只有苏万魁道："这赫大人乍到此间，与抚台并无瓜葛，如何便可说情？据弟愚见，赫公并非不通关节者，但须直上黄金殿，不必做曲折耳。"众商道："何以知之？"万魁道："前日告示上有'开赎罪之端'一句，这就要拿银子去赎罪的意思了。"众商道："大哥明见！只是要打点他，怕不是数万金，还要寻一个着当人过手。"万魁道："闻得关差此缺系谋干来的，数万金恐不足以了事。"众人道："我们横竖有公项银子，凭兄酌量就是。"

且说这关差姓赫，名广大，号致甫，三十内外年纪，七尺上下身材，为人既爱银子又贪酒色。夫人黄氏，工部侍郎名琮次女。侍妾十余辈。生女八人，还未有子。因慕粤东富艳，讨差监税，挈眷南来。这一日，拘集洋商想他打干。到第三日不见有人来说，唤总管包进才分付道："我的意思你们懂么？"进才道："小的怎不晓得，只是这些商人因向来关部骄养惯了，有些颟顸。小的们先透一个风，他们如不懂事，还要给他一个利害。"赫公点头道："且去办着。"

进才退出房门，叫他的小子杜宠分付："你到班房说，晚堂要审洋商一案，看他们有何说话？"杜宠应声出去。大堂上许多差役问道："二爷，何事？"杜宠说："不消你们伺候，咱自到一处去。"众差役暗暗诧异。

那些洋商正在班房纳闷，只见上边走下一个窄襟小袖、眉清目秀的小爷来，一齐迎上前，问道："爷贵步到这里有何台谕？"那杜宠全然不理，单说："大人分付，今晚带齐洋商听审，大班人役不要误了。"两边班房齐声答应。

杜宠慢慢转身，只见一个软翅巾的人上前挽手道："二爷何不到外边少坐。"那杜宠将他一瞧，说："尊驾是谁？咱还要回大爷的话，好吃早膳，那有功夫闲坐。"这万魁听他的口风已知是跟门上的二爷了，即向身边解下洋表一看，说道："听见大人里面已时早饭，此刻似乎尚早。"这杜宠见他拿着表，便道："借我一看。"万魁双手递过，杜宠仔细把玩：

形如鹅卵，中分十二干支；外罩玻璃，配就四时节气。白玉边细巧镶成；黄金链玲珑穿就。果是西洋佳制，管教小伙垂涎。

原来京里人有个毛病：口气最大，眼光最小。杜宠一见此物，赞不绝口。万魁连忙道："时刻尚准，二爷不嫌，即当奉送。"那杜宠乜斜一双俏眼，带笑问道："爷上姓？"万魁说："贱姓苏。还没请教二爷高姓？"杜宠道："咱姓杜。苏爷，咱们初交，怎么就好叨惠？"万魁道："些微算什么！弟辈仰仗二爷之力甚多，且请外边一谈。"那杜宠方才同到福德祠一间空房坐下。万魁道："前日大人莅任，一切俱照例遵办，未审缘何开罪管押班房，望二爷示知，酬情决不敢草草！"杜宠道："我也不甚晓得，昨日大爷从上面下来，同几个爷们说，老爷出京用的银子太多了，现今那一家有人坐牢，须要设法张罗。看起来，无非要措办几两银子的意思。"万魁道："洋行生意不比从前，敢烦二爷转包大爷，我们凑足五万银子呈缴爷们；二爷的在外，何如？"说毕便打一恭。杜宠拉着手道："苏爷，像你这样好人，再没有不替你商量的，只是此数怕不济事，咱且回了大爷再说。"拱一拱手别去。

这万魁回班房对众人说："看来此事不难了结，只是难为银子些。"众人道："全亏大哥见景生情，兄弟叨庇不浅。只是要用几多银子，必须上紧取了银票来。"万魁道："且等了回信再去取银票未迟，先叫叶兴在关部衙门前铺中借金花边五十元应用。"叶兴去了。

那杜宠跨进宅门，包进才正同一班人门房看牌。这小子打个照会，进才踱到三堂左厢站定，杜宠禀道："小的到班房将大爷的话传出，这些商人着实害怕，一个姓苏的再四央及小的，情愿进奉花银；小的问他数目，他说五万两，爷们的礼在外。"进才道："叫他们不要做梦，这事办起来，一个个要问杖徒。五万银子？好不见世面！不要睬他。"说毕径走上去。杜宠忙到班房，低声告诉万魁道："这事没有影响哩！大爷说，你们问罪都在杖徒以上，这五万银子送爷们还不够，怎么说呈缴大人？咱如今只好告别了。"那万魁连忙袖了金花边三十元，递与杜宠道："小意思儿，给二爷买果子吃，千万周全为妙！"杜宠道："咱效力不周，如何当得厚赐。"万魁道："事后还要补情。"

这杜宠袖着辞去，一路走着，想道："怪不得人家要跟关差！我不意中发个小财，只是要替他出点力才好。"一头想，进入门房。进才坐在一张躺椅上，杜宠打一千，道："敢求大爷，这些商人叫他添些银子，千万替他挽回了罢。"进才睁着眼道："老爷着实生气，还不快去打听。”这杜宠悄悄的走上三堂左厢，转至西书厅，只见跟班们坐的、立的，都在门外伺候。这杜宠笑嘻嘻的问道：“老爷可在书房么？”原来杜宠是十七八岁的小子，十分乖巧，是进才的弄童，除进才外毫不与人沾染，这些人都叫他“杜一鸟”。这日上来打听，一个卜良走来搂住说道：“一鸟官，老爷正在这里唤你。”杜宠道：“老爷从不唤我的。”卜良道：“任鼎在书房中干事，嫌他这半日吸不出精，教你去补数。”杜宠笑道：“好爷，不要耍，停一会书房无事了，给我一个信，好叫大爷禀话。”卜良还要燥脾，众人道：“不要混他，老包要作酸的。”这杜宠一溜烟走了。

却说老赫这日午后在小妾品娃房内吃烧酒、尝鲜荔枝。吃得高兴，狂荡了一会，踱至西书厅，任鼎走上递茶，老赫见这孩子是杭州人，年方十四，生得很标致，叫他把门掩了，登榻捶腿。这孩子捏着美人拳，蹲在榻上一轻一重的捶。老赫酒兴正浓(删四字)，叫他把衣服脱下。这任鼎明晓得要此道了，心上却很巴结，掩着口笑道：“小的不敢。”老赫道：“使得。”将他纱裤扯下，叫他掉转身子。这任鼎咬紧牙关，任其舞弄。毕，下榻，一声“啊呀”！几乎跌倒，哀告道：“里面已经裂开，疼得要死。”老赫笑道：“不妨，一会就好了。”任鼎扶着桌子站了一站，方去开门拿洋攒镀金铜盆。走下廊檐，众人都对他扮鬼脸。这孩子满面红晕，一摆两摆的走出，叫茶房拿了热水自己送上，栏干外取进洋布手巾。

老赫净了手，坐在躺椅上。这卜良招呼进才回话。老赫问所办若何，进才禀道：“这商人们很不懂事，拿着五万银子要求开释。小的想，京里来的人，须给他三十几万两饥荒才打得开；这商人们银子横竖是哄骗洋鬼子的，就多使唤他几两也不为过，总要给他一个利害方好办事。”老赫道：“很是。晚上我审问他们。”进才声喏而出。

先前，杜宠在窗外窃听十分明白，即忙取出随身纸笔，暗写一信，叫人送出。一会儿，进才到了门房，杜宠替他卸下衣服坐定，唤值日头役分付：“大人今晚审问商人。”这头役传话出去。万魁等已先接了杜宠的字，大家全无主意，说道：“公项中银子不过十余万，依着里边意思,还差两三倍,如何设措方好?”只见郑忠、李信二人来,道:“今日晚堂要审。”万魁道:“只怕我们还要吃亏,全仗二位同朋友们左右照应。”郑忠说:“有我们兄弟在此,但请放心。”万魁叹口气道:“向来各位大人如何看待商人,今日出尽丑了。”李信道:“看来要多跪一刻,断没有难为的事。”正说间,只听得吹打热闹,许多人拥进来,慌得众商人顶冠束带,跟到穿堂伺候。这关部怎生排场:

旗竿两处,“粤海关”三字漾入青云;画戟中间,石狮子一双碾成白玉。栅栏上挂着“禁止喧哗、锁拿闲人”之牌;头门口张着“严拿漏税、追比饷余”之示。大堂高耸,四边飞阁流霞;暖阁深沉,一幅红罗结彩。扑通通放了三声大炮;乌森森坐出一位关差。

吆喝一巡,赫公早已升座,分付将洋商带上。只见一个号房拿着衔帖禀道:“广粮厅申大老爷拜会。轿子已进辕门了。”这赫公将衔帖一看,道:“原来师傅来了。”即叫带过一边,快开中门迎接。这赫公慢慢踱下暖阁,申公已从仪门下轿进来了。赫公站在滴水檐下,申公趋步上前打恭,赫公揖道:“又劳师傅贵步。”申公道:“前日早该拜贺,勿怪来迟。”赫公道:“学生还没有登堂。”二人一头说,走进西书房去了。约有一个时辰方才送出,赫公又面约:“明日候教。”申公应许,就在大堂滴水檐前上轿而去。

看官听说:这赫公是个世袭勋衔。现任监督广粮厅,虽与关差不相统属,究竟官职稍悬;况赫公大剌剌的性子,督抚三司都不放在眼里,今日见了申公,如何这般歉抑?原来这申公讳晋,号象轩,江南松江人氏。当年在京师教读,赫公从学三年。后来申公中了进士,选入翰林,赫公袭职锦衣卫,待师傅最为有礼。这申公与宰执大臣不合,京察年分,票旨外用,改铨了广西思恩府烟瘴苦缺,推升陕汝兵备道。后因公错,部议降调,应得同知,却又是这个宰执告诉部中,凡是府佐俱可补用,于是径补通判。今日晋谒海关,也算天末故人,忽焉聚首。

赫公送客后回至二堂,叫带商人上来。两边吆喝一声,按次点名,一齐跪下。向来洋商见关部,一跪三叩首,起来侍立。此刻要算访犯,只磕了三个头,跪着不敢起立。赫公问道:“你们共是几人办事?”万魁禀道:“商人们共十三家办理,总局是商人苏某。”赫公说:“我访得你们上漏国课,下害商民,难道是假的么!”万魁禀道:“外洋货物都遵例报明上税,定价发卖,商人们再不敢有一点私弊。”赫公冷笑道:“很晓得你有百万家财,不是愚弄洋船、欺骗商贾、走漏国税,是那里来的?”万魁道:“商人办理洋货十七年,都有出入印簿可查,商人也并无百万家资,求大人恩鉴。”赫公把虎威一拍,道:“好一个利口的东西! 本关部访闻已确,你还要强辩么? 掌嘴!”两边答应一声,有四五个人走来动手。万魁发了急,喊道:“商人是个职员,求大人恩典。”赫公喝道:“我那管你〔职圆〕职扁,着实打!”两边一五一十孝敬了二十下。众商都替他告饶。赫公道:“我先打他一个总理,你们也太不懂事,我都要重办的!”分付行牌,将一伙商人发下南海县,从重详办。又骂郑忠、李信道:“这些访犯理该锁押,你两个奴才得贿舞弊,如何使得?”三枝签丢下,每人赏了头号十五板,另换茹虎、毕加二人管押,即便退堂。

众人走出宅门,仍旧到了班房,各家子侄都来问候,万魁含羞不语。这茹、毕二人拿着几根链条走来,说道:“众位大爷,不是我们糟蹋你,大人钧语是大家听见的,只好得罪,将来到府赔不是罢。”众商个个惶恐。早有书房宋仁远、号房吕得心走来说道:“大人这样分付,也是瞒上不瞒下的,你们何苦如此。”茹虎道:“郑、李二位是个样子,倘若上面得知,难道我两个不怕头号板子的?”宋、吕二人说好说歹,送他三百两银子才担当出去。万魁道:“我们的事怎生害郑、李二公受屈,也叫人送二百两银子去暖臀。”众商道:“只是我们还要商量,难道由他发下南海县去不成?”万魁道:“他如此妆做,不过要多银子,但为数太多。”众商道:“如今我们众人连局中公费,共凑二十万,大哥再凑些,此事可以停妥么?”万魁道:“我横竖破家,事平之后,这行业再不干了。诸公但凑二十万,其余是我添补。只是里边没人出来,宋兄可有计策?”宋仁远道:“里面的事都是包大爷作主,教小弟通个信,理当效劳;只是许他多少?”万魁道:“料来少也无益,如今众人打算三十万之数,门礼另送,吾兄谢仪在外。”宋仁远道:“谢仪到不要说。”连忙起身进去不题。

却说万魁之子笑官,生得玉润珠圆,温柔性格。十三岁上由商籍夤缘入泮,恐怕岁考出丑,拜从名师,在布政司后街温盐商家,与申广粮少君荫之、河泊所乌必元子岱云、温商儿子春才一同肄业。这一日,万魁在班房叫笑官到身旁。说道:“我虽吃亏,谅亦无甚大事,你只管回去读书。”这笑官附耳说道:“停一会宋老官出来,不论多少都应许他,但愿无事便好。”万魁点头。这洋商们也有问他近读何书的。也有问他可曾扳亲的。

此时已有掌灯时候,万魁道:“你回书房去吧,恐怕关城。”笑官道:“城门由他,就陪父亲一夜也好。”正说间,宋仁远走来,众人问道:“所事如何?”仁远道:“弟方才进去,一一告诉包大爷,他说:‘老实告诉你说,里边五十万,我们十万,少一厘不妥,叫他们到南海县监里商量去!’看他这等决裂,实是无法。”一番话说得众人瞪眼。这笑官插嘴道:“父亲许了他,五十万待孩儿去设法,性命要紧。”万魁喝道:“胡说!难道发到南海就杀了不成!”笑官不敢言语,宋仁远也就去了。

众商道:“苏大哥,事到如今,我们只得听天由命了。”只见杜宠已到,扯着万魁道:“我们借一步说话。”万魁即同至西边小阁中坐下。杜宠道:“咱受了苏爷的赏赐,还没报效,所以偷空走来。此事上边原没有定见,全是包大爷主张。我想出一个门路,不知苏爷可能钻得着否?”万魁急问道:“是那一位?”杜宠道:“就是今日来的申广粮。他是我们老爷的师傅,最相好的,说一听二。若寻人去恳求他,三十万之数决可以了事,明日申公到这里喝酒,一说必妥;包大爷给他千数银子也就是了。”万魁道:“承教多多,无不遵命。”杜宠道:“速办为妙。”径自别去了。

万魁走出外边，众商问道："这人又来则甚？"万魁道："这人一片好心，替我们打点，这会子看来有八分可办，但是此时且不要泄露。"因叫笑官附耳道："你速回馆中去，拜求先生明日一早到广粮厅去，恳求申大老爷周旋此事，你再到家中取了三十万银票，即同先生亲送与申公，托他代送，日后我自重报。"笑官连声答应去了。

再说笑官的先生姓李，名国栋，号匠山，江苏名士。因慕岭南山水，浪游到粤。温盐商慕名敦请，教伊子春才读书，后因匠山表叔申公谪任广粮，即欲延伊教读。匠山不忍拂温商好意，因此连申荫之都在温家一处读书。这温商待先生的诚敬与万魁无异，匠山琴剑不觉稽留了三年。

这日，笑官出城探父，匠山在灯下与荫之等纵谈古今人品，这乌岱云如无闻见，温春才已入睡乡，惟有申荫之点头领会。正讲到前汉陈万年卧病，召伊子陈咸受教床下。语至半夜，咸睡，头触屏风，万年欲杖之，曰："乃公教汝，汝反睡耶！"咸叩头曰："具晓所言大要，教咸谄也？"因说道："万年昏夜侍疾，其事丙吉，固失之谄，而陈咸卒以刚愎败。士大夫立朝，惟执中为难，又不可学了湖广中庸也。"正说间，春才忽然大叫道："不好了，早上姊姊捉一蝴蝶，我把丝线系在帘下，方才看见他飞去了！"匠山道："不要胡说！你先去睡罢。"又叫岱云也睡，对荫之道："春郎果然梦见蝴蝶，则庄周非寓言矣。"因各大笑。

忽见馆僮禀道："苏相公来了。"那笑官走进书房，作了个揖站着。匠山问道："你进城如何恁迟？"笑官道："父亲有话恳求先生，教学生连夜到馆的。"匠山问何事，笑官道："申老伯系赫公师傅，里边有人送信出来；此事但得申公一言必妥。敢求先生明早到署中一谈，家父恩有重报。"说毕连忙跪下。匠山扶起道："你且说个原委，教我得知。"笑官便将关部如何要银子、父亲如何受责、后来如何送信出来，一一告诉。匠山道："可不是，你父亲受屈了，明早自当替你父亲一行，今日且睡。"

不知匠山向申公如何说法，且看下回。

第二回　李国栋排难解纷 苏万魁急流勇退

诗曰：

飘然琴剑足艰辛，五岭周游寄此身。
留得青毡报知己，砚池波去是阳春。

裕国通商古货源，东南泉府列藩垣。
已知乾没非长策，小筑花田晚灌园。

话说这广粮厅署在归德门外、制府辕门右首。申公虽是个观察降调，却也不肯废弛公事，捕盗盘盐、海防水利，诸务极其勤慎。公事之暇，诗酒遣怀，署中高朋满座，诗社联标，这李匠山也不时兴会。这日清早，申公出署，由督抚藩臬处转到运司署前，缘运司谈了一会军工厂船务，回衙已是巳初光景。这李匠山已等候好一会了。申公来到后堂，匠山领着荫之、笑官上前相见。申公道："贤侄师生济济，来得恁早。"匠山道："有事恳求表叔，未免来得早些。"申公道："匠山那有求人之事！"匠山道："小侄无非为他人做嫁衣裳而已。"申公笑道："吾侄为人作说客，为官乎，为私乎？"匠山也笑道："侄儿为人作说客则为私，还要表叔为人作说客，然即为官也。"便指着笑官道："这苏芳的父亲万魁，表叔向来认得的，近因赫关差新到，要他们代还京帐，昨日糟蹋了一顿，如今情愿输诚馈纳三十万两之数。因表叔是赫公旧交，转烦侄儿代恳。想来排难解纷，亦仁人君子之事。”言毕，这笑官忙跪下叩头道：“家父事在危急，望大老爷拯救，父子没齿不忘报也！”申公扶起道：“世兄请坐。尊公急难，自当竭力周全，只是我与先生都非望报之人，洋行百万花边，不足供吾侬一噱耳。”匠山道：“表叔冰操，诚然一介不取，侄儿却要索他瓶洋酒以遣秋兴。”申公道：“这么，我也当得分惠。”匠山叫笑官将三十万两银票送上。申公道：“今日请我赴席，一搭儿说去就是。”这笑官又叩谢了。匠山分付笑官先回，自己同蔚之到上房去请了表婶的安，然后与幕友们闲谈不题。

笑官出了粮署，叫轿夫抬到关部前，暗暗的告诉父亲，即便进城去。一路上思量道：“我父亲直恁不寻快活，天天恋着这个洋行弄银子，今日整整送了这十余万，还不知怎样心疼哩。到底是看得银子太重，外边作对的很多，将来未知怎样好。”又想道：“我也不要多虑，趁先生不在，且进内房与温姐姐顽耍，也算忙里偷闲。”一头想，已到门首，下了轿，走进书房。温、乌二生已上越秀山顽去了，笑官分付大家人苏邦道：“你到关部前打听老爷的事，再来回我。”又叫小子阿青回家去告诉太太奶奶们放心。遣开二人，自己卸了衣帽，穿上一件玉色珠罗衫，走出书房后门，过了西轩，进了花园。

此时五月初旬，绿树当头，红榴照眼，他也不看景致，竟到惜花楼下。只见一个小丫头，拿着几枝茉莉花，叫道：“苏相公，我家小姐请你穿的珠串子可曾有了？”笑官道：“小姐可在里边？”丫头道：“大小姐在楼下，二小姐在三姨房内打牌。”

原来这温商名仲翁。乃浙绍人氏。正妻史氏生子春才，妾萧氏生大女素馨，次妾任氏生次女蕙若。这惜花楼三间，便是二女的卧室。笑官十一二岁上走熟的，而且温家夫妇要将次女许他，因年小未及议亲，所以再不防闲了。这素馨一十五岁，知书识字，因慕笑官美貌，闻得爹妈要将妹子配他，颇有垂涎之意。屡屡的与笑官挑逗。笑官年纪虽小，却也懂得风情，只因先生管束得严，还未能时刻往来，谈笑入港。

这日走到楼前，只见素馨斜靠妆台，朦胧睡着，笑官忙向小丫头摇手，潜步至他身后，将汗巾上的丝线搓了一搓，向素馨鼻中一消。这素馨“呀啐”一声，打一个呵欠，纤腰往后一伸，这左手却搭到笑官的脸上，说道：“妹妹不要顽，我还要睡哩。”笑官将头一探，对着素馨道：“不是妹妹，到是兄弟。”素馨红了脸，道：“兄弟，你几时来的？”笑官道：“来了好一晌了。”那小丫头道：“他方才来的。”素馨请他坐下，问道：“今日怎的有空儿进来？”笑官道：“今日同先生出城，我先到家，渴极了，进来要茶吃。”素馨道：“难道外边没有，可可的跑进里边来要？”笑官道：“里边的好些。”素馨即叫丫头去泡茶，又笑道：“一样的茶，有甚好歹！”笑官道：“姐姐的东西，各样都好，这桌上半碗茶我先吃了罢。”素馨道：“是我吃残的。”即伸手去夺碗。笑官早已一吸而干，说道：“虽是姐姐吃残，却有点儿口脂香味。”素馨道：“你太顽皮，将来年纪大了，还好天天说顽话么？”笑官道：“大了才好顽呀。”素馨道：“前日听见你家伯伯替你对亲了。还好同我们顽么？”笑官道：“那个我不依，必要姐姐这样人对亲才好。”素馨道：“不要喷蛆，我要打的！”笑官走近身来，猴着脸道：“但凭姐姐捡一处打。”素馨道：“谅你这皮脸也禁不起打，饶你罢。”笑官扯着他的手道：“不怕，我偏要你打一下。姐姐这么藕样白、绵样软的嫩手，也打不痛人的。”这笑官右手拿着素馨的左手，搁在自己脸上，左手却伸进素馨右边袖里。这暑月天气，只穿一件大袖罗衫，才伸手进去，已摸着这个光光滑滑、紧紧就就的小乳儿。素馨把身子一缩，道：“孩子家越发这般罗唣了！”笑官即放手，却勾住他的肩膀说道：“好姐姐，我们那边去顽顽罢。”素馨道：“不要说顽话，外边有人来了。”

这笑官将脸靠着香腮，正要度送，那丫头茶已送到，素馨连忙推他坐好，问丫头：“怎么去了这些时候？”丫头道：“他们都在姨娘房里看斗牌，这茶是才泡起来的。”素馨道：“太太没有问什么？”丫头道：“太太问谁要茶，我说苏相公从园中来要茶吃。太太说：‘这孩子不读书，又躲进来了。你叫他再坐一坐，我有话问他。’”素馨道：“兄弟，你到前头去去再来罢。”笑官道：“我不爱去，他叫我坐坐，我就在这里坐一天。”因对小丫头说：“你到前头去，看太太顽完牌我再去罢。”那丫头真个去了。这笑官走到素馨身边道：“好姐姐，你慧舌生莲，香甜去处赏我尝一尝罢。”便像要拢上身的光景。这素馨虽然心上爱他，却怕有人撞见，说道：“这个只怕使不得。”因挽着他的手叫：“兄弟，我陪你前头去，先生若不回来，晚上说话可好么？”笑官再三的央告，先要亲一亲，素馨真个由他噙着樱桃，试其呜咂，又伸手去胸前细细的抚摩了一会儿。依他的愚见，毕竟要摸脐腹下去，素馨好意便肯。两人携手望前边来。正是：从此薄他琼浆味，陡然偷得女儿茶。

却说温商次妾乃是蕙若生母，这日大家在他房里斗混江，史氏输了几块洋钱，正要换手，只见笑官同素馨走进，叫声“伯母”，作一个揖。史氏道：“大相公，不要这样文绉绉，快来替我翻本。”这两位姨娘也都寒温了。史氏即扯笑官坐在萧姨娘肩下。这蕙若却立起身说道：“我身子困倦，不顽了。”史氏叫素馨补缺。蕙若说声“少陪”，花摇柳摆的去了。史氏问笑官道：“我听得你们老爹受屈，怎样了？”笑官道：“今日为着这事，同先生去张罗了半天，已有九分停妥了。多承记挂。”这里三人入局，史氏旁观，一会儿喊道：“不打热张打生张，大小姐要赔了！”一会儿又说：“萧姨娘，十成不斗，心可在肝上？”又一会儿喝采道：“好个‘喜相逢’，大相公打得很巧。”这萧氏歪着身，斜着眼道：“大相公这样巧法，只怕应了骨牌谱上一句：‘贪花不满三十’哩。”笑官掩着口笑，素馨却以莲勾暗蹑其足。真是有趣：

赌博赌博，盛于闺阁。饱食暖衣，身无着落。
男女杂坐，何恶不作！不论尊卑，暗中摸索。
任他贞洁，钗横履错。戒之戒之，恐羞帏薄。

再说赫关部从到任以来，日日拜客请酒，督抚司道已经请过，诸人也都回席，这日单请府厅州县。早上起来，坐了八人大轿，摆着全副执事，天字码头拜客，顺道拜会申广粮，却未会面。回署后，番禺县马公禀称:“下乡勘验,不能赴席。”赫大人着人分头邀请广州府木公、佛山厅卜公、澳门厅邓公、广粮厅申公、南海县钱公,又有外府州三位是:肇庆府上官益元、潮州府蒋施仁、嘉应县时卜齐,共是八位。开桌四席,主人横头陪坐,梨园两部承应。

午后,申公先到,赫公接进后堂坐下。赫公道:“今早学生专诚晋谒,师傅在运司处未回,足见贵衙门应酬甚繁,闲话也难凑巧。”申公道:“多谢宠光,有失迎迓,风尘俗吏,殊累人也。”赫公道:“前日匆匆,没有询及近况。世兄多少年纪了?”申公道:“目前景况不过‘清贫’二字;小儿荫之,年已十六,现在从师读书。”赫公道:“师傅因公谪官,将来很可恢复,学生遇有便处,定当出力一谋。”申公道:“这仕途升降,久矣不在心窝,只要不误我的酒场诗社许多狂兴就是了。今日却有一俗事商酌,想来无不可言。”赫公道:“不知何事委办?”申公道:“就是那洋商苏万魁的儿子,现与小儿同窗读书,昨日再三恳告,说他的父亲已自知罪,情愿以而立之数纳赎。准情酌理,似乎尚在矜全之列,不知钧意若何?”赫公接口说道:“学生不晓得他与师傅有交,因他过于小觑关差,所以薄责几下。既蒙台命,怎敢不依?学生即叫人释放便了。”说罢,传话出去,开释众洋商。申公也就将银票递过,赫公举手称谢,将票装入一个贴身的火浣布小荷包里面。外面已报广、肇二府到,赫公接进。须臾诸客到齐,歌舞生春,烟花弄景,直到二鼓将残,众人方散。赫公独留申公至内书房,洗盏更酌,并叫家姬们浅斟低唱。正是:

酒人无力已颓然,红袖殷勤劝席前。
不识华堂旧歌舞,白头可肯说青年。

再表众洋商放出班房,送了杜宠五十元金花边、包进才一千两细纹,这包进才晓得事已停妥,随分笑纳了。万魁别了众人,坐轿进城,先到李先生处致谢。此时匠山已回,诸学生也都在坐,万魁走进书房,叩谢匠山道:“若非先生肝胆照人,小弟焉有今日!”匠山道:“朋友理当,何必言谢。此事全仗吾兄之银、家表叔之力,我何功之有?”万魁道:“先生高怀峻品,小弟何敢多言,只好时时铭刻便了。但小弟尚有一事相商。”匠山道:“破格之事,可一而不可再,吾兄还当自酌。”万魁道:“小弟开这洋行,跟着众人营运,如今衣食已自有余,一个人当大家的奴才,真不犯着,况且利害相随,若不早求自全,正恐身命不保。”匠山大笑道:“吾兄何处得此见道之言,这赫关差看来倒是你的恩师了。如今怎样商议?”万魁道:“小弟愚见,意欲恳求先生向申公宛转辞退洋商,若关部不依,拼着再丢几两银子,先生以为何如?”匠山道:“急流勇退,大是名场要着。但是辞商一事,不便再求家表叔转弯,就是辞退要有一个名色,才不是有心规避。”万魁道:“还求先生指示。”匠山沉吟一会道:“你横竖打算丢银子,何不趁关陇地震,城工例;加捐本班先用,你是个从五品职衔,丢了万数银子,就可以出仕了。只是捐班出身也同开洋行一般,上司一个诈袋,但到掣选时候,却不去由你自便。我们商量,先一面着人进京加捐,然后禀退商人;他再没有不许你做官、硬派你为商的道理。这不是又光采又稳当的事么?”一席话说得万魁色飞眉舞,说道:“先生高见,小弟茅塞顿开,敢不努力。”

正说间,温商回家,特地进来看万魁,慰问一番,分付备酒压惊。摆上一张紫檀圆桌,宾主师弟依次坐下。万魁说起不做洋商及加捐之事。温商道:“这事甚好,只是仁兄恭喜出仕,我们就会少离多了。”万魁道:“那个真要做官,不过借此躲避耳。”那春才插口道:“苏伯伯,不要做官!”匠山笑道:“春郎,你怎么也晓得做官不好?”春才道:“前日我看见运司在门前过,这雄赳赳的皂班、恶刺刺的刽子手,我很有些怕他,如若做了官,不是天天要看他凶相么?”温商道:“可算呆话!”匠山道:“此话呆而不呆。这些狐假虎威、瞒官作弊的人,却也可怕。”万魁道:“据小弟愚见,不但不为商、不做官,要在乡间择一清净地方,归乎农圃,以了此生。”匠山道:“此乐不可多得,苏兄不要太受用了。”大家谈笑畅饮了一回,万魁辞去。

明日,备了礼物叩谢申公。单收了洋酒百壶、贺兰羽毛布十四,其余礼物一并赵璧。万魁过意不去,特地造了一张玻璃暖床、一顶大轿,着儿子送去,再三恳求,申公勉强受了。一面打发家人赍银进京加捐,他在花田地方买了地基,起盖房屋。

真是钱能通神,事无不妥。不止一日,家人报捐事毕,由盐务千里马上寄回部照。万魁看过,因写了一个禀帖,自己到关部投递。这包进才送进禀帖,赫公看:

具禀商人苏万魁为恳恩准退洋商事:

商于嘉靖三年二月充当洋行经纪,五年八月遵太清官斋坛例,捐纳盐提举职衔。今因关陇地震,城工许一切军民等加捐先用。商向日维诚,观光有志,已遣人进京加捐本职先用,领有部照。窃思役系办公之人,官有致身之义;身充商户,何能报效国家?惟有仰恳宪恩,俯赐查核,开除洋行经纪姓名,另行佥点,俾得赴部候铨,则感戴二天,涓涘图报矣。再:商子芳,年十四岁,系广州番禺县附生,例不应顶补,合并声明。为此具禀。

这赫公是个爽快朋友,看完了,即提笔批了“仰即开缺另佥”六个字。进才回道:“这个,老爷且不要批准,他因前日吃了亏,是有心规避,还可以刁蹬些银子。”赫公道:“我那管他有心没心,这洋商的缺,人家谋干不到手,他不要就罢了,那个强他!况且朝廷城工紧项,正要富商踊跃,我们怎好阻挠?”分付将原禀发出。这万魁在外边正怀着鬼胎,一见此批,满心欢喜,即忙回家。正是:我今游彼冥冥,弋者更何所慕。

众商见万魁告退,也就照他的样式,退了几个经纪名字;要想充补的,因进才唆弄,指勒多钱,也都不敢向前。有人题于海关照壁:

新来关部本姓赫,既爱花边又贪色。

送了银仔献阿姑，十三洋行只剩七。

万魁别了关部门前众朋友，进城到布政司后街，叫轿夫先回，走进书房，向匠山说明此事。又道：“小弟已于花田觅一蜗居，不日就要移居了，小儿仍侍先生读书。”匠山道：“苏兄果然有此高致，定当奉送乔迁。”万魁道：“那时定当叩请文轩，光辉蓬荜。”拱手别去，跟着两个家人步行回去。

打从仓边街口经过，只见街上一簇人乱嚷，一个喊道：“怎么，欠了饭钱还要打人么？”一个说道：“俺银钱一时不凑手，你领着众人打我，难道打得出银子来？”一个道：“他还这等嘴硬，兄弟们，大家动手！”这班烂仔都一齐上前。那人呵呵大笑道：“不要顽，你们广东人海面上也还溜亮，登了岸是不中用的。”这些人叫道：“他这侉子说我们是洋匪哩，快打他一个死！”众人一拥上前，那人不慌不忙说：“不要来。”两手一架，众烂仔东倒西歪，有的磕破头，有的碰折手，有的说自己的人撞倒了他，有的说脚底下踹着石块滑跌了，倒也好看。

万魁向来看见遇难之人也不经意，因受了一番磨折，利名都淡，仁义顿生，即分开众人，上前问道：“你们何故打闹？”一后生答道：“小人在这巷口开小饭店，这个客人从三月初三日歇在小店，一直吃到昨日，四个多月了；说明每日二钱银子，共该二十四两六钱。收过他四两什么文丝银子，一副铺盖算了三两二钱，几件旧衣、一个箱子，共准了六两九钱，共收过十四两一钱。除文丝耗银不算，外净欠银子十两零五钱。小人连日问他讨饭钱，他总说没有，反要打人。世间有这个道理么？”那个客人也上前分说道：“俺姚霍武，山东莱州人氏。投亲不遇，流落饭店。欠他几两饭钱是真，他领着多人打俺，爷看见的。俺不直打他。”那后生骂道：“你这山东强盗，众人也打你不过，与你见番禺县太爷去！”众烂仔上前扭他，万魁劝住，道：“何必如此！”即向家人口袋中取出十两重纹银五锭，送这客人，道：“这银子还他余欠，剩下的做盘费回乡，不宜在此守困。”那人即忙拜谢道："萍水相逢，怎叨原贶！请问爷高姓大名？"众人道："这是洋商苏万魁老爷。"那人道："大名刻骨，会面有期！"举手别去。

众人从未见洋商有此种行事。且看下回。

第三回　温馨姐红颜叹命　苏笑官黑夜寻芳

诗曰：

春云薄，楼前有女窥帘箔。窥帘箔，心香一瓣，为郎焚着。回身向抱今非昨，夜深暗打灯花落。灯花落，有何佳兆，教奴认错。

院宇无人移鹤步，踏破苍苔，那管衣沾露。漫指山幽丛桂处，云迷不见阳台路。　唧唧秋虫吟不住，伊笑侬痴，侬自寻欢去。乌鹊休将河鼓误，天孙昨夜开窗户。

如今不说苏氏翁结识英雄，要题温家女流连花月。圣人云：冶容诲淫。分明是人不要淫他，他教人如此的。盖因女子有了几分姿色，他便顾影自怜，必要好逑一个君子，百般的寻头觅缝，做出许多丑态来。全在为父母的加意防闲，守着"男女有别"四字，教他有淫无处可诲。《礼》经云：十年出就外傅，居宿于外，男女不同席，不同椸架，不同巾栉。种种杜渐防微之意，何等周密。世人溺爱小儿女，任从一处歪缠，往往幽期密约，蔽日瞒天，雨意云情，翻江搅海，那为父母的，还在醉梦里，说道："他们这点年纪晓得什么来。"噫，过矣！穴隙逾墙人共晓，何须庭训与师传。

温素馨绣阁藏娇，芳年待字，生得来眉欺新月，脸醉春风，只是赋情冶荡，眼似水以长斜；生性风流，腰不风而静摆。从那日在楼下与笑官谈笑之后，荡心潜生，冶态自描，每日想笑官进来顽耍。

这日在他生母萧氏房里下了几局围棋,已是掌灯时候,只见他父亲笑嘻嘻走来,对萧氏说:“素馨年长,我还未曾择婿;蕙若看来要许苏家的了。他家移住花田,大约来春过礼。”又对他道:“你不要对妹子提起,省得又添出一番躲避。”素馨答应了走出,心中一忧一喜。忧得是妹子配了苏郎,自己决然没分;喜的是父亲不教躲避,我亦可随机勾搭。

走到惜花楼下,因天气渐凉,两人的卧房已都移到楼上去了。素馨上了胡梯,蕙若迎到,说道:“姊姊为何此刻才来?”素馨道:“我下了两盘棋,所以来迟。妹妹在房中做些什么?”蕙若道:“我绣了些枕项,身子颇倦,到姊姊房中,看见桌上的《西厢记》,因看了半出《酬简》,就看不下去了,这种笔墨不怕坐地狱么?姐姐,还有什么好的,借妹子看看。”素馨道:“没有别的了,就是这曲本也不是我们女孩儿该看的,不要前头去说。”蕙若道:“妹子晓得。我们吃晚膳罢。”素馨道:“我不吃了。”蕙若往他房去吃完晚膳,略坐一会,也就睡了。

素馨自幼识字,笑官将这些淫词艳曲来打动他,不但《西厢记》一部,还有《娇红传》、《灯月缘》、《趣史》、《快史》等类。素馨视为至宝,无人处独自观玩。今日因蕙若偷看《酬简》,提起崔、张会合一段私情,又灯下看了一本《灯月缘》,真连城到处奇逢故事,看得心摇神荡,春上眉梢,方才睡下。枕上想道:“说苏郎无情,那一种温存的言语,教人想杀;说他年小,那一种皮脸倒像惯偷女儿。况且前日厮缠之际,我恍恍儿触着那个东西,也就教人一吓,只是这几时为何影都不见?”又想道:“将来妹妹嫁了他,一生受用,我若先与他好了,或者苏郎告诉他父亲,先来聘我也未可知。”又想道:“儿女私情,怎好告诉父亲,况妹妹才貌不弱于我,这段姻缘多分是不相干的了。”一时胡思乱想,最合不上眼,披衣起来,手剔银釭,炉添沉速,镜台边取了笔砚,写道:

新秋明月,窥人窗下,阿奴心事难描画。莲瓣拖鞋,银灯着花,拈来象管乌丝,写“柳腰瘦来刚一搦”。他既爱咱,咱如何不爱他？冷着衾儿，热着心儿等呀。提了他的乳名儿，呐呐喃喃的骂，我的俏冤家，同谁闲磕牙？奴葳蕤弱质，看凋谢。愿得红丝牢系足，他不负咱，咱如何敢负他？

写毕，低低的念了几遍，落下两行情泪。侧听谯楼已交四鼓，仍复上床躺下，朦胧睡去。只见笑官走近床前，说道："姐姐，这么好睡？你的花轿到门了。"素馨笑吟吟的说道："人家睡着，你怎么就到床前来，也不怕丫头们看见！"那笑官坐在床上并不做声，伸手进他被里，细细的抚摩一会，将次摸到爱河边际。素馨假意推他道："这个摸不得。"笑官连忙缩住手，道："不敢。可惜姐姐一身羊脂玉，被别人受用。"素馨道："好兄弟，我说摸不得是顽你的，你要怎样只好由你，那一个敢受用你姐姐？"笑官道："你早已许嫁乌江西了，我受用的是蕙妹妹，与你撒开。"素馨急道："兄弟，你好薄情！"笑官道："我便是情厚，你的花轿已经到门了，有甚想头？"

素馨听了此言，也不顾羞耻，赤身坐起，扯着笑官的手哭道："好兄弟，姐姐爱你，定要嫁你，你娶了我妹妹，我情愿做妾伏侍你。"笑官道："你偷上了小乌，情愿嫁他，如何又说爱我？"把手一推，素馨忽然惊醒。窗外下了几点微雨，那晓光已透进纱窗了。素馨面上流泪未干，将摸未摸之物，津津生润。想道："好怪梦，我妹妹要许苏郎，父亲说过；那个乌江西先偷上我，我便嫁他？放着苏郎不偷，我就是没出息的了，又找寻什么小乌。"又想道："他每日要到花园中荼蘼架来解手，我今日且到园中候他，等个机会。"须臾，日上三竿，起身梳洗，出色打扮，但见：

轻匀脂粉，盈盈出水芙蕖；斜亸云环，隐隐笼烟芍药。黄金凤中嵌霞犀，碧玉簪横关宝髻。眉分八字，浑同新月初三；耳挂双环，牢系明珠一对。红罗单裤，低垂玄色湘裙；白绉长衫，外罩京青短褂。正是：凤头婉步三分雨，鸦鬓斜拖一片云。

素馨梳洗已毕，又对镜端详了一会，丫头送上茶汤，呷了几口，便对丫头说道：“你在楼下等着，我到园中看看桂花就来。”即摆动金莲，一霎时进了园门。走过迎春坞、玩荷亭，曲曲弯弯，已到折桂轩外。心中想道：“那边是书房到荼蘼架必由之路，我只坐在轩里望着就是了。”慢慢的走进轩中。

原来老温人品虽然村俗，园亭却还雅驯。这折桂轩三间，正中放着一张紫檀雕几、一张六角小桌、六把六角靠椅、六把六角马杌；两边靠椅各安着一张花梨木的榻床，洋罽炕单，洋藤炕席，龙须草的炕垫、炕枕，槟榔木的炕几。一边放着一口翠玉小磬，一边放着一口自鸣钟。东边上首挂着“望洋惊叹”的横披，西边挂着吴刚斫桂的单条。三面都是长窗，正面是嵌玻璃的，两旁是雨过天青蝉翼纱糊就的。窗外低低的一带鬼子墙，墙外疏疏的一二十株丹桂。馨姐坐下想道：“苏郎此刻不知可曾早饭否？早些来便好，倘若迟了，母亲同丫头们来到这里，岂不弄巧反拙？”因对着这将开未开的桂花玩了一回，又叹了一回，道：“奴与桂花一样，只是你不久放开，飘香结子，奴不知还在何时哩。”正在沉吟，忽见桂林中有人站着，馨姐认是笑官，正欲唤他，却见这人面貌黑魆魆的，身量也比笑官长大了许多，就在纱窗里面往外瞧。看此人一手撩起小衣，一手拿着累累坠坠的东西，在那里小解。馨姐一见，吓得心头弼弼的乱跳，暗想道：“这人不知是那个，亏得他不曾见我，倘若被他看见，不是今朝要上当了么。”一头想，早已红透桃腮，香津频嗽。那人解了手也就去了。

馨姐等了一回，心中烦闷，深恨笑官无情，不如回房去罢。看官听说：馨姐此一恨也就无谓之极了，他并未曾约你在此相会，你又未尝递一个信儿与他，说我在此等你，那个是你肚里蛔虫，猜着你的尊意？因是心情颠倒，一味胡思。

然而他们邪缘该合，这馨姐走不上数步，只听得后面叫道：“姐姐为什么一个人在这里？”馨姐猛然听见，只道还是方才那人，心上老大吃惊，低头竟走，不敢做声。听得又叫道：“好姐姐，为何今日不理我?”一头说,已走至背后。馨姐回头一看,原来是笑官,便道:“我看了好一会桂花,要进上房,你叫唤我做甚?”笑官道:“好姐姐,我有话告诉你。这轩里无人,略坐一坐罢。”即挽着他手来到轩中。馨姐道:“你不理我罢了,为什么又扯我进来?”笑官道:“好姐姐,你方才不理我,我怎敢不理你?”馨姐道:“你早上——”才说出三个字,就缩住了口。原来他还记着梦哩。笑官道:“我早上没有什么呀。”馨姐道:“我问你,早上因何不进来走走,莫非怪了我么?”笑官急得乱嚷道:“我若怪姐姐,就是那猪狗!”馨姐忙陪笑脸道:“兄弟受不得一句半句话,便要赌咒,何苦?”笑官道:“总是我瘟倒运,从着这个先生读书,一早起来做功课,到晚还不得空,影儿也不许离开书房。”馨姐道:“兄弟,你也不要烦恼,这读书是好事,将来还要中举、中进士做官哩。”笑官道:“我也不想中,不想做官,只要守着姐姐过日子。”说罢,走来同坐在一张椅上,左手勾着馨姐的颈,将脸渐渐的偎上来,说道:“姐姐今日越发打扮得娇艳了,我要闻一闻香气。”那只右手却从衣襟下伸进去了。馨姐半推半就,也将一只手搭在笑官肩上,说道:“兄弟,莫顽,被人看见不雅。”笑官道:“此刻再没人来的。”一头说,这只右手在胸前如水银泻地一般,淌来滚去;又如孩子咂奶头一样,得了这个又舍不得那个。细细的将两点鸡头小乳摩弄一番(删九字),馨姐身子往后乱缩。这笑官一手紧紧搂住,一手已按着这(删四字),含葩豆蔻,真个魄荡魂飞。馨姐已入情乡,也就不大保护。

笑官正要扯他裤子,吾欲云云,不料小丫头来请吃饭,一路的喊来。馨姐远远听见,忙推开笑官。这笑官道:“明日先生到广粮厅去,我夜里进来罢,你不要关门。”素馨点了点头,即便走出,那丫头差不多已到面前了。馨姐说:“吃饭罢了,忙些什么!”丫头道:“饭已摆下了,二小姐叫我来请的。”又说道:“大小姐,你右边鬓上松了些。”馨姐道:“方才被花枝扎乱的。”即将手掠了一掠,扶着丫头回去。正是:魂惊杜宇三更梦,棒打鸳鸯两处飞。

笑官消停了一会儿才敢出来,到了书房,匠山问道:“为何去了许久?”笑官不敢做声。春才道:“想必他是捉蟋蟀去的。”匠山也不理他,分付笑官道:“但凡一个人,父母付我以形骸,天地与我以情性,就有我一番事业了。你们此刻读书,则经史文章就是你们事业,余外皆可不问。”笑官诺诺就坐,心里想道:“我看你年纪也不很老,难道就不懂得一点人情,天天说这样迂话?我恍恍儿记得,书上有什么‘饮食男女,人之大欲’,这就不是圣贤教人的话么?”又想道:“好一个有情的温姐姐,方才若不是丫头一路叫来,我已经尝着滋味了。”又转念道:“幸喜得我还溜亮,下手得早,摸着那个东西,明日晚上就尽我受用,再无推托了。只是先生虽去,还要生一条好计遣开众人才好。”这叫做:设就牢笼计,来寻窈窕人。

话提两广总督庆公,单讳一个喜字,是个国家的长城,庶民的活佛,智勇兼备,文武全材。也系功勋之后,由户部司员洊升副宪,后因随征有功,加尚书衔,放了云贵总督,再由浙闽调两广,抚剿洋匪,都中机宜。这日从沿海一带查阅回来,寻思:“这粤东虽然富庶,但海寇出没无常,难保将来无患;这督抚提标及各镇协营,堪资陆路城守。凡沿海各营都是有名无实,倘猝然有警,殊费经营。”又想:“近海州县居民,多有被人逼迫入海为盗者,倘绥之以恩,激之以义,谁非父母妻子仰赖之身,必欲自寻死路?”因刊了告示,遍贴晓谕:

两广督师庆为思患预防、募收乡勇事:

照得本制府叨蒙宠眷,秉钺炎方,历任有年,事宜详悉。一切未雨绸缪之意,尔官吏军民人等谅所稔知。兹因洋匪伺衅骚扰,挠乱海隅,劫我人民,掠我商贾,本制府既分饬各镇将等协力擒拿,仍不时训练亲标,翦除妖孽。虽海氛乍靖,而余逆未歼,上负主恩,下辜民望,焦虑实深!因念尔沿海居民,多被逼胁入海为盗者,今赦其既往之愆,如果技勇超群,奋思投效,不妨赴该州县衙门报名注册,着州县官申送来辕,听候甄别录用。其材力殊科者,酌给月俸,俾其还乡,协同营弁,随时堵御，捍护乡村，一俟擒斩有功，汇题授职。庶几无事则共相守望，有事则倡义同仇，于捕盗事宜不无小补。本制府言出赏随，各宜努力，毋得自误功名。特示。

庆公出示后，各州县纷纷投报者约数百余人。庆公自经考选，分为三等：上等者每月俸银三两，次二两，又次一两，皆出宦囊，并未动一毫国帑。这个人自为守、家自为防的主意，虽未必能弭盗，而民之为盗者却就少了许多，庶乎正本清源之一节。

这八月初三日，庆公接着旨意，调任川陕，所有总督关防，暂交广东巡抚屈强署理。庆公一面交待，想着这乡勇一事，后人未必肯破悭为国，当即会同抚院三司，商量一宗公项，为将来久远之计，更欲立碑一通，以纪其事。因思广粮申倅是个翰苑名流，谕他撰述。申公向来原佩服庆公的，从前祝寿诗中曾有"我非干谒偏投契，公有经纶特爱才"之句，所以一诺无辞。但申公案牍劳形，暂借诗词消遣，这古文繁重，那有心绪做他，因请匠山代笔，约他衙中晚叙。这日傍晚，带了荫之一同出去。

列公听说：匠山未去之先，这笑官肚中已不知打了多少草稿；匠山一去，就如郊天大赦一般。方欲开谈，那春郎早跳出位来，说道："好混账的先生，日里不去，偏要夜里！我们三人赌他半夜钱罢。"乌岱云道："我也要回去玩玩，少陪了。"笑官正中下怀，因假作正经道："书房中不好赌钱的，老春不要太高兴了。我也不回去，也不赌钱，还是多睡一回养养神好。"春才道："你今天也学起先生来了！我不管你们，还是进去与姐姐斗蟋蟀罢。"笑官道："这个一发使不得，我要告诉先生的。"春才也不理他，两三跳跑进去了。笑官暗暗跌脚道："这不是又多了一会耽搁了！"闷闷的只盼太阳落尽。

须臾，掌上了灯。吃过夜饭，打发家僮们去了，进了西轩，歪在床上。约略一更人静，慢慢的出了房门，来到园门口。这门是里边拴上的，被他轻轻的开了，悄悄走到园外来。但见一天月亮，四壁虫吟，树影参差，花香浓馥。远林中微微弄响，心中也很吃惊，只因色欲迷人，便是托胆前去。迤逦寻来，早到惜花楼下，只见人声寂寂，两扇朱门已经闭上，推了一推，分毫不动；侧耳细听，里面隐约有人，却又辨不出那一个的声息。笑官想道："难道姐姐忘了不成？"又想："决无此理。昨日在轩中那种可怜可爱之情，何等浓厚！临别叮咛点头会意，决不爽约的。想必还在前头，否则老春吵闹。嗳，老春，我与你有什么冤仇，你来阻我好事？你看霎时月色无光，想必要下雨了，这怎么处！"左等右等，约有一个时辰，听得更鼓已交三下，心中悔恨，又下了一阵微雨，只得冒雨而回。

石路已湿，滑了一交，爬起来好不懊恼。一步一步闪进园门，到自己房中和衣睡倒。定了一会神，却又想起来替他圆融，道："姐姐再不这样无情的，必有原故。只是我千难万难，巴得一空，如何再得机会来。"又屈指一算，道："到这中秋节下，先生必要放学，我如今将功课缓些下来，只说节间补数，先生自然准的。明日清早先生不得就回，我跑进去问个明白，约一后期便了。"想定主意，也就脱衣睡着。所谓：刘郎未得天台路，只有相逢栩栩园。

再说素馨这日也就同笑官一样的巴着天晚，到了午后，有一个两姨姊妹、施家的女儿来看姨母，素馨推身子不好，不去陪他，他偏到房中来探望，因是向来投合的，只得同他叙了一回闲话，送了出去。巴到傍晚，只见春郎笑嘻嘻的，叫人拿着许多蟋蟀盒，跑上楼来叫道："今日好了，先生一夜不回来，姐姐，你的'蟹壳青'呢，拿来与我这只'金翅'斗一斗！"素馨道："我不同你斗，前日妈骂过一遭了。"春郎道："不怕他的。他再骂我，我就寻死。他房里不放着刀么？那天井里的井有盖子么？我寻个死，叫他养个好些的出来。"素馨道："不要说痴话了。"春郎道："说痴话的就是狗。我只要这么做做，不怕妈不央及我；我难道真个寻死？你说我好不乖哩。"素馨道："我今日心上不耐烦，你去同妹妹顽罢。"春郎道："妹妹同施姐姐在外边吃酒呢。你不高兴，我去叫了苏兄弟来，我们三人顽他一夜。"说罢，竟要出去喊他。素馨扯住道："不要闹了，我不喜欢他。"春郎道："你向来喜欢他的，怎么今晚不喜欢起来？想必他近来学了假道学,得罪姐姐了,我替他陪礼罢。"就是一个揖。素馨又好气又好笑,只得同他斗了一回。无奈春郎的蟋蟀再不肯赢,一连打输了十几个,春郎再不肯歇,素馨只得将这只蟹壳青送了他,方才欢欢喜喜下去。

素馨想道:"今日施家妹妹在此,料要到后边来宿的,苏郎若来,必定不稳,我须先到园中候他来,说明了才好。"正要下楼,只见他妈萧氏挽着施家女儿小霞,同了蕙若并几个丫头,一群儿说说笑笑的走上楼来,素馨只得迎上前去。小霞道:"姐姐身子不好,何不早些睡,还做甚么活计?"素馨道:"也没甚大不好,有些怕风。"萧氏道:"想必着了点凉。施小姐要来看你,我同着他来的。你今日身子不好,妹子又小,停一会同到我房中去睡罢。"素馨心上一宽,只是这班人说了许多闲话,再不肯下去。素馨懒懒待待的。小霞道:"我们不要捉弄他了,到蕙妹妹那边下棋去罢。"因走过蕙若房内。

素馨和衣睡在床上,再也不敢下去开门。直到雨过天晴,方才听得他们出去,剩几个丫头在楼作伴,伺候了半夜,放倒头已不知天南地北。素馨听得明白,下了床,拿着灯,悄悄的开了房门。下了楼梯,将西角门轻轻的开了,却不见一些人影。暗忖:"难道兄弟没有来么?"将灯细细的一照,却见阶沿石上有两个干脚迹印,因叹道:"累他守了半夜,他虽去了,不知怎样恨我。苏郎苏郎,你只道是我负你,我却也出于无奈。"于是,也不关门,竟上楼安睡。

第四回　折桂轩鸳鸯开谱　题糕节越秀看山

诗曰：

乍入天台路转迷，吃虚心事有谁知。
风飘落叶防消息，香解重衿善护持。
凭我惊疑情更好，怜卿羞怯兴偏痴。
明宵密约须重订，只在星移斗转时。

瑞雪何曾到岭南，秋风依旧卷层岚。
菊花突向壶中绽，海气横随笔底酣。
笑我登高逢白露，阿谁携酒买黄柑。
只应愁绝江湖客，旅馆回头最不堪。

苏笑官一觉醒来，天已大亮，众人多未起身，忙穿上衣服，望园中竟走。因恐怕先生回来，两步当一步的，飞奔至楼下。这楼门却是开的，听得楼上毫无响动，轻轻的上了胡梯，推开房门。素馨已经睡醒起身，心中也要打算趁着无人，好候笑官到来，告诉昨夜的原委，披着一件大红绵纱短袄，还没穿好，坐在床沿上兜鞋。听得房门一响，笑官已至面前，也不做声，倒在素馨怀里，簌落落泪下如珠。素馨一手抱住他，一手将汗巾替他拭泪，低低的说道："好兄弟，不要伤心，你昨晚受了委曲了。"因告诉他，如此这般原故，"你不要怪我无情。"笑官收了眼泪，说道："我呢，怎敢怪姐姐，只怪自已缘浅，千巴万巴，巴得先生去了，谁料又是这样！”因探手入怀，扪着胸前道：“可惜姐姐这样人材，我却没福消受。”素馨道：“不要说断头话，我们须要从容计较。”笑官道：“我也想来，今天不是初七了？迟了四五天，先生一定放学，我只说要在这里读书，那时就可进来了。”素馨道：“我因昨日阻碍，也仔细想来，这里紧靠着妹子的房，他虽然年纪小，却也不便，不如我们约定日子，在折桂轩中相叙，你道如何？”笑官道：“很好，只是难为姐姐受风露了。”素馨笑道：“你昨日经了雨，我难道不好受点露么？”笑官道：“好姐姐，我的魂都掉在你身上了。”又伸手摸到下边，说道：“我们后会还远哩，今天先给我略尝一尝罢。”素馨道：“此刻使不得的，丫头们要起来了。”笑官只是歪厮缠。素馨道：“你不听见那边楼板响么？我送你到园中去罢。”因起身系上裙子，挽一挽乌云，携手出房，佯唤道：“你们还不起来？”那丫头们应道：“都在此穿衣了。”

二人同下楼来，进了园门，走到迎春坞侧，素馨道：“你去罢，我不送你了。”笑官道：“姐姐，这里再坐一坐罢。”素馨道：“他们要来寻我的。”笑官不由分说，一把拖到坞中，双手抱住，推倒在榻。素馨道：“使不得的。”笑官也不做声，扯下他的裙裤，自已也连忙扯下了，(删十二字)就像英雄出少年，有个跃马出阵的光景。素馨忙将两手撑拒，道：“好兄弟，不是我一定不依，一来恐怕丫头来寻我，二来恐怕你先生回来，有人寻你，这不是闹破了头，你我都见不得人了？还是依计而行的好。”这笑官究竟年轻胆小，听见“先生”二字，早已麻木半边，况日上三竿，正是先生回来的时候了，两手略松一松，素馨已立起来，穿好裙裤。因见他还没有穿，说道：“你看这个，什么样子！还不穿好了去？”笑官因扯他手道：“你替我穿一穿，你看这个不可怜么？”素馨把指头在他脸上印了一印，摇着头道：“未必。”洒脱了手，飞跑出去。笑官忙穿了裤，赶出来道：“不可失约的嘘！”素馨回头道：“晓得了。”

笑官急急回至书房，却[好]先生也到。分付了课程，笑官回道：“学生因感冒风寒，腹中时时作痛，求先生减些功课，至中秋节下补数罢。”匠山道：“中秋散馆之[期]，你不肯顽，还能补偿功课，这很使得；但是，到了临时，不要又推别故。”笑官道：“学生一人在此清静读书，自当尽心竭力，不敢有误的。”正是：只为书中原有女，不妨座右暂[无]师。

李匠山到了八月十四日散了学，自与申荫之回广粮署中，约定二十四日重来，又分付笑官道：“你在此潜心读书，到十八日我还来，同你去送你父亲移居。”笑官唯唯惟命。送了先生出门，回到书房，分付苏邦道：“你回去告诉老爷说，我因欠了功课，在此补偿，节间不得回家，你就在家伺候差遣，我这里有阿青伏侍。”苏邦答应而去。

笑官寻思道：“里头不知今夜放馆，还须我自己进去透一消息，今夜方妥。”即同春郎从中堂走进，行至上房，见了史氏，说明在此打搅原故。史氏着实喜欢，对春郎道：“苏兄弟在此读书，你也好跟着温习温习。”春郎道：“我叫温春[才]，不叫什么温习，我妈不要闹了。”说完，已自跳舞而去。史氏叹道：“这个样子几时才好！”笑官道：“他又不欠功课，先生又没有分付，伯母也不要拘紧他了。侄儿还要姨娘姊妹房中去看看。”这史氏携着他手，到萧氏、伍氏两处。

笑官的相貌本来讨人喜欢，各房兜搭了一会，来到后楼，那素馨因春郎进来，已晓得今天放学，一见母亲同笑官上楼，便笑嘻嘻的迎上前来，说道：“苏兄弟，如今是好了，为什么还不到家中去呢？”史氏替他说明原委，又对着笑官道：“大相公，你还年小，只怕先生去了，外边冷净，你拿铺盖搬到我外房睡吧。”笑官心里吓了一跳，连忙道：“侄儿年纪虽小，胆子很大，况有家人们陪伴，不怕的。”史氏道：“既然如此，我也不来强你，只是黄昏时候还到里边来热闹热闹，这读书也不在乎一时一刻的。”笑官道：“晓得。”坐了多时，都不能与素馨说一句体己话，只得趁史氏回头，将手势做作一番，素馨点头会意，也就出来。

在书房中应酬了些功课，天已晚了，待得阿青等安睡，却见秋月当空，正是蟾窟探香之候：

华月满阑干，酝酿一天秋色，却好谯楼更鼓、又频敲时节。

风怀骀宕可人心，此况凭谁说。拟向花房深处，化作双蝴蝶。

笑官拿了一床温柔被褥，悄出园门，来至轩中。喜得月上纱窗，轩中照得雪亮。将被褥好好的放在榻上，候了一会，虽然色胆如天，却也孤栖动念，走出轩中，望玩荷亭一路迎将上去。远远的望见人影，笑官忙喊姐姐，却不做声，过前细看，方知是沁芳桥畔的垂杨树影，倒吃了一惊。又慢慢走过迎春坞边，刚刚素馨走到。笑官如获至宝，两手搀住，说道："我的好姐姐，难为好姐姐了。"素馨轻轻的说道："低声些。"两人携手同入轩中，笑官将他抱住，偎着脸道："姐姐脸都凉了。"即替他解了上下衣裙，月光射着肌肤，分外莹白。细细摩玩一番，说道："姐姐，人都说月下美人，却不晓得月下美人下身的好处哩。"便欲解他裤子。这素馨推开他手，竟往被里一钻；笑官忙脱衣裤，掀进被来，两手抱住，真是玉软香温，娇羞百态。（删二十二字）

轩幽人悄月正斜，俏多才，把奴浑爱煞。奴蓓蕾吐芽，豆蔻含葩，怎禁他浪蝶狂蜂，紧啃着花心下。奴又恋他，奴又恨他。告哥哥，地久天长，今宵将就些儿罢。

笑官初入佳境，未免贾勇无余，不消半刻时辰，早已玉山倾倒。于是，揩拭新红，互相偎抱。笑官道："姐姐，你为什么都不言语，今夜不是我在这里做梦么？"素馨道："教我说什么呢？"笑官道："方才可好么？"素馨道："疼得紧，有什么好处！"笑官摸着下边说道："（删十六字）到了第二回就好了。"素馨捏着他的手道："不要动了，我们略睡一睡回去罢。"真个朦胧睡去。片刻醒转，笑官欲再赴阳台，素馨不肯，再三央及不过，只得曲从。这回驾轻就熟，素馨则款款相迎；覆雨翻云，笑官则孜孜不怠。春风两度,明月西归,忙起身整衣。笑官扶着素馨送他回去,再嘱明宵。素馨应允,又说:“还有话告诉你:你日间到里边来,须要尊重些,切不可轻狂,被人看出破绽。”笑官道:“我晓得的。”正是:形迹怕教同伴妒,嘱郎对面莫相亲。

笑官与素馨一连欢会了两三夜,这段如漆似胶的光景,也难絮言。再说苏万魁在花田盖造房子,共十三进,百四十余间,中有小小花园一座。绕基四围,都造着两丈高的砖城,这是富户人家防备海盗的。内外一切装修都完,定于八月十八日移居新宅。先期两日,预将动用家私什物送去,金银细软都于本日带着起身。这省城中送他的亲友,何止数十余家,尽在天字码头雇花姑船,备着酒席相待。匠山也同温仲翁、笑官在内。这万魁在家料理停当,叫苏兴、苏邦两房家人,在豪贤街看守老宅,并伺候笑官,再叫家人、仆妇、丫头们拥着家眷先行,自己坐轿先到各家辞了行,方才到船。早有各家家人持帖送礼,并回明主人在此候送。万魁心中老大不安,忙过各船,一一申谢,又说明到各府辞行,所以来迟的缘故。众人各各擎杯劝饮,直到日色平西,方才作别。众人还要送至新居,万魁再三辞谢,并面订明日专人敦请,务望宠光,众人也都允了。万魁又与匠山执手叮咛一番,同了笑官开船自去。

不到一个时辰,已到花田地方泊住。原来花田是粤省有名胜境,春三士女攘往熙来,高尚的载酒联吟,豪华的寻芳挟妓。此际仲秋时候,游人却不甚多。万魁的住房,却又离开花田半里之遥。他叫家人们搬取资财,自己与笑官步行前去。

转过田湾,已望见黑沉沉的村落、高巍巍的垣墙;门首两旁结着彩楼。看见他父子到来,早已吹打迎接,放了三个炮,约有五六十家人,两边厮站。笑官跟着父亲,踱进墙门。过了三间大敞厅,便是正厅,东西两座花厅,都是锦绣装成,十分华丽;一切铺垫,系家人伍福经手,俱照城中旧宅的式样。上面挂着一个“幽人贞吉”的泥金匾额,是抚粤使者屈强名款。右边一匾,是申广粮题的“此中人语”四字；左边一匾，是广州府木公送的“隐者居”三字。正中一副对联是：“德可传家，真布帛菽粟之味；人非避古，胜陶朱猗顿之流”，款书：“吴门李国栋。”其余谀颂的颇多，不消赘述。

进去便是女厅、楼厅，再后面便是上房，一并九间。三个院落，中间是他母亲的卧房，右边是他生母的，左边是姨娘的。再左边小楼三间、一个院子，是两位妹子的。笑官问他母亲道：“你们都有卧处，却忘记了替我盖一处卧房。”他母亲道：“你妈右首那个朝东开门的院子里头，不是你的房么？我已叫巫云、岫烟收拾去了。”

笑官便转身来到花氏房内。天井旁边有座假山，钻山进去，一个小小的圆门，却见花草缤纷，修竹疏雅，正南三间平房，一转都是回廊；对面也是三间，却又一明两暗，窗寮精致，黝垩涂丹。看了一回，便叫丫头：“拿我铺盖安在前头右边房内。”他自己仍走进来。

万魁分付正楼厅上排下了合家欢酒席，天井中演戏庆贺，又叫家人们于两边厅上摆下十数酒席，陪着邻居佃户们痛饮，几乎一夜无眠。到了次日，叫家人入城，分请诸客，都送了“即午彩觞候教”帖子，雇了三只中号酒船伺候，又格外叫了一班戏子。到了下午，诸客到齐，演戏飞觞，猜枚射覆。只怕：昔年歌舞处，日暮乱鸦啼。

笑官在家住了三日，只说功课要紧，急急赶进城中。到了书房，先进去见了史氏，代母亲谢了前日的盛仪，说母亲将来一定要屈伯母到乡间去谈谈。又到后边与姊妹们相见，真是四目含情，有一日三秋之意。暗暗的约定了晚上机关，即便出外。

挨到更深夜静，依旧拿了被褥，带了火种，来至轩中，踅到楼门等候。不多久，素馨浓妆艳抹的出来，上前挽手。笑官勾肩偎脸，细意端详，素馨道：“不要这样孩子气。我前日告诉你的话怎么样子？”笑官道：“我曾告诉母亲，他说：‘前日父亲曾说要聘他家第二位小姐，你心上要聘大小姐，想必他标致些。也是一样的，我慢慢的对你父亲说罢。’看起来，此事有八分光景。”素馨搂着说道：“好兄弟，就是你父亲不依，聘了我妹子，我也要学娥皇的。”笑官道：“只要你我心坚，何愁此事不妥。况且母亲是最爱我的，父亲又最听母亲说话的。”两个解衣就寝,狂了一会。笑官道:“此时我还年小,将来大了,还有许多好处哩。”素馨道:“且不要提后来的话,假如先生到来,只怕你就不敢来了,怕不等到年纪大么。”笑官道:“这个我还恳求姐姐日里到此叙叙罢,倘若不能,岂不急死了我!”素馨道:“日里究竟不便,我们须要约定时刻,隔三两天一会方好。”笑官道:“这个不难,我们隔一天一叙,到那时,隔夜定了时辰,大家看了钟表便不错了。”说罢,又狂起来。素馨道:“天已四更了,还不睡一睡么?”笑官道:“我倒要睡,只是这小僧不依,他在这里寻事。”素馨打了他一下,着意周旋一番。正是:拥翠偎红谁胜负,惺惺那复惜惺惺。

后来,李匠山开了馆,他们果然隔日一叙,虽不甚酣畅,却喜无人得知。

日月如梭,转瞬重阳已到。这省中越秀山,乃汉时南粤王赵佗的坟墓,番山禺山合而为一山,在小北门内。坐北面南,所有省城内外的景致,皆一览在目。匠山这日对众学生说道:“凡海内山川,皆足以助文人才思。太史公倡之于前,苏颍滨继之于后,今值登高佳节,不可不到越秀山一游。但不可肩舆,致遭山灵唾骂。”于是师弟五人,带了馆僮,缓步出门。到了龙宫前,少歇片时,然后登山,浏览一回,至僧房少憩。倚窗望去,万家烟火,六市嚣尘,真是人工难绘。又见那洋面上,绘船米艇,梭织云飞。诗兴勃然,援笔立就:

秋风吹上越王台,乘兴登临倦眼开。
瓦错鱼鳞蒸海气,城排雉堞抱山隈。
珠楼矗向云间立,琛舶纷从画里来。
野老何须悲此会,千年宫殿也蒿莱。

——《登越秀山》

故吏龙川自起家,东南五岭隔中华。
任嚣有策真功狗,陆贾何能笑井蛙。
帝为老夫修祖墓,天生此土界长沙。

古今兴废归时运，奚必群嗤丞相嘉。

——《吊赵王墓》

写毕，立起身来。有老僧上前道：“老爷的诗稿可送与衲子，以光敝刹。”匠山道：“和尚想是作家？我却班门弄斧了。”那老僧说：“山僧虽不知诗，但名人选客在此间题咏极多，大概都效捻须故事，如老爷这样捷才，实所罕见。定当贮以纱笼，为重来忆念。”匠山一笑而别。

五人曲折下山，申荫之道：“此刻有诗无酒，未免贻笑山神，先生何不叫家人回去，取些酒菜前来，就在山坳一饮？”匠山道：“汝见亦是，但你们年纪尚轻，席地欢呼，旁观不雅，还是回去赏菊为佳。”

于是，五人回转书房，在前轩设了酒席，对着五六十盆秋菊共相斟酌。匠山道：“今日登高归兴，不可闷饮，我起一个令，在席各说《诗经》五句：四平一句，四上一句，四去一句，四入一句，要挨着平上去入四字，说错一字，罚酒一杯。我饮了令杯，先说：‘云如之何’、‘我有旨酒’、‘信誓旦旦’、‘握粟出卜’、‘其子在棘’。”说毕，将令杯传至岱云面前。

岱云想了一想道：“‘关关雎鸠’、‘窈窕淑女’——”匠山道：“‘淑’字入声，错了，吃一杯。”岱云道：“学生《诗经》不熟，情愿多吃几杯罢。”匠山道：“那不依，你且先吃了，再想下去。”岱云只得说道：“‘正是国人’、‘维叶莫莫’、‘妻子好合’。”匠山道：“‘国’字入声，‘人’字平声，错了，吃两杯；‘维’字平声，错了，吃一杯，共吃三杯。”原来岱云《诗经》不熟，酒量颇高，即便一连饮了。

交到荫之，荫之说：“‘宜其家人’、‘匪兕匪虎’、‘上帝甚蹈’、‘乐国乐国’、‘兄弟既翕’。”匠山道：“‘弟’字活用从上，死用从去。这是死用的，以去为上，吃一杯，另换。”荫之饮了又说：“‘于汝信宿’。”方才交过。

本该轮到春才，匠山却先递与笑官。他站起说道：“该温世兄先说。”匠山道：“你说了再递过去也是一样。”笑官便说：“‘於乎哀哉’——”匠山愀然不乐,道:“四平颇多,何必定说此语！且吃了半杯,另换。”笑官红着脸吃了,又说:“‘人之多言’、‘有瞽有瞽’、‘是类是祃’、‘绿竹若箦’、‘童子佩韘’。”匠山道:“‘如’字误作‘若’字,文虽通而字则错,当吃两杯。”笑官饮了。

匠山道:“春郎不必说了,吃三杯缴令罢。”春才道:“我不依,我也要说。第一句是‘诗云周虽’,岂不是四个平声么?”匠山道:“此令你本来不能的,是我错了,你快吃三杯,另换一个雅俗共赏的。”春才吃了,匠山道:“如今我们大家说个最怕闻的、最怕见的、最爱闻的、最爱见的,押个韵脚。我先饮令杯。”便说道:

最怕闻:学妆官话吓乡邻、晚娘骂子妻嫌妾、蠢妇同僧念佛声。

最怕见:贪吏坐堂妓洗面、财主妆腔和尚瞀、老年陡遇棺材店。

最爱闻:聪明子弟读书声、好鸟春晴鸣得意、清泉白石坐弹琴。

最爱见:总角之交贵忆贱、绿野春深官劝农、御史弹王真铁面。

说毕,又道:“你们不要挨着年纪,先有的便说出来。”荫之便接口道:

最怕闻:练役关门打贼声、市井吟诗谈道学、后生嘲笑老年人。

最怕见:宦海交情顷刻变、胁肩幕客假山人、推托相知扮花面。

最爱闻:弓兵喝道不高声、三春燕语三更笛、悠悠长夜晓钟鸣。

最爱见:传胪高唱黄金殿、天涯陡遇故乡人、花烛新郎看却扇。

笑官也便信口说道：

最怕闻：春日檐前积雨声、巧婢无端遭屈棒、邻居夜哭少年人。

最怕见：凶狠三爷恶书办、佳人娇小受官刑、粤海关差虎狼面。

最爱闻：画廊鹦鹉唤茶声、新词度曲当筵唱、夜半花园倒挂鸣。

最爱见：日长绣倦抛针线、秋千飞上九霄云、月下逢人遮半面。

说毕，岱云道："学生只每样说一句，情愿再罚几杯。"匠山道："你且说。"岱云便道：

最怕闻：隔壁人家新死人——

匠山道："这是抄吉士的意思。"岱云道："我先想着。"又说道：

最怕见：阴司十殿阎罗面。

最爱闻：琵琶弦索摸鱼声。

最爱见：家中姊妹娘亲面。

匠山道："过于粗俚，况《摸鱼歌》是广东的曲名，去了'歌'字却搭不上'声'字。"春才道"我也只说一句"：

最怕闻：门前屋上老鸦声。

匠山道:“亏你!”春才将手指着匠山,又说道:

最怕见:书房里头先生面。

众人大笑。匠山也笑道:“他倒说的实话。”春才又道:

最爱闻:家人来请吃馄饨。
最爱见:腊梅花开三四片。

匠山道:“末句却好。你且说,有何可爱之处?”春才道:“到腊梅花开两三片时,先生要放学了,岂不爱见么?”众同窗大家喷饭。

匠山评道:“温、乌两生‘自郐以下无讥’。荫之名心重些,却还着实;‘花烛新郎’句虽纤巧,也是少年人自有之乐。吉士色心太重,少年人所当炯戒;况夜半时倒挂鸟鸣,有何好听?唯‘关差’一句,本地风光,却见性情。合席各饮一杯收令。”

正在酒酣时节,只见馆僮禀道:“申大老爷差人要见。”匠山分付唤进。来人禀说:“老爷着小的请师爷同少爷到衙,今日家乡有府报到来。”匠山大喜,道:“你先回去,我随后便来。”于是一面雇轿,吃了晚饭,师生两人一同出城。

至广粮署中,申公叙了寒温,将匠山的家信递过。匠山拆开看时,是:

父字付国栋儿阅:

儿粤游已三载矣。五次家书俱已收到。近知象轩表叔照应,深慰我心。唯是暮年有子,远寄殊方,汝母倚闾,令予恻念。芳时佳节,能弗凄然!来秋乡贡之年,汝当束装北归。孙阿垣今春游泮,吾二老借此开颜。来年父子秋闱,各宜努力,未知谁是吴刚斧也。

匠山看过，即送与申公看了一遍。申公道："尊翁寄我之书，也嘱我劝驾，未审贤侄主见如何？"匠山垂泪道："小侄落魄浪游，不过少年高兴，蒙表叔台爱，诸公厚情，以致迁延三载，顿伤父母之心，明春定当北归，以慰悬望。"申公道："很是。荫之我已替他援例，叫他跟你回去，同进乡场。令郎恭喜游庠，今年多少年纪？"匠山道："小儿年才十四，一时侥幸罢了。"申公道："后生可畏，愈见庭训渊深。"即分付备酒贺喜。席间又告诉匠山道："这里自庆大人去后，胡制军不识几宜，屈抚台又是偏执性子，洋匪案件日多，我虽闲曹，恐亦未可久羁于此。况赫致甫近来越发骄纵，将来必滋事端。我前日规劝他一番，他徒面从而已。贤侄在此权住几天，遣我愁闷。"匠山应允，打发家人进城说知。

下回另叙。

第五回 承撮合双雕落翮 卖风流一姊倾心

十三娇女，中酒浑无主。玉体横陈芳艳吐，漏下刚三鼓。花房手自摩挲，多情婉告哥哥：伏乞怜奴娇小，于归缓渡银河。

凭栏独起早，轩外残花未扫，蓦地情人先到了，这段姻缘偏巧。　狂风骤雨草草，惹得波翻浪搅。几遍迂回蹂躏，苦多甜少。

却说笑官等从先生出门后，重整杯盘，再添肴馔。乌岱云酒量既高，性尤狡猾，说道："拘束了一会，此刻我们三人轮流豁拳，开怀畅饮，直吃到先生回来！"说罢，早与春才三四五八的乱豁起来。春才输了六七拳，酒已半醉。笑官道："两人豁拳不如三人抬轿。"便与岱云串通。春才接连吃了十数杯，不觉得已是手舞足蹈，闹一个了不得。只见跟先生的人回来，述了先生的话。岱云听得要住几天，即起身说道："先生既不就回，我且回去。"笑官道："又没有世嫂在家，慌什么呢？"岱云道："趁着酒兴下河走走，你爱顽就同我去。这扬帮、潮帮、银硃街、珠光里、沙面的大小花艇，都是我爹爹管的，老举们见了我，不敢不奉承，要几个就几个。"笑官听说，也颇高兴，只因恋着馨姐，要想趁先生不在，再叙夜情，因说道："我不去，怕先生知道。"岱云道："这个地方，先生做梦也不晓得的。只是你还年小，上不得钳口，不要被他们嫖了去。"说一声"少陪"，竟自去了。

春才道:“他方才说什么?”笑官细细的告诉了他。春才说:“这陌生人有什么好顽?我同你到里头去,与姐姐妹妹顽顽,难道不好?”笑官笑了一个死,说道:“此顽不是那顽。”春才道:“我偏不依,今天偏要同你进去顽!”便一把扯住笑官走。这吃醉的人有什么轻重?笑官只得同他进去。到了上房,喊道:“母亲呢?”那史氏走来,见他东倒西歪的扭住笑官,忙喝道:“还不放手!你看大相公的衣服都弄绉了!”春才道:“他不肯进来顽,我扯他进来的,我放了他,他就要溜了。”史氏道:“大相公这么客气,这里同家中一样,拘什么呢。春儿放了手,你醉了。”春才道:“我不醉,我还要扯他到后边去顽呢。快拿酒来,我们兄弟姊妹一块儿顽。”这史氏真个叫丫头备酒。笑官道:“伯母不要理他,再吃不下酒了。”一头说,已被春才扯了走。史氏一面分付拿酒菜到后楼,自己想道:“他们这么相好,倒也很像郎舅,等他们四个孩子闹去罢。”正是:那识顽童如伏鼠,近来佳婿暗乘龙。

春才扯着笑官直至楼上,那姊妹二人正吃夜饭。春才嚷道:“快些拿酒菜上来!我们吃一夜,顽一夜。老苏怪,不肯来,拼命扯他来的。快些关了门,不要跑去!”姊妹二人连忙让坐。素馨问道:“苏兄弟,久不会面,为什么呆了许多?”春才道:“他假斯文,我偏不许他斯文,快拿酒来吃。”两姊妹正摸不着头绪,只见丫头已送上酒菜来,说道:“太太说,大相公已醉,大小姐做个主人,劝苏相公吃杯罢;书房中夜饭不送去了。”又对春才说道:“太太说,相公少吃杯,吐了不好看。”春才道:“吐的便是狗!”素馨见是母亲分付,便叫丫头抹桌摆菜。

笑官坐下,素馨、春才也依次坐了。蕙若道:“我不会饮酒,我少陪苏家哥哥罢。”春才立起身来说道:“是你年小,是你刁猾,乱我号令。你不会饮酒?我看见你也吃过的!先罚一大杯!”说毕,扯蕙若坐下,斟了酒想要灌他。蕙若见他来得凶猛,忙说道:“哥哥,不要灌我,吃了就是。”春才道:“众人各干了门面杯,听我号令。”真个大家干了。春才道:“我今天簇新学了一个令,你们都要听我分付。”三人都应了。春才左想右想，再想不出什么令来，忽然把素馨姊妹一看，说道：“有了！你们两个不是女儿么！”众人都笑将起来。春才道：“不许喧哗！如今各说一句女儿怕、女儿喜，也要押个韵。我是个令官，要老苏先说。”笑官便说道：

女儿怕，金莲忽坠秋千架；女儿喜，菱花晨对看梳洗。

春才道：“不大明白，吃一杯。”笑官饮了。素馨说道：

女儿怕，两行花烛妆初卸；女儿喜，绣倦停针看燕子。

春才道：“花烛是最可喜的，反说可怕，不通不通，也吃一杯。”

原来蕙若的才貌不减素馨，且是赋性幽闲，不比素馨放浪，自与笑官议亲，父母虽则瞒他，却已有三分知觉，往往躲避笑官。这日行令，见姐姐风骚，早已红晕香腮，因道：“我不懂什么令，情愿罚一大杯。”春才道：“你天天做诗写字，怎么不会行令！要不说，吃十大杯！”即便斟一大杯酒。蕙若怕他用武，只得吃了，说道：

女儿怕，女伴更阑谈鬼怪；女儿喜，妆台侧畔翻经史。

春才道：“第二句最惹厌的，吃一杯，听我说。”蕙若又吃了酒。春才道：

女儿怕，肚里私胎栲栳大；

又指着笑官道：

女儿喜，嫁个丈夫好像你。

蕙若羞得低头不语，素馨以足暗蹑笑官。笑官说道："这句不通。怎么说像我，不说像你？也要罚一杯！"春才道："我这尊容不如你，人家不喜欢的，你不相信问他两个，还是爱我，还是爱你？"素馨道："不要说混话，快吃酒罢。"蕙若量小，因灌了几杯急酒，坐立不安，便要告退，春才扯住了，与他猜枚，又吃了三四杯，那里还搁得住，早已躲进香房和衣睡倒。

春才已有十分酒了，说道："他年小，不经顽，我们三个来罢。"这素馨与笑官是有心的，两个定下机关，不上半个时辰，早灌得他如泥烂醉。妹子做了陈抟，阿兄也就做了陈扁，倒在炕上，同化蝴蝶去了。笑官也装酒醉，伏在桌上。素馨问丫头道："太太可曾睡么？"丫头道："睡多时了，此时差不多三更尽。"素馨说："你们扶苏相公睡在炕上，各自去罢。"他自己也便走进房中去了。这丫头们扶笑官同春才睡在一炕，又拿一床被替他二人盖好，都去睡了。

笑官酒在肚里事在心头，听得众人睡着，把春才推了几推，又拧了一把，毫无知觉，便轻轻的起身，摸到素馨房中，素馨却还挑灯静坐。忙忙的两相搂抱，解衣上床，恣情取乐。素馨搂着笑官道："你我这般恩爱，要想个万全之策才好。"笑官道："趁这几天先生不在，我们还是轩中叙会罢。"素馨道："天气寒了，轩中只好日里头，晚上不便。"笑官道："除了轩中，只有这里，我却不敢来。"素馨道："也不怕甚的，就是我妹妹乖觉些，丫头们懂得什么。我想一条计策在此，你可肯依？"笑官道："我有什么不依。"素馨道："我姊妹二人横竖都是嫁你的。妹妹虽然年小，却也有点知情，今晚趁他醉了，你去与她叙一叙。你看好下手呢便下手；不好下手呢，也只要同他睡一会，以后就不怕他碍眼了。"笑官道："那个我不敢。"素馨道："不入虎穴，焉得虎子，不要过于胆小。我先过去看看，他若醒了，我便替你对他说明；若还是醉的，我脱了他衣裤，任你去摆布，如何？"一头说，披衣起来。笑官扯住他道："姐姐，不要去罢，只怕他年幼。"素馨道："你还没有聘他，就这样偏心护他，我前日难道不曾吃你的亏么？"说毕，竟自去了。

看官听说:那偷情的女子一经失足,便廉耻全无,往往百般献媚,只要笼络那野汉的心。素馨此计未免太狠。他拿了灯台,一直到妹子房里,只见房门未关,灯火还是亮的;揭开帐子一看,蕙若朝外躺着,好像一朵经雨海棠,酣睡未醒;轻轻的扶他起来,替他脱下衣服。蕙若此刻正在酒浓时候,竟昏然不知。素馨扶他睡好,又细细端详了一会,方才盖上衾裯。走到自己房里,扯起笑官,说道:"已经安顿好了,由你自去。"那笑官还是害怕,素馨道:"不要脓包势,他喊起来,有我在此!"

笑官真的一步一挨的走到那边,挂上帐钩,揭开锦被,好好的钻进被中。一手勾住他的粉颈,一手将他上下抚摩,嫩乳菽发,娇蕊葩含,细腻温柔,令人神醉,(删十字),火齐外吐,珠光内莹,正如鸟道羊肠,不容驰骋。这蕙若虽然大醉,却也隐隐有些疼痛,将身掉转。笑官连忙缩手,这只左手却被蕙若压住;将手一缩,蕙若早已惊醒。见有人搂着他,这一惊不小,喊道:"姐姐快来!"便欲起来,奈身子是软的,动弹不得。

笑官恐怕声张,被春才听见,连忙放手,先坐起来,说道:"好妹妹,原是我不该,只是我还未敢冒犯。"蕙若方知是笑官,说道:"你是读书之人,怎好这般狂妄;我母亲哥哥请你在房吃酒,你怎么就好欺负妹子?"笑官见他不喊,也就宽了一半心,说道:"因慕芳姿,无由致意,今日天赐奇缘,万望妹妹俯就。"蕙若道:"婚姻之事,父母已有成议,于归之日,小妹自然奉事闺房,所以昨日席间,小妹不敢回避;只是苟且之事,宁死不从,别人知道,小妹要羞死了也。"笑官见他口角软了,说道:"我也不敢妄想,只是冻极了,求妹妹把被角赏我,略温一温我就出去。"说罢,又钻进被来。

蕙若原有一片怜念之心,因见他吓极了,又赤着身子,苦苦哀求,只得由他钻进,自己却缩至里床,摸着小衣,紧紧穿好。笑官得了好处,便慢慢的挨将拢来,双手搂住,摩胸接唇,又扯他下边裤子。蕙若吓得心头乱跳,又不好再喊,只得哀告道:"好哥哥,我们既为夫妇,怎敢不依你?只是我还年小,方才睡着,凭哥哥捉弄;已经晓得的了，若必要如此，岂不要我疼死么？望你忍耐一二年，可好么？”笑官道：“妹妹说得是，我原是爱你，难道害你不成？好妹妹，你放开手，穿着裤子，凭我顽顽罢。”蕙若只得依他。

两个摩挲了一会，蕙若催他起身，说恐怕姐姐晓得。笑官便将前后情形告诉了他，说：“今日此来原是姐姐的主意。”蕙若道：“怪不得昨日行令，他暗暗踢你！若得如此，一发好了，你快到那边去罢，何必苦苦缠我？我家哥哥是看来不到天明不醒的。”笑官真个依他，原到素馨房里。

素馨因恐怕笑官造次、妹子声扬，披衣坐等。只听得妹子喊了一声，后来不见响亮，知道有几分妥当，正欲解衣安睡，未免醋意新添。却好笑官又来，把方才的情景告诉一遍，又说道：“如今是令妹央我来的，又是替令妹，又是谢媒人，只得又要如此。”鱼水重欢，两情倍洽。素馨道：“梁园虽好，非久恋之乡。你须要睡在炕上，天明方好遮人眼目。”于是替他穿好衣服，来到中间。那春才还是鼻息如雷，喃喃呓语。笑官熬战了一夜，也就力倦神疲，倒头睡下。这素馨把两边房门关上，然后安睡。

再说史氏是个粗人，晚上饮酒之时，只防他们酒后吵闹，到楼下听了一会，却见他们欢然聚饮，便喜欢起来，分付丫头照应，自己先去睡了。一早起来，便到后楼看视，丫头们还未起身，自己走上楼来。只见桌上杯盘狼藉，当中榻上，笑官和衣睡倒，春才却枕着笑官的腿，一床被歪在半边，忙唤丫头们起来收拾家伙，自己将被替他两人盖好。走到素馨房中，房门却是闩上的。素馨听得母亲脚步，忙披衣下床，开了房门，说道：“母亲起得恁早。”史氏道：“也不很早了。你们昨日闹到什么时候？”素馨道：“差不多有四更。我们姊妹先睡了，他两个还闹了一会。”史氏道：“妹子年小，你该晓得了，你们姊妹两个何不并做一房，让一个房与他们睡？你看，睡在这冷炕上，怕不冻坏身子？自己兄弟也罢了，人家孩子是爱惜的。”素馨道：“昨日酒醉，一时失于检点。”史氏道：“也忒不留心。”说罢，下楼叫人做醒酒汤伺候。

素馨暗暗的好笑,一面梳洗。不多时,他两人也都醒来,蕙若也晓妆完了,各人相见,蕙若那种羞涩之态,更觉可爱可怜。春才道:“昨日很吃得畅快,我们今天还要照旧哩。”素馨道:“天天这样闹,不要醉死了几个?方才母亲来了,你还不看看母亲去。”笑官道:“真个么?我竟不知道。我们两个一同去罢。”正是:开门揖盗亏痴舅,诈酒佯疯谢岳娘。

这李匠山在广粮署住了五天,笑官整整的狂了五天,暗约先生来时,原在轩中午叙。这日匠山到了,正好娇鸟投笼,老马伏枥,一个个整顿精神,留心书本,惟有笑官心猿既放,意马难收,终日神昏智乱。况且接连几夜,既竭精力,又冒风寒,那柔脆的骨头怎禁这番磨刮?不觉得了发热恶寒、头疼身痛的症候。匠山着苏邦回去禀过万魁,忙进城延医看治,请了一位王大夫前来看脉。这医生诊了脉息,略问根由,来到书房。匠山请他坐下,医生道:“世兄此症,因风寒感冒,加以书史劳神,致成外感内伤之症。幸喜病根还浅,年纪还轻,不难救治。况秋分时节,不是正伤寒。如今先为疏散,待外邪既解,再补脾肾两经就无事了。”匠山道:“全仗高明。”医生援笔写了一方:

羌活钱半　防风钱　生地钱　川芎钱　苍术钱半　黄芩钱　白芷钱　甘草八分　细辛五分　加姜一大片　大枣四枚

写毕,送与匠山观看。匠山道:“冲和汤乃四时感冒之要药,先生高见,一定不差。”王医生道:“还祈老先生酌定,晚生告退了。”匠山送了出去。笑官服药之后,出了一身汗,这病也就轻了许多。到第三日,王医生又来看脉,写医案云:

外感渐除;脉空浮而无力,治宜调卫养营。人参三钱　当归二钱　黄耆三钱　炙熟地三钱　川芎一钱　柴胡八分　陈皮八分　台术二钱,土炒　破故纸三钱　茯神三钱　炙草五分　细

辛五分　加大枣二枚　莲子七粒

服五剂

再说温素馨自与笑官连夜欢娱，芳情既畅，欲火难禁，自从先生到来，至园中走了四五遭，并不见笑官影子，春才又不见进来，日间只与妹子闲谈，晚上却难安睡。挑灯静坐，细想前情，想到一段绸缪，则香津频嚥；想到此时寂寞，则珠泪双抛。辗转无聊，只得拿一本闲书消遣，顺手拈来，却是一本《浓情快史》。从头细看，因见六郎与媚娘初会情形，又见太后乍幸敖曹的故事，想道："天下那有这样的奇事，一样的男人，怎么有这等出格的人道？前日我与苏郎初次，也就着实难当，若像敖曹之物，一发不知怎样了。这都是做小说的附会之谈，不可全信。"心上如此想，那一种炎炎欲火，早已十丈高升，怎生按捺得住？奈闺阁深沉，再无别法，只得打定主意，明日到园中静候笑官，以会欢会。正是：个中消息谁堪诉，只有芳心暗自知。

话说那乌岱云的父亲必元，乃江西临江府人氏，住樟树镇上。本无经纪，冒充牙行，恃着自己的狡猾，欺压平民，把持商贾，挣下一股家私，遂充了清江县的书办。缘吏员进京谋干，荣授未入流之职，分发广东，又使了几百元花边，得授番禺县河泊所官，管着河下几十花艇，收他花粉之税。无奈土妓满河，这几根铜扁簪，供不得老爷的号件；几双臭裹脚，当不得大叔的门包。这乌老爷也就可怜极了，然这个缺银钱虽赚不多，若要几个老举当差，却还是一呼而就的。乌必元妻子归氏，生了一子一女，已是四十外岁的人了。于是，分付老鸨，挑选四名少年老举，时时更换，只说伏侍夫人小姐，其实自己受用。

必元得了这个美任，吃着烧酒，拥着娇娃，夜夜而伐之，好的便多留几时。内中有个阿钱，年方十六，色艺过人，并晓得许多闺房媚术。必元最得意他，只是四十多岁的人，精力有限，阿钱虽教导他春方秘诀，那扶强不扶弱的药物，也不很灵，更兼阿钱这个千锤百炼的炉鼎,赤金也要销化,何况银样蜡枪头,渐渐的应酬不来。幸喜得乃父虽是个毽囊,令郎却可称跨灶,这“有事弟子服其劳”一句,岱云读得很熟,自与阿钱打得火一般的热、饴一般的粘。一日,被必元撞破,醋瓶倒翻,每人打了一顿,将阿钱撵出另换。因思儿子在家,终不妥帖,缘与温商交好,故送他来读书。但是岱云常时要到家中,阿钱虽然撵去,后来者未必不如阿钱,又受了阿钱的教训,养得好好的龟,这些女子,那个不爱此一员战将。

这日在温家读书,因万魁来探望先生,并看笑官的病,适值温商在家,备酒相待。岱云至后园解手,因见折桂轩旁,菊花尚盛,赏玩了一番。隐隐听见有人叹气,想道:“这里通着内闺,断没有外人到此。久闻春才有个同年姐姐,我向来有意求婚,只怕他同春才一样相貌,所以尚未启口,今日且去看看,可就是他?”便向轩前走来。远远的望见一个佳人,坐在榻上,低头若有所思,岱云魄荡魂飞,想道:“天下有这般美貌女子！今日天假其缘,断断不可放过!”忙走近前来。

原来素馨静守笑官,正怀着一腔春意,听得有人走进,认是笑官,抬头一看,却吃了一惊。那岱云是莽撞之人,只叫得一声“小姐”,便抢步上前,双关抱住。素馨着了急,喊道:“什么野人,敢这等无礼!”岱云道:“我姓乌,天天在你家读书的,今日遇着小姐,正是奇缘;这里无人到来,就喊也不中用。”一头说,已将素馨揿在榻上,将口对着樱桃,以舌送进,就如渴龙取水,搅得素馨津唾汩汩,身体酥麻。一手便扯他裙带。原来素馨向与笑官欢会,单系上裙带,却不用裤带的。岱云只一扯,早已裙裤齐下。(删三百零三字)

岱云扶了素馨起来,替他穿好衣裤。素馨动弹不得,岱云轻轻抱置膝上,温存一番,再订后期,素馨自然应允。岱云去了,素馨坐了一刻方才缓步回房。只觉精神疲倦,躺在床上,像瘫化的一般,想道:“果然有此妙境。他面貌虽不如苏郎,若嫁了他,到是一生适意,况且前日梦中原有此说。今趁苏郎不知,叫他先来下聘,我妹子嫁苏郎,我也不算薄情了。”念头一转,早把从前笑官一番恩爱,付之东流。

明早岱云重至园中，素馨已实能容之，岱云则不遗余力。你贪我爱，信誓重重。岱云因请假至家，告知乃父。必元是势力之徒，与富翁结亲，希图陪嫁，忙浼了一位盐政厅吕公作伐。老温一诺无辞，订于十月十八日行聘。

下回再叙。

第六回　赫致甫别院藏娇　李匠山曲江遇侠

浊世佳公子，芳情属绮罗。
百年余恨少，一事放怀多。
粉黛迷离境，温柔安乐窝。
羊城天路远，那问世如何。

三载辞家客，珠江手乍分。
雪宁遭犬吠，鹤已去鸡群。
日照韶关路，帆飞赣水云。
班荆留缟纻，何处再逢君。

话说苏笑官自服了调卫养营汤之后，病根日减，又服了十剂十全大补汤，方才元气如常。因先生不许他出房，足足的坐了一月有余，方由他自便。因一心记挂素馨，到园中散步。这十月中旬，天气渐冷，穿着羽毛缎绵袍，外罩珍珠皮马褂，意欲从园中一路转至惜花楼，再到上房顽耍。走至折桂轩前，想起前情，低回不舍。却好素馨轻移莲步而来，笑官一见，笑逐颜开，忙上前说道："姐姐，我只道不能见面了，谁知却又相会。"素馨原不晓得他生病，今日却为岱云而至，见他此话，正触着自己病源，因淡淡的说道："此话何来？我不过因看芙蓉，暂到这里。"笑官道："这就是我与姐姐的缘分了。"挽他的手来到轩中，意欲就在榻上，试他一月多的精神。素馨不肯，说道："如今不比从前了，这里往往有人到来，倘然撞破，你我何颜?"笑官只是歪缠,素馨只得任他舞弄一番。笑官也觉得较前松美。素馨仍恐岱云闯至,略一迎承,笑官病后虚嚣,早已做了出哇的仲子。素馨忙忙起身回去,心上要想个谢绝他的法儿,只得与岱云订于傍晚相会。后来,笑官到园,再不见面;自己进去看他,又是个不瞅不睬的样子。正摸不着头路,却好乌家的聘期已到。

这日,温家鼓吹喧阗,亲友热闹,匠山与万魁亦俱在座,又邀请众同窗与席。笑官婉辞谢了,闷闷的坐在房中,想道:"不料素馨这等薄情,竟受乌家之聘。怪不得前两天有这等冷淡神气。"又想道:"他是女孩儿家,怎能自己做主?他父母已经许下,料也无可如何了。只恨我生了这场瘟病,弄得一些不知,不晓得他还怎样怪我呢,我如何反去怪他!但是他果不愿意,为什么不透个风与我?这事实难决断。"又想道:"前日轩中相叙,不但情意不似从前,就是那个东西,也不比从前紧凑,不要我生病之时,被这姓乌的得了手;若果然如此,我与老乌就势不两立了。"又转念道:"如今实授是他妻子,我自己亏心,怎么还好与老乌作对?我只说道喜,进去见他,便知端的。"于是打个大宽转,从大厅巷中走到上房,只见史氏陪了许多女亲在那里忙乱。笑官作揖道喜。史氏道:"大相公,为什么不在前头吃杯喜酒?"笑官道:"侄儿病后调养,吃不得厚味,多谢了。我还要到姐姐跟前去道喜。"史氏道:"他害羞,躲在房里。我不得空,叫丫头陪你去罢。"

笑官走至后楼,上了扶梯,只见素馨房门紧闭,忙敲了一下,说道:"姐姐,道喜的来了。"里头再不做声。立了一会,觉得无味,只得扫兴下楼。却见蕙若从前边走进,笑官立住,说了原故。蕙若低低的说道:"我也不料姐姐这样改变。我前日得了消息,再三问他,他只说父母作主,挽回不来。我仔细察来,其中还另有原故,劝你趁早丢了这条心罢。但是,你我肌肤既亲,死生靡改,须趁早与奴做主;倘有差误,惟命一条。此后,见面为难,千祈珍重。"一头说,那泪珠早已流下,怕有人看见,缓步上楼,将手一摇,挥笑官出去。

笑官也不更到外边,竟由花园中走出,一心恼恨素馨,一心爱怜蕙若;觉得蕙若方才的话何等激烈,何等细密,却想不出这“另有原故”、“见面为难”两句意思。看官听说:这是蕙若见了素馨破绽,恐怕岱云波及于他,所以借辞婉告母亲,求他请父亲将园门堵断,他父亲已经允了。

笑官昏昏闷闷的过了一宵,次早起来,服了些滋补之药,一面打算觉察岱云,一面打算回去恳告母亲,作速行聘。

到了傍晚,看见岱云园中去了,他便慢慢的跟寻。走到轩旁,听得有人言语,因踅至后边细听,只听得说道:“不要尽命的用力,前一回因你弄得太重了,你妻子疼了半夜,小腹中觉得热剌剌的,过了两天才好。”又听得说道:“不用点力有什么好处;明年娶你回家,还有许多妙法教你。”笑官想道:“果然有此原故!”因好好向窗缝中望去,(删三十八字)想道:“怪不得素馨这般冷落我。他们既为夫妇,我又何必管他,我只守着我蕙妹妹罢,不要弄到寻獐失兔了。快回转书房,禀过先生,回家要紧。”正是:花谢花残花满地,任蜂任蝶任春风。

再说赫公谋任粤海关监督,原不过为财色起见。自从得了万魁这注银子,那几千几万的,却也不时有些进来。又出了一张牌票,更换这潮州、惠州各处口书,再打发许多得力家人,坐在本关总口上,一切正税之外较前加二,名曰“耗银”;其不当税之物,如衣箱包裹、什用器物等类,也格外要些银子,名曰“火烛银”,都是包进才打算。这老赫终日守着这一班雌儿,渐渐的觉得家味平常,想尝这广东的野味,因与家人马伯乐商议。伯乐回道:“这事何难!广东花艇,都系番禺县河泊所管辖,只要小的去告诉乌必元一声,叫他选几十名送来,候老爷挑选,小心伺候了,赏他们几个花边钱就是。”老赫道:“你认真办去,须要拿出眼力来。”伯乐答应了,便坐轿往番禺县河泊所来。

那乌必元听说海关差人,自然格外趋奉,忙干至仪门接住。进来坐下,必元道:“小弟不知大爷宠光,有失迎候。”伯乐道:“没事呢也不敢到这里,因奉着咱老爷的钧谕,有事相商。”必元心上一惊,想道:“难道海关也想监收花粉之税么?”因说道:“不知大人有甚分付?”伯乐道:“咱老爷带着官眷到来,使唤的人很少,要乌爷在河下挑选几十个女孩子进去,老爷收了,自然赏银子出来。”必元道:“这事自当遵办,但不知大人要年纪小的呢,还要大些的?”伯乐笑道:“乌爷又不是读书人,怎么说这呆话。这使唤的丫头,大的小的,要他何用? 不过十四岁以上,十八岁以下的就是了。”必元连声道:“是。”一面备酒款待,一面叫老鸨、衙役们伺候。伯乐仍恐妓女们知风远遁,当日即同必元下河,从扬帮一路挑去。那蛋户虽不愿依,因见本官的大驾、海关的势头,只得任从挑选,选中的上了簿子。差不多选了两天,这伯乐挑上四十四名,雇了轿子,送至海关,必元亲自押送。

老赫看了禀揭,分付必元外边伺候,众女子进西花厅候挑,自己领了一班姬妾,颠倒检阅,选得色艺俱佳者四名:琴韵、爱涛、阿钱、似徽;姿色纯粹,未经破瓜者四名:又佳、环肥、可儿、媚子。

馀外的一概发回,赏出一千银子。将八人分四院居住,各派丫头、老婆子伺候,又叫爱妾品娙、品婷二人教习仪制,内账房总管品娃,按月各给月银四两。老赫慢慢的挨次赏鉴。正是:位置群芳随蝶采,不劳盐汁引羊车。

这笑官从园中看破岱云、馨姐私情以后,也便丢下这一条思恋之心,回家将息几天,恳他母亲求聘蕙若。那毛氏对万魁说了,央媒求帖。温仲翁羡慕苏家之富,而且笑官是个髫年美貌的秀才,久已有心,再无不允。一切行盘过礼已毕,笑官方至书房读书。这回因定了亲,史氏等倍加亲热,而姊妹两人却躲得影都不见。温商因女儿大了,也就叫匠人将惜花楼侧门堵断,连那乌岱云也只好面墙浩叹,有翅难飞。

光阴迅速,不觉已朔风吹冻,岭畔舒梅。李匠山会集东家,说明即日解馆并新正回家,不能再留之故。众人还未答应,万魁接口道:“先生回府,允遂孝思,料想白驹难挽,只是小儿久蒙训诲,小弟又屡荷栽培,报德何时,此心曷已!”匠山道:“三载栖迟,或幸免素餐之诮;但诸郎天资各异,弟贻诮青出于蓝,实还抱愧。”万魁道:“趁温亲台、乌亲台在此,弟有肺腑之言,还求先生慨允。”匠山道:“未审有何见谕?”万魁道:“弟闻先生大世兄年已十四,弟女珠儿,忝属同庚,敢烦温兄为媒,小女愿奉先生大世兄巾栉。”匠山大笑道:“苏兄这话说得太远了。弟僻处乡隅,家素寒俭,男耕女织,稍事诗书,不要说令爱小姐,闺阁名姝,难于亵渎,就是吾兄这等品格,只怕荜门圭窦,有辱高轩。此议断乎不妥。”万魁道:“小弟承先生开导之后,久知富不足恃,贫大可为。先生反以贫富之见居心,转非从前一番教训本怀了。府上道路遥远,只要先生一纸书来,小弟自当亲送小女到府。弟意已决,幸勿固辞。”说毕,身边取出红缎庚帖,包着双凤衔珠金钗一股,递与仲翁,转送匠山。匠山只得收下,亦取翠玉镇纸一方,权为聘物。两下交拜了,方才开筵畅饮,尽欢而别。笑官跟着父亲回去。

这富翁与贫士结亲,旁人未免笑话,万魁转觉欣然,实是难得。自此,腊尽春回,匠山定了行期,各处辞行,众人送的程仪概不收受。拜别申象轩,申公又嘱了几句,同着荫之主仆五人雇船回去。温商父子在码头饯行,乌岱云亦到,还有向来认得的几个朋友,惟有万魁父子不来与饯。匠山并不介怀,众人却深诧异。

匠山别了众人开船,至花田地面,远远望见一个花姑艇上,船头站着多人,却原来就是苏家父子。拢船相见,说道:“亲台此去,正如黄鹤冲天,不可复接,弟深愧少年孟浪,作事乖张,未审临别赠言,何以起死人而肉白骨,愿奉明教,以毕余生。”匠山道:“亲台赋性惟聪,觉迷最早,世间惟‘乐善好施’四字,庶可奉以终身,但不可祈求福田利益耳。”匠山又对笑官道:“吉士年正髫龄,自宜潜心经史,圣人三戒一章,最当三复。”笑官答应了。万魁道:“亲台之训,愚父子时刻铭心。弟于前日接到京中来信,小儿加捐贡生,预作北闱张本;将来师生一同科举,还祈照应。”匠山道:“这个自然。”万魁道:“小弟附具锦衣一箱、铺盖一副,路途稍御春寒,千祈笑纳。”匠山道:“推解之惠,固不敢辞,只是小弟幸不至如乞食子胥,吾兄可不必为绨袍范叔。”万魁道：“这衣被之物，不过长途应用，亲台若再推辞，得无近于矫情？”匠山道：“领教承情，不敢言谢。”痛饮一回，分手别去。

万魁谓笑官道：“方才先生的话，你当谨志。我趁此船进城，拜贺新正，大约两三天耽搁，你自回去吧。”笑官即同几个家人回家。

到了厅后，二门丫头接了毡包。来到母亲房里，卸了外褂，便躺在母亲床上，说道：“今日喝了几杯酒，走许多路，腿酸得紧。”毛氏道：“你那脸还是飞红的，想是走乏了。”因叫巫云替他捶腿。这笑官是见不得女人的朋友，自与素馨拆开之后，在书房着实难熬，只巴着放学回来，将丫头们解渴。无奈父亲更加严厉，只教他住在外书房读书，不过日里头有事进来，夜间都宿在外面，弄得笑官英雄无用武之地。

这日巫云与他捶腿，他趁着母亲转眼，便捏手捏脚起来。巫云不敢做声，只是微微的笑。他便对毛氏说道：“父亲有几天回来，外边冷冷清清的，我就宿在里头房里罢。”毛氏道：“横竖那边是空的。我对你父亲说了几回，说你该睡在里头，你父亲不依，他说要等你娶媳妇，才许进来。如今你父亲不在家，你就在里头睡几天。我叫丫头们收拾房子去。那边原有两个小丫头、两个老妈子看守，你怕冷净，我再叫几个大些的作伴就是了。”笑官道：“好母亲，那不干不净的我不爱，就叫巫云去收拾罢。”那毛氏笑了一笑，就叫巫云、楚腰两个去铺床挂帐、暖被熏香。

笑官与妹子们吃了晚饭，吃得酩酊大醉。这毛氏叫巫云、峡云两个扶着，自己送他进房，看他睡好了，叫楚腰、岫烟睡在榻前作伴，分付道：“大相公晚上要什么，不许躲懒。”又叫两个小丫头、两个老妈子睡在两廊照应，自己回房。笑官原不十分大醉，听得母亲去了，一个翻身，叫巫云拿茶。原来这巫云在众丫头中最为姣丽，笑官早已留心；毛氏因他年纪大了，怕他引诱笑官，所以不叫他作伴；这里两个丫头楚腰、岫烟都是中材之貌。听得笑官唤茶，岫烟推楚腰上去，楚腰道：“他唤巫云，不唤你我。”笑官唤了两回，岫烟只得倒茶递上。笑官道:“巫云呢?”岫烟道:“巴巴的叫他做什么,他陪着太太,没有来,难道我们就伏侍不上么?”笑官道:“不是这等说。只你一个在这里?还有谁?”岫烟道:“还有楚腰。廊下四个,原是向来在这里看守的。”笑官道:“这里不用多人,楚腰且睡在外房,一人一夜,轮班伺候罢。”那楚腰去了,岫烟关上房门来接茶杯,笑官扯住他的手道:“你不要打铺,我们一床睡罢。”岫烟道:“我没福,向来不惯与男人睡,还是去叫巫云来陪你罢。”即洒脱了手,带着笑去铺他的被褥。笑官赤身跳下床来,一把拿住,剥个精光,一同入被,说道:“你今年几岁了?”岫烟道:“奴十四岁了。”笑官道:“傻丫头,十四岁还不懂事?且试试看,我也不是童男子,你权做巫云。”这丫头只得咬牙忍受。到了次日,楚腰也难免这一刀。也就算笑官少年罪孽。

三人缠了四五夜,万魁已自回家,笑官仍旧搬出去。万魁分付道:“你丈人、岳母很想着你,你明日须进城一走,但灯节之夜,不可任性猖狂。”笑官在家纳闷,一闻此言,连声答应。

到了次日,带了苏邦、阿青进城。来到温家,见过老夫妇及两位姨娘。温商有事出门,史氏摆了酒席管待笑官。笑官要请馨姐相见,素馨那肯出来,因史氏着紧催他,只得出来见了一礼。笑官还望他同席饮酒,谁知一福之后,即便回房。史氏道:“大相公不知,他今年三月出阁了。”笑官道:“原来大姐已定佳期,容日奉贺。”史氏与春郎陪笑官饮酒。

宿了一夜,次日笑官辞了史氏,一路拜贺新禧,又到广粮厅递了禀揭,各洋商家亦俱拜贺。转来又至乌必元衙内,必元款留备至。笑官请拜见归氏,必元领至后堂,笑官趋步上前,深深作了一个揖。原来河泊所衙署狭窄,这归氏母女同住着三间房子,中间一个小小起坐。笑官进来,必元之女小乔未及回避,笑官早已看见,觉得艳丽过人,暗想道:“老乌竟有这么个女儿,与乃兄截然两样!”归氏一面请他坐下,丫头递上茶来。那小乔才慢慢的躲进房去;却在房门挂上帘子,把笑官饱看一回,心上也十分羡慕。

须臾,笑官告辞出去。因岱云不在家中,便欲告退,必元那里肯放,说道:"难得世兄到此,小儿因到中堂司去贺节,明日一定回来,务必暂屈几天。这里什么顽意儿都有,不过地方狭小,有亵世兄。"就叫人把苏少爷的家人留住待饭。一面备酒筵相待。必元因他是个富家公子,将来很有想头,执盏殷勤,酒席丰美。吃完了饭,亲送他至里边房中安歇,又告诉他道:"这是小儿的卧房,蜗居暂住,幸勿见哂。这后门外边有一小园,可以散闷。弟还有点公事,只得少陪。"必元去了。

笑官有了三分酒意,就歪在榻上暂息片时。那苏邦禀道:"小的要买些零碎,到大新街去走一遭,阿青也要同去。"笑官道:"速去速来,不要与人家争论滋事。"二人答应出去。笑官躺了一回,却睡不着,坐起来拿岱云的书本翻看。乌家之人递上茶来,笑官叫他出去。一面吃茶,一面翻弄,只见一本书内夹着几个海外奇方,细细的看了一遍,想道:"怪不得老乌有此风流妙具,原来是服药养炼出来的!"忙提笔抄了。立起身来闲眺,因见后门开着,想道:"老乌说有甚园子,不知是个什么模样的?"

出得门来,但见树木参差,韭畦菜垅,却无甚亭台。沿着一条砖路,迤逦前行,远远望见有几树残梅,旁边有几间高阁,因走至那边。那房子里头也摆着几张桌椅榻床,上边挂着"止渴处"三字的匾额,阁上供着一尊白衣观音,却极幽静。玩了一会,转身出来,扑面见着那个乌小乔分花拂柳而至,喜得笑官连忙作揖,说道:"小弟不知姐姐到来,有失回避。"小乔红着脸,笑吟吟还了一礼,也说道:"这是小妹失于回避了。"笑官再欲开言,他已冉冉而去。笑官望了一刻,赞道:"好个聪明美貌的女子,竟出于二温之上,我今日一见,不为无缘。"也便慢慢的回转房中。正是:

恍睹姮娥下九天,盈盈碧玉破瓜年。
前身合是张京兆,多少愁眉绕笔颠。

再说李匠山别了万魁，扬帆前进。过了佛山，一路听得船家议论，近来洋匪日多，某处打劫客商，某处烧毁船只，只这一条路上还平静些，夜里却走不得。又说塘房汛兵一半是勾连强盗的。匠山听了，却不在意，申荫之颇觉担忧。喜得吉人天相，十日之内，已抵韶关。因水浅，到不得南雄，要换船起驳，将一切行李搬上，主仆五人暂寓客店。

这曲江县袁令与申公有些年谊，荫之进县拜谒，袁公留他便饭，黄昏还未回来。匠山叫家人把万魁送的铺盖打开，内有六床被褥、四绵两夹，洋毯被单之属，件件鲜明，匠山颇觉感怀。又把他的衣箱开看，无非羽毛大呢的各色绵夹衣服。内有洋布包裹，觉得十分郑重，再打开看时，一个描金小匣、六只大元宝、赤金六锭，副启一通，写着：

> 先生高怀岳峻，大节冰坚，魁日游于陶育之中而不觉，窃自恧焉。幸婚媾已成，攀援有自。奈文轩遄发，空谷音遥，耿耿此心，其何能释！谨具白银三百、黄金二斤，少佐长途资斧。心共帆飞，言不尽意。

匠山看了，叹息道："难得苏亲家如此用情，再无转去璧还之理，只是这项银子，要替他想一个用法才好。"因锁上箱子，秉烛看书。听得隔房有人捶胸叹气，因想道："这饭店中愁叹的朋友，一定是异乡不得意之人，不知可是文人学士否？"又隐隐听得"怎么处"三字，匠山按纳不住，分付家人李祥道："你到那边去问这位客官，为甚的夜间长叹。"

李祥走到那边，见是黑洞洞的不点灯火，便说道："我家少爷问你，为什么夜里头这等叹气？"那人道："少爷便怎么，他不许人叹气？若是老爷，就不许人家说话了？这饭店里头闹什么牌子，劝他休管闲事罢。"李祥道："人家好意问你，就这样野气？"那人大怒道："那一个野？你在这地方使势，谁怕谁！"李祥正要说话，只见店家拿着灯火走来,说道:“那汉子不要惹事,这两位老爷从省中下来,是本县太爷的亲戚,你省些事罢!”那汉越发大怒道:“就是本府太爷的亲戚,也管不着我鸟来!”

李匠山听得喧嚷,也就自笑多事,忙走出来喝退李祥,因陪笑拱手道:“仁兄息怒,小弟因仁兄浩叹,所以叫他致问,不料小价粗卤,触犯仁兄,望乞看小弟薄面。”那人见匠山人物雅驯,言词谦抑,也举手答道:“是在下冲撞了。”匠山见他虽则粗蛮,但英伟过人,一表非俗,因说道:“仁兄有何不豫之故,可好移步到小寓一谈否?”那人道:“承爷见爱,怎好轻造?”匠山道:“总是客居,何必彼此!”即同至房中。

匠山分付店主备酒,那人称谢,一揖坐下。匠山道:“不敢动问,仁兄尊姓大名,因何至此?”那人道:“在下姚霍武,山东人氏。因哥哥卫武做了这抚标的参将,特地前来看他。不料到了省城,哥哥升任福建,在下一无依靠,流落省城,致受小人之气。幸遇洋商苏万魁老爷,送我五十两银子,算清饭钱,赎了行李,打算回乡。去年十月到此,打听得哥哥调任碣石副将,正想转去投他,那知祸不单行,病了两月有余,盘费都已用尽,还欠了几两饭钱,真是进退无路。即此就是长叹的原故了。”匠山道:“原来从前抚标中军就是令兄。”霍武道:“正是。敢问爷尊姓大名?”匠山告诉了他,又说及苏万魁是亲戚相好。这姚霍武喜得手舞足蹈,酒菜上来,并不推辞,一阵的狼吞虎咽。

匠山见他吃得高兴,尽叫添来,一面又问他:“投奔令兄,是何主意?”霍武道:“在下一勇之夫,并无别技,只是这两只手可举一二千斤,弓马也还娴熟,想在这沿海地方拿几个洋匪,为朝廷出力,博一个荫子封妻。酒饭够了,就此告辞。”匠山见他直截爽快,因说:“吾兄自是英雄本色,小弟薄有资斧,即当分赠,以助壮行。”霍武道:“怎么好叨惠?”匠山即叫家人开了箱子,将万魁所送三百银子取出,说道:“此原系苏舍亲所赠之物,即以转赠姚兄。”霍武道:“此去惠州,不过二三十金就够了,何用这些?”匠山道:“缓急时有用,小弟的盘费有余，姚兄不必过逊。”霍武道：“李爷磊落，在下何敢固辞，只是还有一言恳求应允，方可领谢。”匠山道：“有何见谕？”霍武道：“倘蒙不弃卤莽，愿乞收为义弟，不知可能俯就？”匠山道：“意出天真，一言已决。”霍武扑的便拜，匠山扶起，重又交拜，兄弟称呼。

申荫之也便回来见过，说起转请县里雇船。霍武道：“洋匪横行，他那里怕什么官府？即梅岭旱路，亦窃盗蜂生，兄弟送哥哥到了南安，然后转来。”匠山道：“一发妙极，我也不忍遽别。”明早，真个一同下船。路上，匠山还有许多劝谕开导之处，霍武感激领命。一直送过梅岭，下了船，方才洒泪而别。

第七回　希宠荣河厅献瓦　受屈辱关吏投缳

世间财色浑无数，有个难贪处。王章三尺九重天，更一生辛苦。　　载宝藏娇，精神如许。看年华几度，鬓浓须黑白头来，悔恨终无补。

再说乌必元定于三月三日迎娶媳妇，衙中结彩张灯，肆筵设席；温家亦复如是，并邀请一班女客陪送。先期二日，请了施家母女、史大妗子、苏家母女来看发嫁妆。陆续到齐，各人见过，史氏命惠若见了婆婆。四个少年姊妹格外殷勤，自是情投意合，一群儿同到后楼。这阿珠、阿美还是生疏，那施小霞十分熟溜，而且风流倜傥，口角出尖，更有许多取笑之话。素馨妆着娇羞，应酬诸位，只是见了二苏，未免又转念到笑官身上。幸得笑官却未曾来——他已在乌家多时了。

温家嫁妆到来，他也无心观看，同着岱云的一班少年朋友，恣意吃喝调笑顽皮。你说那几个？一个叫做时邦臣，本系苏州的告老小官，流寓省城，开一爿时兴古董铺，会唱几套清曲，弹得一手丝弦。一个名唤施延年，他父亲系关部口书，自己却浮游浪荡。一个竹中黄，一个竹理黄，乃父原任菱塘司巡检，婪赃发觉，瘐死监中，二子无力还乡，帮闲过日。一个叫做曲光郎，杭州人氏，一字不识，硬充沙包，已失馆多年了。这五位都是赌博队里的陪堂、妓女行中的篾片，一见笑官，认定他是个道地阿官仔，各尽生平伎俩尽力奉承，笑官也就认做他们是有趣朋友，只谈笑到晚上方才散去。岱云约他们迎娶之日一定要来,这些人无不"谨尊台命"。

笑官也要告辞,必元父子再三留住,说要过了三朝方可回去。必元亲送至内房安歇,叫家人退出,唤那当差的老举上来递茶,笑官也分付自己家人回避。必元握手私语道:"弟有一事奉求,未知允否?"笑官道:"老伯有何见谕?"必元道:"小弟这个苦缺,近来越发苦了,用度浩繁,所入不供所出,近又为着小儿亲事用了许多,目下实难措手,可好恳世兄的情,暂借银三百两,待冬间措置奉还。"笑官道:"这事容易,老伯要用,明日着人取来就是了。"必元打恭致谢,又说:"蜗居简亵,世兄暂宿几宵,这丫头也云,颇觉伶利,叫他伺候便了。"笑官道:"老伯请自尊便。但是小侄不安。"必元道:"忝在通家,何须客套。"说罢,告辞而去。

那也云便上前脱靴扯袜,解带宽衣。笑官只道他是乌家的丫头,不好意思调笑,即上床睡下。谁知也云替他盖好被服,便关上房门,脱了衣衫,挨身入被。笑官还未动手,他到一手勾住颈项,一手竟摸至下边。笑官正是养足之时,况且年纪又大了些,又服了许多药物,也可称三日不见,刮目相待之士了。一番云雨,两意酣恬。也云更有擅长献媚之处,笑官反觉得未曾经,问他道:"你是那里人,在这里几年了,伏侍那一个的?"也云道:"奴是香山县人,去年到省;向在船上,今年正月进府当差;伏侍他家小姐的。"笑官才晓得他是个老举,因问道:"他家小姐多少年纪,性情怎样的?"也云道:"他才十四岁,性情和顺,像有点憨的。"笑官偎着他脸说道:"你若能撮合小姐与我一会,我送你一百圆花钱。"也云道:"这有何难。他从前看见了你,像有思慕的样儿。我明日同他到园,你在白衣阁下守候,这里忙忙碌碌的,那个走到后边来,怕他飞上天去?"笑官大喜道:"你怎么这样知趣?"一头说,(删二十二字)着实奉承一回,方才睡去。

次早起来,笑官叫进苏邦:"到银铺中去支银四百两应用。"不一时,苏邦取到。那乌家这日忙忙的请客待媒,笑官请进乌必元来,交付过了三百银子,说道:"还有句话禀过老伯:承情留住几天,小侄怎敢违拗，只是外面客多热闹，小侄最怕应酬，不知可好不去奉陪否？”必元道：“横竖得罪世兄，既是尊意如此，自然遵命，另送酒席来。”笑官道：“那个不必费心。”必元袖着银子出去。也云送上汤来，笑官递与他一百两银子。也云磕头谢了，说道：“这汤是我在小姐房中做的，他问我送与那一个吃，我告诉了他，他说：‘怪不得你昨晚一夜不来。’大约过了午后，我同他到园中去罢？”笑官道：“须要随机应变，不可露一些圭角。”也云道：“这个不消分付。”

再说乌小乔容貌既丽，性格尤奇，但终日嬉游，外面却带三分憨态，对于他的父兄淫纵之事，未免动情，自己却有个择木而栖的主意。从新年见过笑官，十分欣慕。近日哥哥娶亲，他母亲因他年小，不要他料理，他坐在房中呆想。也云走来问道：“小姐想还没有吃饭，我去拿来，吃了到园中顽去，呆呆儿坐着做什么？”小乔道：“你可曾吃过饭么？”也云道：“我陪苏少爷吃了。”小乔道：“他怎么就这样抬举你，同你吃饭？”也云道：“苏少爷人物风流，性情和顺，天下男子里头也算数一数二的了。”又掩着口说道：“小姐不晓得，他比我们还柔媚些。”小乔红着脸道：“呆丫头，不要太狂了。”

也云带着笑拿了饭来，小乔吃了一碗，对镜掠了鬓云，携着也云的手，径往后园。慢慢的行至阁边，也云说：“小姐且在阁中暂坐，我落了一根簪子，去寻了来。”小乔点头，一手扶着梅树，一手往上摘那小小的青梅。树枝扳到屋边，笑官早已看见，忙走出来说道：“乌姐姐，不要扎了手，我来替姐姐摘几颗罢。”小乔蓦然听见，也觉一惊，回头见是笑官，便笑嘻嘻的说道：“原来苏家哥哥在此。”意欲转身。笑官扯他进阁，小乔并不做声，只是憨憨的笑。笑官即将他抱至里边，置诸膝上：盈盈娇小，弱不胜衣。（删二十六字）因拥至榻前，如此如此。小乔初还憨笑，继则攒眉，他最不晓得这事有这般苦楚；笑官亦怜惜再三，温存万态，草草成章。却好也云走进，笑官叫他好好扶小姐回房，自己也便出外。晚上与也云计较，悄地开了后门，至黄昏人静，竟到他闺中，三人畅叙。

次日迎娶之期，这一班帮闲人都到，把笑官闹了出去。晚上花轿进门,一样的参神拜祖、撒帐挑巾,直闹到三更,方才客散安寝。那边一对新人,拿出两般旧物;这里四条玉臂,拥着一个情郎。这河泊所府中,颇为热闹。

无奈欢娱未久,离别突来。过了三朝,素馨出房,见过公姑。必元因笑官是温家至戚敦请相见,笑官倒也罢了,这素馨的一种羞惭,却是西江难洗。岱云只道是新人故态,那知别有根由。里边正在见礼之时,只见家人禀说:“赫大人衙门马大人要见。”必元出去一会儿,进来对归氏道:“苏世兄不是外人,有事不妨商酌。方才马大爷披着红、拿着一千银子,说关部闻得我家小乔容貌,要聘他为二夫人,事成之后,还许我兼署盈库事务,我已含糊答应。此事你须主张。”归氏道:“这也没甚不好,不过,小乔还年小些。”笑官听了此言,这惊不小,忙插口道:“世妹闺中待字,岂少望族清门?海关以妾媵相加,似为太过,况千金也非难事,老伯还要三思。”必元道:“我原未必甘心,只因这关部性子不好,所以勉强应他。”

笑官见话不投机,只得辞出,暗暗的教也云约小乔晚上至园中商议。谁知也云去不多时,小乔已从书房后门进来,泪痕满面,纵体入怀,哭道:“小妹虽则痴顽,承哥哥辱爱,前日之事,非哥哥强逼妹子,实是妹子心上愿依,为妾为婢,都是甘心的。今关部以势焰相逼,父亲贪利卖儿,这是宁死不辱,望哥哥设法救奴则个。”笑官也凄然下泪道:“这是你我私情,教我怎生设法?且事生仓卒,尤难挽回。方才略说数言,我看老伯是一定不依的。只索你且从权,我们再图后会罢。”小乔大怒道:“始辱终弃,已非君子之居心,况式好方新,便出此等不情之语,奴恨有目无珠,君宁问心不愧?奴即一死以报从前错爱之情。”言毕,跳出怀中,以头触柱。笑官忙一把抱住,再三的赔不是,安慰他道:“有我在此,你且放心,晚上定有计较。”也云已吓得呆了,恐怕有人撞见,忙做好做歹的扯他,自后门出去。

笑官担着一腔愁闷,心上就像千百个胡蜂攒来攒去的一般。不多时,必元进来,告诉笑官道:“方才的话,小弟实属没法,只得应允,定于初十日过礼。弟弄了这个苦缺,实在转运不来,将来署了盈库，就可奉还世兄之项。”笑官料道事已难挽，只得说道：“银钱小事，老伯倒也不必提起。侄于明早告辞回家，预先禀过。”必元道：“暂住几天，候小女出门，然后回府罢。”笑官道：“已经住久了，明早一定要回去的。”

必元去后，笑官无情无绪的等到更深，也云走来道：“今晚不必进去了，小姐自到这里来。我看他那样儿，像是断不肯到关部去的，少爷须要狠狠的劝他回心，万一闹起事来，恐怕大家不便。我做梦也不晓得他有这等烈性，若早晓得，最不敢撮合此事了。”

约到二更时候，小乔也不晚妆，乌云乱挽，粉颊余悲，泪人儿的一般走来。笑官忙替他拭去泪痕，搂着他劝道：“妹子是知书识字的，那破镜重圆的故事，古今很多，务必权时过去，待我慢慢的设法救你出来，断不可执一之见。”小乔道：“我也没有乐昌公主的福分，那侯门似海，去了怎么还想出来？我也晓得哥哥实是出于无奈，不敢怪你薄情，只是从今夜相见以后，妹子的魂灵永远跟着哥哥罢了。”笑官道：“那个断使不得！这不是你爱我，并且是你害我了。”小乔道：“怎么我死了就害起你来？”笑官道：“那海关的威势，那个不知，若为我丧身，他难道不要查明原故？这也云又熬不起刑法，万一说出真情，岂非‘因奸致死’，送我一条性命？我爹爹单生我一人，妹妹须要怜念。”那也云也哭告道：“奴家伏侍小姐，并不敢得罪，求小姐救奴贱命罢！”左劝右劝，劝得小乔有三分转意，说道：“奴为着哥哥强颜受辱，不知哥哥有何妙计，可以使奴再见哥哥？”笑官道：“昆仑押衙之辈，世上不少其人，我拼着几万银子，散财结客，或者有个机缘，只是水中捞月之想，妹妹还须忍耐二三年。”小乔道：“苟可重逢，两三年也还不久，只怕奴家命薄，不能伏侍哥哥，你我还须望天拜祷。”真个二人拜祝了一回。笑官取腰间所挂琪璧，拿在手中，祝道：“我与乔妹妹如果后会有期，此璧掷地碎为两块；若是此后无缘，则此璧零星碎散。望赐灵应。”说毕，即用力掷下，却好好的分为两半。笑官大喜，将一半自已系着，一半付与小乔，说道：“此即你我之镜，妹妹珍重收藏。”又分付也云道：“小姐若进海关，你须同去伏侍，还好不时劝解，将来我自另眼相看。"也云跪下道："奴蒙少爷辱爱，自当勉效微劳，日后还求少爷收用。"笑官扶起道："这个自然。"解衣就枕，欢少悲多。正是：

今夜今时别，伤心欲断肠。
巫峰云阻处，那复见襄王。

请问：这赫关差虽是骄淫，如何便晓得乌家有女？却也有个原故：从前那个老举阿钱，被必元打了一顿，心上很不耐烦，后来选入海关，因老赫问他广中的美女，他就把乌小乔说得天花乱坠，竭力保举一番。老赫那里晓得属官之女不可为妾的理，便与家人马伯乐商量，马伯乐逢君之恶，一力担当。假如乌必元果能强项，也正言厉色，明白开导一场，老赫又管你不着，难道怕他来硬摘了木戳、斫了脑袋不成？无奈这势利小人，就是海关不要，他也巴不得自己献出，况且有人来说了一声，自然双手奉送。这样看起来，不是做书的格外生枝，半是岱云的果报，半是必元自己无耻。

老赫收拾了几间院子，到了日期，一顶小轿、四盏官灯，把小乔抬进。老赫已是半酣，醉眼朦胧的一看：

眉分新月，眼含秋水汪汪；脸似夭桃，颊带露珠点点。纤腰一搦，轻盈掌上之珍；莲瓣双钩，绰约云中之步。岂是巫山窈窕，行雨才来；应怜出水芙蕖，污泥着恼。虽觉泪容惨淡，偏教媚态横生。

老赫赞道："果然与众不同！"

众姬拥入香房，那也云却一步不离的伺候，暗暗告诉小乔道："小姐已经破身，停刻须要仔细照应，不可使他看出破绽才好。"小乔是拼死之人，不过为着姓苏的暂活，那里听他的这些言语。一会儿，老赫进来，众姬退出。也云上前磕了头，老赫道："你是向来伺候新姨的么?"也云道:"小的是乌老爷新近挑来伺候的。"老赫道:"这老乌很会巴级,你且出去罢。"也云带上房门自去。老赫揭起帐子,小乔却和衣睡下,扯他起来。小乔自知难免,只得宽下衣服,朝里而睡。老赫趁着酒兴,扳将转来,贾勇而上。小乔觉得他身上粗糙,也不甚理他,谁知(删八字),急将两手支撑。老赫那管死活,一往狼藉,直至绿惨红愁,方才云收雨止。

一窗红日,老赫才肯起身。那伺候的丫头、姬妾早已拥进一群,老赫分付小心伏侍,叫小乔新姨,班列品姪之下。自己踱了出来,走至书厅坐下。跟班呈上一个禀帖,老赫拆开看去:

惠州汕尾口书办董材跪禀大人钧座前:

禀者:小的于嘉靖十二年十月,充当汕尾口书办,于去年十一月交卸,共该解额税银十三万五千二百四十三两三钱一分,陆续解过银十二万四千九百四十二两,余该解银一万零三百零一十两三钱一分。即奉差催,于本年二月廿八日趱办齐集,廿九日在陆丰县佥批起解。三月初四日,至海丰县羊蹄岭左侧,陡遇洋匪五十余人蜂拥前来,手持刀铳器械,抢劫饷银及行李等物。陆丰县添差及夫役人等,均各骇散。小的现被刀伤左臂。窃思洋匪肆掠,以至商贾畏缩不前,正额税银每多缺数,乃胆敢横行内地,劫去饷银,罪恶已极。伏乞大人咨明抚、提二宪,发檄各营会剿,以完国课,以慰商民。除赴海丰县报明严缉外,理合据实禀明。

老赫看完,踌躇了一会,叫门上问话。那包进才已伺候多时了,老赫把禀帖递与他看,说道:"这事怎处?"进才回道:"据小的想来,这事还未知真假。那董材于去年更换口书的时候,拿着二千银子,希图留办,因老爷不依,换了人。这一万多银子是他向来亏空的;就算被劫是真,也要着他先自填补,待拿住洋匪,再给还他,并没有豁免的理。"老赫点头,即提笔批道:"汝于去年十一月卸事,所该未完饷项,何得于今年二月始行起解,其中宁无弊饰?税饷正供,自当先行赔补。除咨抚檄营擒拿外,着委员碣石胡同知,查明起解处有无情弊,并将董材锁解来辕,勒限追比。”写毕,即付包进才发出,又分付把乌必元兼署了盈库大使事。

话说那惠州八口,乃是乌墩、甲子、汕尾、神泉、碣石、靖海、浅澳、墩头,各口设立书办,征收货税。这汕尾口书办董材,他原姓施,即施延年的父亲,温盐商的襟丈,浙绍人氏。自初在广充当埠商,娶了家小后,因有了亏空,被运台递解回籍。他因恋着粤中,做些手脚,改姓钻谋。这口书办向例一年一换,都要用银子谋干的,汕尾的缺,向来是三千花边钱一年,包进才改了四千,所以被高才捷足者夺去。施材已十分失意,又平地起了这个风波,当日被惠防军民府的差人锁拿解省,再三央差人先到自己家中,设席款待。他晓得这项银子定要缴偿,历年寄回家中也有一二万之数,所以不甚着急,只不过叹息数年辛苦。因与儿子延年商议,陆续赔缴。谁料延年因有了这挣钱的父亲,天天浪费,嫖赌吃喝,丢得精光,家中止剩得一二千金。施材这惊不小,与儿子闹了一场,叫他竭力挪凑,自己却跟着差人赴辕,投文静候。

少停,老赫升堂,先论他一个自不小心的罪名,迎风便是三十毛板,分付道:“据胡同知替你分说,没有什么情弊,我姑饶了你死罪,但国课正供不能刻缓,限你十日内偿清,三日一比。”这施才磕头谢了下来。

到了第三日,将家中所有,凑满三千,支离免打。第二限上,延年将他母亲、妹子的首饰衣服,及自己的几个箱子典当一空,仅凑得一千三百银子。海关因过了六日,所微不敷一半,又重重的三十竹片。施材打了出来,着实把儿子痛骂,延年也无计可施,回来各处求亲告友。看官听说:患难之时,何曾见有什么亲友?况且延年父子向来不近好人,所以笑他的颇多,帮他的却没有。喜得广省粗直,不比江浙地方刁滑,延年跑了一日,还是温商帮了二百银子。延年只得将房子变卖,另租几间小房居住,又将三个丫头及家伙什物换银。到了限上,整整的二千银子交付父亲，说明此事，又道："此外再无打算的了，父亲要设法求免才好，究竟不是我们自己吞吃的银子。"

这施材到了十日，偿过六千多银子，老赫到还人心，又转限十日。这包进才因索诈不遂，着实挑唆，又打了几限。施材虽个浪荡之人，却也向来受用，何尝经过官刑，儿子又躲得影都不见；央人寄信回去寻他，却好家中母女因无食用，也央人到此寻觅。施材叹了口气，对那人说道："烦你回去告诉他母女二人，各寻生路罢，我是照应不来的了。"幸得海关无甚牢狱，这施材虽锁了颈项，还是散手散脚的。到了晚上，痛哭了一场，解带自缢。明早，报了关部。老赫将看守差人打了一顿，分付："发与那尸亲收殓，所该余欠，注在无着项下，拿住强盗再处。"

延年也打听了消息，跑来号叫了一番，声言到督抚处喊冤。这少不更事的人，懂得什么？看见有人劝他，他就生了勒诈之念。正在争论喧嚷，早到了南海县。知县钱劳将尸首验过。海关家人禀明："因亏空正供，情极自缢的。"这钱太爷叫上延年，说他以尸讹诈，尖尖的打了二十，假意要着他身上追徼余银，吓得延年磕头哀告，方才着他具了甘结，抬尸回去。这钱公却是包进才着人请来的，后来自然谢他，不必絮及。

延年领了父亲尸首回家，母女恸哭一场。只是四壁萧然，不要说棺椁衣衾一毫无措，已是绝粮一日，延年又是两腿棒疮，坐着喊痛，小霞只得将头上一根簪子谢了抬尸的人。看了这带伤的死人，真是有冤莫诉。思想要去借贷，那前日的光景可知；叫延年再到温家，私自求他妹子，那延年说道："他家又不欠你什么，好意帮了你二百银子，你到夜里偷瓜，只拣软的。我是没有这副老面皮。"左思右想，再无别法。这五月天气，受伤的尸首又渐渐发起胀来。思量惟有卖了女儿，才能入殓。

且看下回。

第八回　申观察遇恩复职　苏占村闻劫亡身

仕途何用苦排挤，自有凌空照夜犀。
百折性存犹桂辣，九重天近岂云迷。
新迁官职唐观察，旧著山川越会稽。
老我封疆惯传舍，一琴一鹤过江西。

恩怨由来刻骨深，百年身世要扪心。
桃虫有力飞难制，蜂虿无情毒不禁。
苞竹已教从楚炬，洞房那复拥香衾。
可怜枉死陶朱子，碧海茫茫自古今。

话说苏笑官自与小乔分别回去，心头那里放得下，奈父亲严厉，不许他进城，只得叫家人暗暗打听。后来晓得已经送去，自然流泪伤心，幸得海关未曾试出破绽，却还自己宽慰。因端节，着人进城中去各家送礼，回来说："学里老爷于十三日合学月课，务必请相公走走。"笑官禀过父亲，万魁道："这个极该前去。这十八日不是广粮申公的生日么，你须备礼进去拜贺，并问你先生有无音信寄来，一直至十九日回来罢。只是不要又去叨扰亲友，就住在自己宅里也好。查查苏兴经手的账目，你也不小了，来年替你娶亲，这家中便是你的事，我也劳碌不来。"笑官答应了。

十三日清早进城，月课已毕，便到温家探望，宿过一宵。史氏提起施家的话，笑官觉得同病相怜，就有个替他填补的意思，却未曾说出。明日饭后，坐轿回豪贤街旧宅而来，到门前下轿，听得对门哭声悲惨，便问门上道："这对面向来无人居住，如何有此哭声？"门上那小子名唤阿旺，禀道："是新搬来的施家，向来是当海关口书的。因这施口书被海关逼勒自尽，家中没有棺木，要卖女儿，一时又无主顾，母子哭了好半天。大相公做些好事罢。"笑官道："你不晓得，他与我们有亲，快过去说，我去探望。"那小子去了，笑官也便踱将过去。见有一间门面，里头大约不过三间，甚不成模样。早见施延年接将出来，笑官执手慰问，便请他母亲相见。笑官叙了一番亲情，他母子诉了一番苦楚。笑官便分付阿青去问苏兴要三百花钱，并着他寻一口好些的棺木，即刻就来。这史氏便拽了儿子、女儿，一同拜谢，笑官一一扶起，也不觉的就淌下泪来。又见小霞虽则泪容憔悴，却是哀艳动人，笑官因触着心事，悲痛之余，不大留意。须臾，银子取到，交与延年。延年谢了，即央苏邦置办一切。笑官说道："昨晚在敝岳处，他家还未知凶问，也须送一信去。"即叫苏邦拨几个人过来伺候，自己却告辞回去。想起海关怨毒，未免又伤感一回。

不多时，只见春才走到，因他母亲得信之后，叫他同家人过来探问，又送了两担米、十两银子过来。两人相见，春才道："那边不是人住的地方，可惜我那霞妹妹，脏死了，叫他们搬到这里来住罢。"笑官道："人家有了丧事，不是顽意的时候。"春才道："我有一句话问你，你又是同窗，又是妹丈，须要教导我才好。"笑官道："什么事？"春才道："我听得我妈说，明年替我娶媳妇，我想，一个陌生人有什么好顽，我心上很不愿意，他们已经说妥了。这第一天怎么一个法儿？"笑官道："这也没甚法儿，只要同他睡觉就是了。"春才道："你不肯教我罢了，怎说混话？我见人家生男子、生女儿是怎样的？"笑官道："你同他睡了，他自然会教给你，不要别人教的。"春才道："原来妻子又是一个先生！只是我家馨姐姐，嫁了两个多月了，还没有生出什么来，难道他就不会做先生的么？"笑官笑道："这个连我也不晓得了。"这里正在闲话，家人苏邦禀道："那边一切都办妥了，施相公说，没有寄放灵柩之处，还求大相公指点一个地方。”笑官道：“城外指月庵是我们的家庵，叫人先去说一声，就寄放那边罢。”又叫苏兴分付道：“十八日是申大老爷寿诞，你晓得，申大老爷是不要十分丰盛的，须酌量备一份贺礼。”苏兴答应了。

笑官留春才住了一夜，明日又到施家。早已成殓停妥，一家子都穿着孝衣孝巾。笑官同春才备了吊礼，拜奠一番。可笑那施材，非无许多朋友交情，这日开丧，刚刚只得两人吊奠，其余都是帮吃饭的邻居，草草的出城安顿。回家之后，春才已经回去，笑官又过去安慰一番，因见房子窄小，请房东进来，叫他再腾出两间，房钱问苏兴支取，又拿二百银子为他们日用之费，这三人的感激自不必说。

到了十七晚上，延年备了酒席，请笑官过去申谢。先是史氏拜倒，延年、小霞也都跪着，慌得笑官也忙跪倒，平磕了头，然后入席。史氏请笑官上坐，延年主位相陪，自己关席，小霞执壶劝饮。酒过三巡，史氏说道：“先夫在日，相交的朋友颇多，不料祸到临头，并无一人照应，只有温姐夫借了二百银子。先夫自经之后，殡殓无计，只得欲将此女卖了，葬他父亲，承大相公格外施仁，殁存均感。愿将此女奉为婢妾，以报厚恩，望相公俯纳。”笑官道：“姨母这话只怕太重了，不要说你我亲情，理该照应；就是陌路旁人，见了此等伤心之事，也要帮补些。只是小侄进城迟了几天，送了姨丈的性命，已经抱愧，何敢言恩？表姐阀阅名媛，岂可辱为妾媵？这事断不敢领命！”史氏道：“此是老身肺腑之言。小女虽然丑陋，也还认得几字，相公若使唤他，未必至于倒捧笔砚。”延年道：“小弟向来游荡，因受了此番景况，才见人心。妹子得进苏门，自然终身有靠，倘若执意不收，我母子三人岂不原是活活饿死？”笑官道：“但请放心，虽则小弟未知日后如何，目下自当照应，只是亲事断难从命。”说毕，即起身告别。母子再三挽留，小霞红着脸，执壶斟酒递上，笑官只得立饮三杯而去。又叫人送了许多米炭吃用之物过来。

看官听说：笑官风流年少，难道不爱着小霞？只因此番周济出于一片恻隐之心，并无私念，不忍收他；况他与小乔的一段情肠还未割断，这都是笑官的好处。只是施家母子放不下笑官，那小霞素晓蕙若的性情，也十分情愿。

笑官到次日进广粮厅祝寿，申公因他是儿子的同窗、匠山的亲戚，而且笑官又非惹厌之人，所以十分优待，他的礼全数收了，回敬了十匣湖笔、百幅松笺、十匣徽墨、一部诗稿，又说："匠山一路平安，在南昌有信寄来，顺候令尊；刻下想已到家了。世兄得便不时进来走走。近得京中来信，我大约不能久任于此，以后就会少离多了。"笑官应诺，禀辞回去。

因无甚事，即日出城回家。将申公所送之物呈上父亲，禀明申公说话，又告诉施家之事，"因见他同我们一样受累，所以帮助他些，他要将女儿送与孩儿，是孩儿已经回绝的了。"万魁大悦，道："我只说你年小，还懂不得事，这几件却办得很是，将来守了李先生之训，成我之志，便是你一生受用。"正是：

失足回头晚益难，人情沧海任君看。
荣枯得失何须计，自有天公算一盘。

再说申别驾原是翰林外补，观察降调，内里与他不合的宰臣姓冲名抑，本是微员，一言契合，二年中升至中极殿大学士之职。他受这等恩遇，就该竭力报效才是，不料大权在手，黜陟自由，睚眦必报，婪赃舞弊，辜负圣朝，擢发难数。各大臣箝口不言，还赖皇上圣明，赫然震怒，抄籍赐死，妻子戍边。依在下的村见，那冲抑一生乾没，半刻消亡，落得个财命两失，就算是天理国法昭彰，分毫不爽的了。可笑那班科道，平时不见风力，到了冲抑赐死之后，拿着一张绵纸搓就的弓、灯心做好的箭，左手如抱婴儿，右手似托泰山，对着那死虎乱射，说有什么依附的小妖，又说有什么伏戎的余莽，乞亟赐诛殛，以彰公道。幸圣恩宽大，将所抄一切趋奉乞怜、送礼馈银的书禀付之祝融，教这些内外大小臣僚，惭于心而不必惭于面，无非要他改过自新,勉图报称的意思。内有一个湖广道监察御史,姓高名凤,从前也曾参过老冲,此时他偏不肯乱道,上了一疏,却与众不同:

湖广道监察御史臣高凤为奏闻事:

臣闻,刑赏明而天下劝,善恶别而公道彰,此五刑、五用、五服、五章所以并著于《虞书》也。伏见皇上乾纲独运,一怒安民,罢冲抑而赐之死,籍其家而戍其孥。从恶之尤者,并赐斥革;附恶之次者,责令自新。圣谟独断,刑期无刑,臣职忝谏台,不胜欣跃。特是冲抑既已伏辜,而从前触其怒而革职、违其指而降调者,未蒙恩复,臣窃伤之。夫一夫不获,恐伤仁圣之明,况众誉攸归,宜锡褒崇之典。伏乞诏部查核,奏请施行。

旨。这御史所奏是:该部核实具奏。已故者赐衔赐谥,其现在革职降调者,俱以原官擢用。此旨一下,这广粮通判申晋,放了浙江金衢严兵备道。朝报到了广东,各官都至粮厅道喜。

此时八月初旬,那苏吉士进城伺候乡试,得了此信,连忙进署恭贺。申公待茶送出,又告诉他道:“这里还有经手事件,大约十月才可起身,尔时还要到府一叙。”吉士谢了出来。

转瞬三场已毕,那温家备酒接场,延年又请晚叙。原来,他母亲因受恩深重,必欲以小霞送他。与延年商议,延年道:“我见他屡次偷看我家霞妹,心上未必不愿意,只是碍了亲情,怕干物议。如今趁他在此,留他饮醉,叫妹子去打动他,但不知妹子肯否?”史氏对小霞道:“这是你终身大事,你须自己拿定主意;不是我叫你无耻,不过要你报恩,而且我母子将来有傍。”小霞道:“女孩儿家羞人答答的,教我怎样?他不收我,我只是永世不嫁人就是了。”史氏道:“不是这等说,我原不要你怎样,不过叫你伏侍他。”小霞道:“这伏侍原是应分的。”主意已定,即沽了上好的绍兴酒,整备精洁肴馔,待他晚上回来。

这笑官在岳家饮酒，已是半酣的光景，傍晚辞回，延年母子早已拱候多时，拥了进去，就在这后边两间，小霞卧房外，点了烛，熏了香，恭恭敬敬的请笑官坐下。史氏道："大相公晓得，我们小人家备不出什么酒菜，先到那好的人家去了。只是这里所有，虽然都是大相公的，难为我们一片诚心。"笑官道："姨母怎说此话，自当尽量痛饮。姐姐呢？"史氏道："这里只有一个小丫头，没有动得手的人，我叫他自己上灶，虽没甚菜，也还干净些。"笑官道："这个越发不当了，停一日，我叫人寻一个会动手的老妈子来。"史氏谢了。母子二人殷勤递酒，史氏又替笑官宽了衣服。

一会儿菜已上齐，那小霞穿着一身素服，越显得粉面油头。来至席前，吉士即忙立起，史氏捺住了说道："大相公正在这里赞你手段，你来劝相公饮一杯。"小霞道："奴做的菜那能可口，相公不要笑话，只是这里同家中一样，相公须要畅饮几杯。"笑官道："怎么姐姐这样称呼？"小霞道："这叫做各言其志。"即斟满一大杯，双手递上。笑官道："这酒我不敢饮，须要改了称呼才好领命。"小霞以目流盼，低低的叫了一声"哥哥"。笑官欣然饮了，即回敬一杯。小霞道："妹子量浅，小杯奉陪罢。"此时延年已经躲过，史氏只说照应厨房，也自去了。笑官已有八分酒意，拿着大杯强劝小霞。小霞只得干了，夹着一箸蒸透的春鸭送过去，又斟上一杯酒，接膝挨肩，殷勤相劝。这笑官又不是本来道学，见了这花一般的人儿，怎么不爱？一面的握他纤腕，蹑他莲钩，渐渐的接唇偎脸，摩乳扪肤，竟丢了酒杯，进房安寝。这一宵欢爱，不过是笑官得些甜头，小霞吃些痛苦。

次早起来，谢了史氏，说道："承姨母厚情，当图报效，只是妹妹还须暂居于此，俟明春娶了温氏，再禀过父母，然后来迎。"史氏允了。笑官又叫人买了两个丫头、一个老妈伺候。一连住了四五夜，方才回乡。到发榜之期，又进城歇宿。那榜发无名，也算是意中之事，不过多吃了几席解闷酒而已。

直至十月初旬，申公已定行期，万魁在家拱候，叫笑官进城拜送、敦请，伺候了两日方才起身。那码头上官员盐商等类，都各设公帐饯行;总督巡抚供差,家人持帖候送;关部更独设一帐,亲自饯行。申公各处领情言谢,又与老赫执手叮咛了一会,直到挨晚,方才点鼓开船。

笑官一同在船,到花田上岸。这里灯笼火把轿马之类,齐齐的摆了一岸。申公同笑官来到苏家,那万魁早已穿了公服,在门首迎进,厅中灯彩照耀辉煌。申公请万魁换了公服,安席坐定。申公道:“屡叨盛赐,渴欲到府申谢,奈为职守所羁;如今不是这里的官,就可以往来任意,无奈钦限甚迫,有负厚情。”万魁道:“职荷大人覆载之恩,未能报答于万一,自分永当结草于来生,再命职子芳衔环于毕世。”申公道:“忝关亲谊,这话不无已甚了。令郎天姿诚笃,温厚和平,可卜将来大器,令婿已掇高魁了,可喜可贺。只是匠山落落不遇,又落孙山,深为扼腕。”万魁道:“便是李亲家一去,音问杳然,职时时挂念,未知可有书信来否?”申公道:“尚未接到。昨阅制台辕门小录,知令婿已中十二名经魁,折桂童年,将来正未可量。”厨役上了三汤四割,申公起身告辞,又嘱笑官将来便道枉顾,万魁父子送出大门,人役簇拥而去。

万魁知道女婿中了,暗暗喜欢,又定了来年正月替笑官娶亲,先行请期礼。到了年底,果然接着江苏来信,说:“小儿既中之后,定于冬月跟我进京,俟会试之后,再当赴广行聘完婚。”这合家的欢慰,更不必说。

万魁打点各家的年礼,命笑官进城,各处算账、辞年。笑官依旧施家居住。久离乍会,忞有余妍,小霞嘱他乘间告诉父亲:“娶奴回去,你明年娶了蕙妹妹,奴自然做妾,但不可恋新弃旧,使奴白首无归。”笑官安慰一番。逐日到各家去辞年、算账,收下利银都交苏兴承管。

这日在洋行算账回来,偶从海关经过,触着心事,想道:“我听得延年说,靖海门内天妃宫新来一个异僧,未知怎样,今日顺便去访他一访。”便叫轿夫住下,自己同阿青步至天妃庙前,只见围绕着许多人,看那盘膝而坐的和尚:

发垂盖耳，宛然菩萨低眉；鼻耸遮唇，还像金刚怒目。合着一双空手，硬骨横生；赤着两只毛腿，紫筋暴露。提篮内摊几个不伦不类的丹方；葫芦中藏数颗无据无凭的丸药。虽似西方佛子，还同海岛强梁。

笑官分开众人，高声喝道："和尚，你坐在这里，还是参禅，还是化斋？"那和尚开眼一看，答道："禅虽不参，却参透无边的心事；斋虽不化，也化些有眼的英雄。"笑官见他答得灵异，便道："弟子虽然肉眼，未知可能借方丈一谈否？"那僧篮中取出一纸，暗暗写了几字，付与笑官回去拆看，他依旧坐好。笑官只得回来在轿中拆看，上写着："苏居士可于今晚至五层楼下候谈心事。"笑官大惊，想道："他如何晓得我姓苏？这僧有些异样，不可错过。"

回家，到了黄昏，带了阿青上街，家人只道他对门过夜，再不阻他，谁料他到了施家，分付众人："不必守候，我还有事耽搁。"便同阿青出了仓边街，望北而行。阿青不知原故，提着灯跟着。走出了街口，笑官叫阿青住了："我去去就来。"阿青道："相公，使不得，此刻夜静更深，一个人到那里去？还是小的跟去好。相公要访什么情人，横竖小的再不敢学舌的。"笑官道："胡说，你懂得什么！只要你在此等候，多只二更，少则一更，我就来的。"阿青拗他不过，只得由他。

这笑官走到五层楼边，那和尚已席地坐候。笑官忙拜倒在地，说道："弟子不知活佛临凡，有失回避。"那和尚扶起道："老僧西藏人氏，来此结一善缘，那里是什么活佛。"笑官道："师父若非活佛，何以晓得弟子姓苏，又知弟子有心事？"和尚道："这是偶然游戏，但居士有何疑难，老僧或能解脱。"吉士道："真人面前怎说假话！弟子父亲无辜被责，恨之一也；弟子年幼，不良于御女，失去一妻，恨之二也；贞妾被豪强夺去，恨之三也。师父果能设法搭救，弟子定当顶礼终身！"和尚道："第二事不难，倾刻可以见效；第三事的对头却是何人?”笑官道:“师父慈悲为本,谅来不肯害人,弟子切齿之人,关部赫广大便是。”和尚道:“原来就是此公,我还要化他一分大大的斋粮。要趁汝心,须依我计。”笑官道:“斋粮弟子尽能措办,只是计将安出?”和尚道:“也不用什么大计,居士回去,只要四布谣言,说新到番僧善能祈子,倾刻间传入关部之耳,就可报命了。”笑官依允。和尚即于囊中取出丸药三枚,说道:“服之不但为闺房良将,并可却病驻颜。尊宠姓名,须要说明,此后不必再会。”笑官拜受了,又告诉他小乔姓名,和尚挥之使去。

笑官转来,已是三更时候。街坊寂静无人,阿青在街口哀哀的哭。笑官喝住了,跟着同行。到了施家,敲门而入,那小霞还挑灯坐守。笑官要叫丫头出来烫酒,小霞道:“不必支使他们,这里有现成的,原是我预备着候你的。你到那里去了这好一会?”笑官道:“不过算账罢了。”小霞搬出几个碟子,两人接膝饮酒。笑官暗暗将先天丸噙化入口,觉得气爽神清,那一股热气从喉间降至丹田,直透尾闾,觉腿间岸然自异,即搂住小霞,(删二十五字)小霞细细盘问,笑官一一告诉,嘱他不可泄漏机关。又吃了几杯急酒,解衣就枕。太阿出匣,其锋可知,慢慢的挨了一回,方觉两情酣畅。从此,笑官已成伟男,小霞视为尤物,落得夜夜受用。

各处账目俱已算明,大约洋行、银店、盐商的总欠三十万余,民间庄户、佃户及在城零星押欠共二十余万。笑官收了五六万利银,交苏兴收贮,又支一千银子与小霞过年,自己急急回去,将城中买回之物,分派与母亲、妹子、姨娘等,家人、丫头、仆妇俱有赏赐。万魁见他办事清楚,十分放心。

腊尽春回,吉期已到,万魁分付将笑官所住的内书房改为新房;将花氏搬出另居。这院子改做外房,添了六个丫头、四个仆妇伺候,一切铺垫都已停妥。这温家的嫁资十分丰厚,争光耀日,摆有数里之遥。苏家叫了几班戏子、数十名鼓吹,家人一个个新衣新帽,妇女一个个艳抹浓妆,各厅都张着灯彩,铺着地毯,真是花团锦簇。

到了吉日，这迎娶的彩灯花轿，更格外的艳丽辉煌。晚上，新人进门，亲友喧阗，笙歌缭绕，把一个笑官好像抬在云雾里一般，接宝迎龙，催妆却扇。酒阑客散，婿入新房，分付众人退出，亲手替蕙若卸去浓妆，笑道："妹妹久不会面，越发娇艳了。"一面调笑，一面宽衣就寝，罗襕甫解，贯革维艰，蕙若则丐君徐徐，笑官则怜卿款款，但小行者的金箍棒，终敌不过不老婆婆的玉火钳，那点点猩红，早换去霏霏玉屑。日上三竿，新人睡起，那新来的丫头仆妇，进来磕头，笑官一一赏过。三朝之后，见过公姑。万魁因儿子新婚，不忍叫他出门，但新年并未至各家贺节，只得自己进城一走。

从来说，谩藏诲盗，这万魁的豪富久已著名，前日迎亲，又不该招摇耳目，那乡间地方，眼孔小的多，何曾见过这样嫁娶？就有一班从前欠租欠债、吃过万魁亏的小人，纠合着与盗为伙的汛兵、沿塘的渔户，伺着万魁不在，四十余人明火执仗前来。到了门首，几个上屋，几个放火，几个劈门，呐声喊拥将进来。家人们睡梦里醒来，正不知有多少人杀进，各各寻头躲避。众盗却不知库房系家人经营，在中门外边，一直拥至上房，杀死了两个丫头。这毛氏躲在床后。众盗掳掠一空，各处寻新人房子。

这笑官正与蕙若取乐一番，交颈睡去，忽听喊声大起，情知有变，急起身下床，至天井中一望，火光冲天，喊声震地，便欲开门出去。蕙若赤着身，一把拖住道："强盗放火，不过掠取财物，并不想杀人，你这一出去，不是碰到刀头上去么？快些躲避为是。"笑官道："那边复壁之中，可以躲得；只是他若放起一把火来，不是我们活活的烧死?"蕙若道："他在外边放火，不过是唬吓人，到了里头，他要照顾自己性命，再不放火的。"正在商议，听得门外人声聒耳，慌得两人穿衣不及，笑官忙扯一件自己的皮套，替他披上，好好的躲在壁中，也照应不来丫头仆妇。不一时，那班强盗劈门拥进，倒笼翻箱，直到五更才去。这夫妻两口，抖做一块，天明还不敢出来。

那些躲过的家人，天明进来看视，先到上房乱喊，毛氏才从床底下钻出，所有房中之物已都拿去。忙拥到笑官房中，只见箱笼也是一空，丫头们房内却分毫未动。一个个爬将出来，只不见了少爷少奶奶，翻床倒架，那里寻得出来。笑官已明知是自己家人，但蕙若身上只披着一件大褂，下体赤条条的，自己也未尝穿裤，所以不敢做声。吓得家人喊道："不好了，少爷少奶奶都被强盗抢去了！"收拾的收拾，进城报信的报信，忙个不了。

再说万魁进城，住在旧宅，清早起来洗面，只见苏兴喘吁吁的跑进来说道："老爷，不好了，花田院子被强盗打劫了，大门大厅都烧了！"万魁这一惊不小，忙问道："可曾伤人么？"苏兴道："杀了一个苏元伯伯，两个丫头，还没查出名字。"万魁正在悲痛，又见家人董茂跑来说道："不好了，家中各房抢劫一空，少爷少奶奶都抢去了！"万魁一闻此言，霎时昏倒在地。家人们连忙扶到床上，灌进姜汤，万魁微微苏醒，只叫得两声"罢了"，已是呜呼哀哉。

下回分解。

第九回　焚夙券儿能干蛊　假神咒僧忽宣淫

冯谖弹铗干孟尝，收债市义三窟藏。
番禺下士名苏芳，契券汗牛充栋梁。
付之一炬何堂皇，钱虏咋舌讥滥觞。
侠客愧汗惊望洋，嗟彼延僧祈福祥。
揖盗养虎寻豺狼，珠围翠绕众妙场。
夜半罗衾佛放光，莲花座涌莲瓣香。
迷津普渡真慈航，愚智吾分上下床。

话说苏万魁在城惊死，幸喜苏兴尚有三分忠义，分付众人看守，叫几人下乡报信，听候主母到来定夺。这送信的人下乡，笑官已经出来料理各项，着家人报官看验。幸喜不过劫抢两房，库房及各房俱未经动，失去金银首饰衣服之物，虽记不清楚，大约四五万金。伤人三命，烧了两进门厅。正要自己进城与父亲商议，那城中报信的已到。笑官大哭一场，举家都哭个不了。笑官分付将董茂锁住，候县太爷到来禀明发落，自己即领着一家大小进城。他同母亲妻妹先行，着两位姨娘细细的在后收拾，又派几个老年家人媳妇们等看守。

一会儿，到了城中，抚尸大恸。苏兴方晓误报之过，幸而自己没有亏心，上前叩见。笑官道："你很懂事，这开丧出殡之事，你与苏邦两人料理，各人派了执事，开单呈看。一切丧房事务，去请温老爷、潘老爷与那边施相公一同照应，里边请施太太、温太太主持。

再花田地方看来住不成了,着老成家人去搬取库中存贮银两货物,及小姐姨娘房中物件上来。”苏兴、苏邦答应下去,一面买棺成殓,一面送讣开丧。笑官又将小霞之事禀过母亲,请他过来,一体受孝。开了五日丧,第一日是往来乡宦及现任佐杂衙门;第二日洋行各店铺同事朋友;第三日是一切姻亲;第四日女亲;第五日是本族本支。停了五七,方才发引举殡,这各亲友的路祭,约有二十余家,一直出了大东门,祖茔安厝。

笑官因在家守制,将家中诸务料理一番:把苏兴升做总管,代了苏元,兼管库房货物房事务,苏邦管了仓廒、一切乡间的银账租账,苏玉承管城中银账,伍福管了大门,叶兴管了买办,皆立有四柱册子,着苏兴按月收付稽查,上了各项档子,自己一年一算。又定了规矩:男子十二岁以上不许擅入中门;女子不许擅出正厅;后步中门外设下云板,门外着八个小子轮班听候差遣传话,门内着八个仆妇轮班当差,或递送物件,晚间即于耳房安歇守夜。自己收拾两处书房,外书房在正厅西首,系阿青承值,外派跟班六名;内书房在女厅东首,四名识字丫头轮值。将五间大楼奉母亲妹子居住,五间后楼住两位姨娘,东院六间对面平房蕙若居住,西院的一样六间小霞居住,以上各房都照旧派丫头仆妇等伺候。家人生女,十一岁进宅当差,十九岁放出婚配,生子亦照此例;其有情愿在宅者,听其自便。内里银钱总管委了小霞,巫云、岫烟帮办。内厨房叫叶兴家里承管。又命苏兴家的、苏邦家的、伍福家的,每人十日进内监察,这些仆妇丫头倘有不是,轻则自行责治,重则回明撵逐。后边园子派两房家人看守,承值打扫。共一百五十余名家人妇女,俱照执事轻重,发给月钱,从三两、二两至五钱不等,外边苏兴,里边小霞,逐月发付。一番经理,井井有条,各人亦都踊跃。再老家人苏元,三子二女,长子听其出户归宗,余俱恩养在宅,月钱从重给发。其花田新宅并行变卖。一面着人到番禺县去禀请追缉。

这番禺马公从前已经看验过了,饬捕严拿,将董茂打了一顿,发回这里,也就撵了。后来,捕役拿住两个乡民,一个叫做白阿光,一个叫做赖得大，都系苏家的债户，供称："因欠债破家，起意劫抢。共合伙四十六人，他们都已逃散，我们因得了双倍财利，剖分不匀，延迟被获。"番禺县当下将两人寄监，分付严拿余党。

家人回来禀明，笑官方知就里，心中想道："我父亲一生原来都受了银钱之累。"感事伤心，不觉泫然泪下，因唤苏邦上来问道："你经手虽未多时，一切乡间银账及陈欠租项共有多少？"苏邦回道："乡账本银不到三万，连利共该七万有余；租账共有三处：花县的田共三千二百余亩，系庄头王富经手，共欠粮米五千八百余石；东莞的田二千七百亩，系庄头郑升经手，共欠粮米一千二百余石；番禺的田共六千七百有零，系庄头包福经手，共欠陈租一万九千五百余石。这三人前日上来磕头，小的与他算过，叫他赶紧追讨，他们应许十分之二的。"笑官道："你将银账上的借券及抵押物件、田单文契，都查明封好，再唤齐债户，于三月初三日俱赴花田宅中聚会，我有话分付。"苏邦答应下去。

笑官在家闷闷不乐，却好施延年过来，二人饮酒消遣。那延年恨不得将天外海底之事，多造出几样来告诉笑官。笑官忽然触着道："我去冬在城，看那天妃宫的和尚别无所长，不过善于求子，你须将这话替他传扬开去，也算善事，但不可说明出自你我二人之口。"延年道："这很容易，姐夫不晓得，我相好的朋友最多，这一人传两，两人传三，不消三五日就可以传遍省城的。"又低低说道："姐夫守孝在外，那里受得起这许多冷静，其实也不必过拘，还是进里边歇宿的好。"笑官道："我也不过恪遵时制，在外百日，原一样进去，一样出门，大哥不必挂念。只是大哥须要赶紧寻一头亲事，侍奉母亲，该用什么银两，我自当措办。"延年告谢出去。

到了三月三日，笑官坐了一乘暖轿，挂下轿帘，清早下乡。来至花田，那看守的家人上前叩见，笑官分付两边伺候。苏邦领着许多乡户陆续前来，但见：

鸠形的、鹄面的，曲背弯腰；狼声的、虎状的，磨拳擦掌。

破布袄盖着那有骨无肉、乌黑的肩膀；草蒲鞋露出这没衬少帮、泥青的脚背。挤挤拥拥，恍如穷教授大点饥民；延延挨挨，还似猛将官硬调顽卒。

吉士分付叫几个年纪老成的上来，众人互相推诿，才有七八个人上来，唱了一个肥喏，意欲跪下。吉士忙叫人扶住，问道："你们都是欠我银子的么？"那些人道："正是。不是我们故意不还，实在还不起，求少爷发个善心，待今冬年岁好了再还罢。"笑官道："我并不是替你讨债，见你们穷苦，恐怕还不清，所以待你们打算。你们每乡各举几个能书识字的上来。"因叫家人将他们抵押的东西一齐拿去。那众乡户共有三十余人走上。笑官道："众位乡邻在此，此项银两本少利多，当初家父在日，费用浩繁，所以借重诸公生些利息，此刻舍下各项减省，可以不必了。诸位中实授穷苦的，本利都不必还；其稍为有余者，还我本钱，不必算利。这些抵押之物，烦众位挨户给还；所有借券，概行烧毁。这是我父亲的遗命，诸公须要各人拿出本心，不可有一些情弊。"

众人一闻此言，各各欢喜，说道："蒙少爷的恩，免了利银，这本银是不论贫富都要还的，就着我们为首的人清理便了。"笑官道："不须费心，诸位只要将抵押物件仔细发还，凭各人的良心便了。"说毕，即将许多借票烧个精光。众债户俱各合掌称颂，欢声如雷而去。笑官觉得心中爽快，下船进城，分付苏邦："此事不可声扬。你回去速写谕帖三张，分送至各庄头，将所欠陈租概行豁免，新租俱照前九折收纳。方才这些债户，倘有送本银进城交纳者，从重酌给盘费。"苏邦答应遵办。

笑官还家，叫苏兴销了档子，自己至父亲灵前哭禀一番，在家守制不题。

再说那天妃庙前的和尚，本系四川神木县人，俗名大勇，白莲余党，因奸力毙六命，逃入藏中安身。为人狡猾，拳勇过人，飞檐走脊，视为儿戏；被他窃了喇嘛度牒，就扮做番僧，改名摩刺，流入中华。在广西思安府杀了人，飘洋潜遁，结连着许多洋匪，在海中浮远山驻扎。因他力举千斤，且晓得几句禁咒，众人推他为首，聚着四千余人，抢得百来个船只，劫掠为生。近因各处洋匪横行，客商不敢走动，渐渐的粮食缺乏，他想着广东富庶，分付众头目看守山寨，自己带了一二百名勇健，驾着海船，来到省城，将船远远藏好，同了几个细作入城。打听得赫关部饶于财色，他就极意垂涎，又不知那里打听得老赫求子甚虔，他就天天对着众人说，善持白衣神咒，祈子甚灵。前日撍遇苏吉士到来，说了几句隐语，吉士信以为真，殊不知他看见吉士面上有些心事，又见跟他的阿青拿着姓苏的灯笼，所以说那几句。幸得吉士没有请他供奉在家，他也一心想着关部，还算吉士的福运亨通。却不该将乌小乔的名字告诉他，要他做什么昆仑奴，这又是吉士的梦境。

但那求子之说吹入关部耳中。此时老赫最喜欢乌必元的奉承，一切生财关说之事颇相倚重。必元又与包进才结为兄弟，走得格外殷勤。只是小乔那种悲苦之状，一年来未见笑容，老赫不大喜欢，叫他父亲劝了几回，小乔只是不理。必元着恼，禀过老赫，将他拘禁冷房，只有也云伏侍，无非要驯伏他的意思。这小乔倒深为得计，淡泊自甘。

这日必元上来请安，老赫提起急于得子的话，乌必元就力荐此僧。老赫即叫人传进。这和尚大模大样，打个问讯，朝上盘坐。老赫问道："和尚本贯什么地方，出家何处，有无度牒？仗什么德能，敢在外边夸口？"那番僧回道："俺西藏人氏，向在达勒浑毒教主座下侍奉，法号摩剌。并无德能，不过善持解脱白衣诸咒，奉教主之命，替人祈福消灾。度牒到有一张，不知是真是假。"即于袖中拿出递过。老赫接在手中一看，但见虫书鸟篆，尖印朱符，知是喇嘛宝物，忙立起身来，双手奉还，说道："弟子有眼不识真如，望乞慈悲恕罪。"即延至后堂，请他上坐，自己倒身膜拜。每日清早，同夫人胡氏虔诚顶礼。

约五六日光景，老赫要窥探他的行踪，独自一个潜至他房外，从窗缝里头张看。见这和尚在内翻筋头顽要,口里呐呐喃喃的念诵,穿的是一口钟衲衣,却不穿裤子,翻转身来,那两腿之中一望平洋,并无物件。老赫深为诧异,因走进作礼。摩刺坐下,老赫问道:"吾师做何功课,可好指示凡夫么?"摩刺道:"老僧有甚功课,不过做大人生男之兆耳。"老赫大喜道:"吾师如此劳神,弟子何以报德!只是方才看见吾师法象,好像女人,却是什么原故?"摩刺道:"老僧消磨此物,用了二十年功行,才能永断情根,若不是稍有修持,我教主怎肯叫我入罗绮之丛、履繁华之境?"老赫信为真确,后来竟供奉在内院,里头姬妾都不回避。那品娃、品娇、品娙、品婷十数个北边女子,呼为活佛,朝夕礼拜,争思得子,便可专宠后房。无奈老赫年纪虽然不过望四,因酒色过度,未免精液干枯,靠着几两京参、广中丸药,日间还要闹小子,夜里又恋着这可儿、媚子年幼的人,这一月中到不得两三夜,所以西院这些女子,长吁短叹的很多,虽天天求子,那不耕之田,未必丰收五谷。

这摩刺打听得银钱是品娃经手,便想先制伏他。一日早晨,众姬膜拜已毕,摩刺开言道:"众姬且退,单留娃姨在此,传授真言。"即附耳说了几句。品娃出来,众人问他说什么,品娃道:"各人的机缘,谁敢泄漏?你们只要信心奉佛,自然各有好处。"品娃到了自己房中,忙忙的收拾洁净。晚上,遣开丫头,焚起一炉好香,一人静坐。原来是摩刺告诉他说,他命该有子,"当于晚间焚香独候,我来传汝捷径真言",所以虔诚等候。

直至月上二更,见天井中一个黑影跳下,品娃心上一吓,那活佛已走进房中,据床趺坐。品娃瞻礼已毕,即叩请真传。摩刺扶起他来,将他抱住,品娃晓得他是太监和尚,却也并不惊心。摩刺道:"我有枕畔真言,系得子捷径,当于枕边密授,不知你可愿依?"品娃道:"能与活佛同衾,奴家善缘非浅;况佛爷是我们一般的人,有何疑惧?"即替他解下衲衣,两股中真无物件,品娃也脱衣睡下。那摩刺却腾身上来,将他两股分开,扑扑的乱撞。品娃倒笑将起来,说道:"佛爷想是鲁智深出身,光在这里打山门则甚?"摩刺道:"不进山门,怎好诵经说法?且看佛爷的法宝。"(删一百八十一字)品娃又惊又爱。摩剌道:"初次相交,怎好不得尽兴,这斋僧不饱,奶奶岂非罪过?还须大发慈悲。"品娃打了他一下,由他再动戈矛。直至五鼓频敲,方才了事。

摩剌起身趺坐,默运元功,品娃觉得满身通畅,四肢森然,反搂住了他说道:"奴家有此奇遇,不枉一生。未知可能再图后会否?"摩剌道:"后会不难,且包你怀妊生子,只是你一人承值不来,须要伙着众人,方好略施手段。"品娃道:"这同院姊妹四人,都是奴家的心腹,我明日约齐在这里,听你怎样,可够么?"摩剌答应而去。

果然次晚品娃告诉了三人,一同领教。这三人那个不想尝异味,俱在品娃房里取齐。(删十一字)那摩剌忒也作怪,还逼勒着四姬都递了降书降表,方呵呵大笑,奏凯而还。这品娙腹痛,品娇攒眉,品婷立了起来,仍复一交睡倒,虽得了未遇之奇,却也受了无限之苦。品娇道:"这和尚不是人生父母养的,那东西就像铜铁铸就一般,我们那里搁得住。如今我们这院子里的丫头,共有二十几人,除去小些的,也还有十五六个,我们一总传齐了,各领四人,与他拼一拼,看谁胜谁负。"品娃道:"妹妹不要说痴话,我们向来上阵的还抵不住他,何况这丫头们,只怕一枪一个死,何苦作这样孽。"品婷道:"姐姐说得是,你我也算惯家,尚且输了,何况他们。我闻得东院新来的阿钱,他有什么法儿,何不叫他来盘问;他要奉承姐姐,再不敢不说的。倘若我们学会了,就可一战成功。"品娃道:"我也听得老爷赞他,我明早就唤他来盘问。只是我们都要多吃两碗参汤,保养着身子,才好冲锋打仗。"

众姬商量御敌之策,只有乌小乔在冷室之中,一些不晓。摩剌虽然记得姓名,幸得留恋众人,不暇计及。这日正与也云闲话,忽见房门开处,他父亲蓦地走来,小乔起身接进。必元见他云鬟不整,憔悴可怜,又住着黑暗地方,不禁潸焉泪下,说道:"我前日那样劝你,你偏不肯回心,致受这般苦楚,叫我看了怎不伤心!近来大人请了一位活佛在府求子,他奶奶们一个个诚心顶礼,求他传授真言。你若肯去拜求,他原是我荐来的,一定教你。你将来生了儿子,得了荫官,你岂不就是一位太太了？好孩儿,你听我的话,将恶气儿捺下,将好气儿放些出来,我替你求一求大人,放你出去;若还是这样,就一世禁在这里了。你花儿一般的人儿,刚才开得一两瓣,岂不误了青春?”小乔哭道:“孩儿自到这里,那一样不依着他,我天生这个样子,叫我怎么来?”必元道:“你在家中,一样的会说会笑,而且笑的时候多,我还不时吆喝,为什么到了这里,一点笑容都没有？大人原爱你,只嫌你这一样。他说,只要你笑了一笑,还要升我的官呢。你就算尽了点孝心,笑一笑罢。”小乔道:“那悲欢苦乐如何勉强得来？爹爹要想升官,何不再养几个会笑的女儿,送与总督巡抚,还可以升得知府知州,不强似这盈库大使么?”必元大怒道:“这贱人怎么倒挺撞起我来！你春风不入驴耳,从今不必见面了。”立起来忿忿出去。小乔叹口气道:“我看你靠着这座冰山,只怕春雷一响,难保不消。我这污辱之身,自然不能再奉苏郎巾栉,天可怜再见一面,也就死而无怨了。”

必元惭忿走出,见过老赫。老赫问他道:“你去劝他,他怎么说?”必元连忙跪下道:“生了这等不肖女儿,都是卑职的罪孽,求大人格外宽恩,暂时饶恕罢。”老赫道:“他原没有什么不是,不过是不讨人喜欢,迂拙孩子,我也不忍凌虐他,且过几时再处。”必元谢了站起。老赫又问道:“我们应收税项,各处都有缺额,将来覆命之时,我那里赔偿得起,你须替我想个法儿。”必元道:“这事卑职也曾同包大爷议过,大人还须传他进来,通同商议。”

老赫即唤进包进才,问道:“那税项缺额,你同乌老爷怎样商量?”进才回道:“小的仔细想来,那税银是明明因洋匪太多、商贾少了收不起,并不是那个侵渔的,此刻屈大人因报了‘贼匪歼除,海洋宁谧’,加了一级,人家得了好处,我们到代人受过,将来赔补额税,屈大人难道帮我们不成？依小的意思,老爷将这洋匪充斥、商贾不通的情形奏上一本。现在各处禀报劫掠案件,不下五十余处,去春董材的被劫自经,今春姚副将又因不能剿办洋匪,督抚参了,这都是证据,不是我们扯谎。”老赫道:“这主意很好。那姓屈的本来任性,不懂事,我也顾不得许多。你分付郝先生写下奏稿,拿来我看。”说毕,两人退下。

老赫踱至里边,来到西院,见品娃等同着阿钱说话,老赫道:“你为什么到这里来,难道也想拜活佛求子么?只怕轮你不到。”品娃道:“是我挑中了他,叫他过来的,老爷就这么动气,我要留他伺候我呢!”因分付阿钱道:“以后不许过去了,老爷喜欢你,难道不许我们也喜欢么!”品姪笑道:“我们这心下的同心上的搭在一块儿,恐怕他心里嫌不厮称。”老赫笑道:“我到没有什么偏心,只怕你们到有点儿寻气。我与活佛说话去。”

品娃一晚同阿钱在床,不知说了些什么话,学了些什么法,后来与摩剌对垒,四位女元帅也就战翻了一个贼光头。

下回再叙。

第十回　吕又逵饭店联盟
姚霍武海丰陷狱

才下南安春早，梦绕池塘芳草。凭将只手欲擎天，削定海洋诸岛。　　平山村墅好，埋没英雄多少！横枪轮槊订交情，笑看岭南天小。

职愈小，性弥贪，一赃官，刑偏酷，鼻都酸。要诬奸，三十两，最恩宽。　　风流女，忒刁钻，爱盘桓，因私仆，两情欢。祸临头，看果报，有多般。

话说姚霍武回转南雄，要到碣石，本有一条小路可以逾山过岭的，因他不认得路径，就搭一只便船，直到惠州上岸。将一根生铁短棒挑着箱子、铺盖，大踏步而行。

时值暮春天气，广中早稻都已插莳，绿野风来，神清气爽，这五六十里路，不消半日，已到平山。走进客店，放下行李，那柜中一个彪形大汉把他上下细瞧，举手问道："客官何来，可是要安歇的么？"霍武道："咱从惠州而来，到碣石去的，这里有空房借宿一宵，明早赶路。"那汉道："客房很多，客官任便。"跳出柜来，替他拿行李，霍武这根铁棒，重有五十余斤，又加着这担行李，那汉两手提了提，笑道："客官好气力，拿了这家伙走路！"霍武道："也不多重。"一头说，走进一间房子。霍武坐下道："有好酒好肉多拿些来，做一斗米饭，一总算账。"那汉道："有上好太和烧，是府城买来的；猪肉有煮烂的、熏透的两样；牛肉只有咸的；大鱼、龙虾都有。"霍武道："打十斤酒，切五斤熏肉、五斤牛肉来，余俱不用。”那汉暗笑而去，叫伙计捧了两大盘肉，自己提了一大瓶酒，拿进房来。

霍武一阵吃喝，肉已完了，便叫店家。那汉慌忙赶来，问道：“客官可是要饭么？”霍武道：“不要慌，你这牛肉再切五斤来。”那汉暗暗吃惊，便叫伙计：“多切些牛肉，再拿五斤酒来，我陪客人同吃。”霍武听说他也会吃酒，便道：“你何不早说会吃酒，这里且先喝一碗。”这店家真个就坐在一旁陪吃。霍武道：“我看你这等身材，方才拿行李进来，不甚费力，也算有气力的了。你姓什么？”店家道：“小人姓王，名大海，本处人氏。向在庆制府标下充当乡勇，每月得银二两，堵御洋匪。后因庆大人去了，这乡勇有名无实，拿着洋匪没处报功，反受地方官的气，月银也都吃完了，所以弟兄们不愿当乡勇，各寻生路，开这饭店，权且谋生。”霍武道：“怎样没处报功，反要受气呢？”大海道：“从前拿住洋匪，地方官协解至辕，少则赏给银钱，多则赏给职衔。我这两三县中，弟兄十五六人，也有六七个得授职衔的。如今拿住洋匪，先要赴当地文官衙门投报，复审一回，送他银子，他便说是真的；不送银子便说是假的。或即时把强盗放了，或解上去，报了那有银子人的功。那出银子买洋匪报功的，至数十两一名。所以我们这班乡勇，到是替有银子的人出力了。这样冤屈的事，那个肯去做他？”霍武道：“何不到武官衙门报去？”大海道：“武官作不得主，他就自己拿了洋匪，也要由州县申详，不过少些刁蹬罢了，况且武官实在有本事的少。可惜我们一班，无可效力之处。”霍武道：“这碣石镇姚大老爷可还好么？”大海道：“他是武进士出身，去年到此，做官认真，膂力也很强，武艺也出众，只是与督抚不甚投机，一向调在海中会哨，不大进衙门的。我见客官这等吃量，料想也是我辈中人，还没请教姓名。”霍武道：“咱姚霍武，东莱人氏，碣石姚协镇就是胞兄。”大海道：“原来是位老爷，失敬了。请问姚爷因甚至此？”霍武说明从前原委，并说如今要到碣石去协拿洋匪的意思。大海道：“不是小人阻兴，那拿洋匪的话，姚爷不必费心，就是令兄老爷这等忠勇，只怕也要被督抚埋没哩。”霍武道：“一个人学了一身本事，怎不货与王家？你们的见识太低了。”大海道：“小人辈虽有些膂力，却是无人传授，武艺平常，倘得师傅，也可助一臂之力。”霍武道：“这个何难！不是咱夸口，十八般武艺都有些晓得，你们倘情愿学习，当得效劳。”大海即忙下拜，道：“师父如肯教训，小人约齐众弟兄，一同受教。”霍武扶起他来，说道：“横竖家兄不在署中，我去也无用，就在此点拨诸位一番，只是打听得家兄转来，就要去的。”当晚尽欢。

次早，霍武住下，大海着人分头去请众人。不多时，来了三个大汉，靠柜桌子上团团坐下。大海道：“今日相请众弟兄到来，非为别事，我们空有一身膂力，武艺却未精通。昨日店中来了一位姚爷，是碣石镇姚大老爷的兄弟，我所以约齐诸位，拜他为师，学些武艺，将来很有用处。”内中一个许震道：“二哥，你见过他武艺么？”大海道：“虽没有看见，料想是好的。”一个吕又逵道：“二哥怎么长他人志气，灭俺自己威风！这姓姚的在那里，且叫他来与我厮并一回再处。”大海道：“五弟不可造次。我看这人，我们四个拼他一个，恐怕还不是对手。”又逵大叫道：“二哥怎说这样话！快叫他来！”一个尤奇说道：“二哥、五弟俱不必争论，从师一事，也不是儿戏的，如今且请他出来一会。这一点点地方，也难比较武艺，西江书院门首最是宽阔，我们吃了饭，大家同去顽一回，他输了，不过大家一笑；他胜了，我们就拜他为师。”众人称善。

大海进去请了霍武出来，各人见了，道过姓名。一顿的大盘大盏吃完，大海述了众人之意。霍武是个好胜的人，欣然应允，同至书院门前。果然好一个平正阔大的区处。霍武道：“若用兵器，未免不意伤人，我们还是略较一较手技罢。那一位先来？”吕又逵力气最大，性子最爽，便上前道：“我来我来，但我也要讲过，打坏了，我是没有银子替你买药的。”霍武笑道：“不消费心，我自己会医治的。”那又逵脱了上盖衣服，扑面的双拳齐上。霍武侧身躲过，就势里在又逵腿上两指一按，那又逵已好好的坐在地上。却不爬起来，伸起右脚把他小腿一勾。霍武走进一步，又逵勾一个空，左腿早已飞起，霍武眼明手快，轻轻的一手接住。又逵躺在地下大叫道："不要用劲，情愿拜你为师！"霍武放了手。又逵翻身就拜，霍武扶他起来，说道："何必如此，适才冲撞，幸勿见怪。"又逵道："我的好师父，须要教我一世才快活哩。"尤奇道："姚爷本事我们自然都该拜服，这里庙前有三块大石，不知可好试试气力否？"霍武道："我们就去。"众人拥着，连这些看的，约有百来人。

转过庙前，只见端端正正摆下三块石，大小不同。尤奇道："这块小的呢，我兄弟们常顽的；中的只有吕兄弟拿得起；那大的却从来没有人举过。"霍武道："这石约有多重，我只好试试；举不起时，诸兄休要见笑。"便将长衫撩上，大步向前，将那块中的轻轻拿起，不过千斤。霍武一手托住，叫众人闪开，用力一掷，去有一丈多长，那土地上打了一个大窟窿，石已埋住。又将这块大的掇将起来，不过多了五百余斤。霍武却毫不在意，两手拿到胸前，也是一手托起，在空地上走了一回，朝着那从前这块石头又一掷，听得天崩地裂的一声，底下这石变为三块。众人各各惊骇，都道："姚爷神力，真是天下无双！不知可肯收留小人们为徒弟否？"霍武道："承诸兄见爱，我们就兄弟称呼，说什么师父徒弟。"众人大喜，一同来到店中，杀猪宰牛，各各下拜，欢呼畅饮。

霍武又叫人先去碣石打听姚大老爷可曾回来，自己用心传授。大海又各路传集他相好兄弟褚虎、谷深、蒋心仪、武生韩普、戚光祖五人一同学习。

光阴箭去，倏忽半年有余。霍武因同气相投，且哥哥没有回衙，不觉耽延有日。这日隆冬天气，兄弟们在野外大路边较量弓箭，见驿骑飞马前来，霍武忙上前一把兜住马头，问他那里来的。那人见霍武凶勇，回道："我是碣石镇标把总，因大老爷有紧急军务，差到惠州提台大人辕下投文书的。快放了手！"霍武道："姚大老爷回辕没有？"那人道："那得回来，还在海里。"霍武才放开手，早已扬鞭飞去。霍武对众人道："承贤弟见爱，本不该就去，只是我哥哥有警，我当急去帮扶。"又逵道："哥哥若去，小弟情愿相随。"大海道:“哥哥不须性急,且过残冬,来春我们大家同去。凭他什么洋匪,仗着大老爷虎威,我们众兄弟协力,怕他不手到擒来!”因同至家中。霍武准要明日起身,众人再三劝留。尤奇道:“方才那把总说,大老爷现在海中,这洋面比不得岸上,那里去寻他?哥哥决意要行,也须打听一个真实。这里离碣石不过四百里,只要打听得大老爷回辕,三四天就到,有什么要紧。”霍武踌躇了一会,说道:“也不须再去打听,新春一定前去,兄弟们且耐性等候,看有机会,我寄信到来。”众人都各依允,只有吕又逵说道:“偏我不依!哥哥到那里,我都跟到那里,我又没有家小,天南海北,都跟着去。”当晚无话。

果然,过了冬天,新春已到。众人依依不舍,初则苦苦劝留,继则轮流饯别,直迟至二月二十日才得起身。又逵先挑着行李伺候,两人洒开脚步,逢店饮酒,不论烧、黄,直至月上一更,方到鹅埠。各店俱已客满关门,只有靠北一家,虚掩了门,灯火还亮,两人进去投宿,里边却无一客,见一个老儿呆呆的坐在凳上,立起来说道:“客官,这里不便宿歇,过一家去罢。”又逵道:“你敢是欺负我们外路人不认得么?这点子鹅埠地方,少说也每年走四五遍。你家是个老客店,今日如何不肯收留?”那老儿道:“老汉因有些心事,不能照应客人,所以暂停几天的。”霍武道:“我们不过两人,不须照应,权宿一宵,望老人家方便。”那老儿道:“既是不嫌简慢,暂宿何妨。”因叫伙计关上店门,自己领他至客房安顿,说道:“请问二位尊姓大名?从那里来?到那里去?老汉好去挂号。”又逵道:“我倒认得你姓何,你如何不晓得我姓吕?这位老爷是碣石镇姚大老爷的兄弟。我们从平山而来,一同到碣石去的。”何老人道:“原来是位老爷。吕大哥也还有些面善,只是肥黑得多了。”霍武道:“这客店之中,要挂什么号?”何老人道:“因近年洋匪紧急,去年这羊蹄岭侧劫去饷银,所以官府于各店发了号簿,凡客商来往者,都要注明姓名及来踪去迹,以便稽查。”又逵道:“我们是去拿洋匪的,难道也要挂号么?”霍武道:“这是地方官小心之处,兄弟不必管他。”何老人道:

“老爷们想必未曾用饭,待老汉去做来。”又逵道:“我们吃了一天寡酒,你这里有好肉好酒多拿些来,再做上二斗米饭。”何老人道:“吕大哥的量是向来好的,我去叫人拿酒菜来。”

二人放下行李,打开铺盖,酒菜已送进来。吃了一回,何老人走来说道:“肉可够了?倘若嫌少,还有一个煮烂的猪头。”又逵道:“尽管拿来。”这老人真个又去切了一大冰盘热烘烘的猪头,霍武叫他坐下,说道:“你也用些。”老人道:“老汉是一口长斋,酒肉都不吃的。”霍武道:“你这店家很老成,为什么不多留些客人?你有什么心事?”何老人道:“一言难尽!老汉所生二子,阿文、阿武,这小儿子阿武才十八岁,恃着有几斤蛮力,终日在岭上捉兔寻獐,不管一些家务。大儿子阿文,认真做生意,老汉全靠着他。去年三月,替他娶了管先生的女儿,相貌既端方,性子又贤慧,不料阿文于去年十月得病死了。”话犹未毕,早已掉下泪来。霍武道:“你老人家不要脓包势,一个人的死生寿夭,都有定数,算不得什么心事。”何老人道:“这还罢了,到了十二月里头,近邻钱典史叫家人拿了二十两银子,要买我媳妇为妾,老汉虽然痛念儿子,仍恐媳妇年少,守不得寡,且与他商量。媳妇一闻此言,号咷大哭,即往房中斩下一个小指头,誓不改嫁,老汉也就回绝了钱家。直至今年二月初八日夜里,忽有五六人跳过墙来,在媳妇房外天井中捉住一人。老汉着惊起来,看见这人,却不认得他,认做是贼。那班人认是捉奸的,当即打进媳妇房中,将媳妇从床上捉起,也捆住了,一同报官。这牛老爷审了一堂,将贼押了,媳妇取保回家,却没有问得明白。今日差人到来,说明日午堂复审。老汉打听得钱典史送了牛巡检三十两银子,嘱他断做奸情,当官发卖,媳妇闻知此信,今日又上了一回吊,幸得家中一个老妈子救下。姚老爷,你说这难道不是心事么?”霍武大怒道:“什么牛老爷,擅敢得了银钱,强买人家的节妇!”又逵道:“哥哥不知,就是这里巡检司牛藻。从前我们拿住洋匪,被他卖放了许多,最贪赃、最可恶的。”霍武道:“老儿,你且放心,我明日在这里暂住一天,看他审问,倘断得不公,我教训他几句就是了。”何老人连忙拜谢,又进去打了几斤酒,搬些鹿脯兔肉之类出来。

听得敲门声响,何老出去开看,原来是他第二个儿子阿武回家,肩上背着一管鸟机,手中提着几个獐兔,撞进门来。何老道:"你还只是天天在外,今日你嫂子又上吊了,还不在家照应照应。"阿武道:"怎么只管上吊?"何老说明原故,阿武道:"我去把这贼典史、瘟巡检都一刀杀了,嫂子也可不必上吊了。"何老喝道:"还是这样胡说!快随我来,客房中有碣石姚协镇的兄弟在此,你去见他,一同商议。"阿武放下家伙,跟着进来,且不见礼,一眼望去,早见床前竖着一根铁棒,便抢在手中,晃了两晃,觉得称手,便问道:"那一位是姚老爷?这就是他用的兵器么?"霍武道:"只我便是。这算什么兵器,不过借他挑行李罢了。"那何武才上前相见,各道姓名,同桌饮酒,说得投机,直至三更方睡。

次日起来,将他两人留住,何武也在家相陪,请至中堂。才吃完早饭,那催审的差人已到,见三人坐在一处,他并不做声,一直望里边就走。阿武立起身来,将手一挡,一个躲开,一个早已跌倒,阿武大喝道:"人家各有内外,什么鸟人,往里头乱闯!"那差人爬起身来,晓得阿武这个大虫不是好惹的,又见这坐的两人也是恶狠狠的样子,忙陪笑脸说道:"二郎,难道连我们都不认得了?我们是奉本官差遣,特来请你们大嫂上堂听审的。"阿武道:"慌些什么?我慢慢的同了他来。"何老已经走出,将两个差人留住坐下,自已进去领他媳妇出来。但见:

> 荆钗裙布,一味村妆;杏脸桃腮,八分姿致。弓鞋步去,两瓣白莲;宝髻堆来,一头绿鬓。似投江之钱女,玉洁余芬;比劓鼻之曹娥,指尖带血。体态娇如春柳,精神凛若秋霜。

这管氏步至中堂,望着姚、吕二人纳头便拜。霍武忙叫人扶起,二公差同何老拥护而行。霍武分付又逵道:"吕兄弟,你在这里看守行李,我去看看就来。"

霍武走到巡司署前，那牛巡检已坐堂审问；先叫那躲在天井中的人问了一会，那人一口咬定是奸，再问这班捉拿的人，也咬定是房中拿住的。即叫管氏上去，问道："你这妇人，如何不守闺训，败坏门风，快从实说来！几时起手，与他偷过几次。"管氏哭道："小妇人从丈夫死后，原不打算独生，因公公年纪老了，所以暂且偷生的。去冬公公要将小妇人转嫁，小妇人只得断指明心，岂有背地偷情的理？望老爷鉴察。"牛巡检笑道："你因有了私情，所以不肯转嫁，这奸情一发是真了。快实说上来，我老爷也不难为你。"管氏道："连这贼人小妇人也不认得，如何就有奸情？况且前日晚上众人捉贼之时，小妇人的房门闩上，是众人打进来的，现有公公看见。"牛巡检道："众人都说是床上捉住的，只你说是闩上房门，那个信你？你公公是你一家，如何做得见证？你这淫贱妇人，不拶如何招认，快把他拶起来！"

左右走过三四人，正要动手，那霍武在旁大喝道："住着！你这官儿，如何不把众光棍夹起问他，倒要拶这个节妇?"牛巡检吃了一惊，也大喝道："什么人，这般放肆，乱我堂规!"霍武道："咱姚霍武的便是。我哥哥现任碣石副将。见你滥刑节妇，好意前来劝你，乱什么堂规?"牛巡检道："你原来靠着武官势头，来这里把持官府，你哥哥因私通洋匪，从海道拿问了，看来你也是洋匪一党，左右与我拿下了!"两边衙役见他模样凶狠，恐怕拿他不住，走上十余个，要来锁他。霍武两手一架，早纷纷跌倒。那牛巡检立起身来，分付弓兵齐上。

若论姚霍武的本事，不要说这几十个人，就添了几十倍，也还擒他不住。只因他问心无愧，又记得匠山的叮嘱，戒他不可恃勇伤人，他恐怕略一动手，闹起人命来，自己到也罢了，又要连累着何老儿，所以听凭他们锁住。呵呵大笑道："牛巡检，我看你拿我怎样。"牛巡检道："你这般杀野，定是洋匪无疑。"即分付将奸情暂押一旁，叫差役起他行李，搜查有无赃物。

早有七八个差役同着何老做眼，赶到何家。却好又逵、何武出了店门,寻个空阔地方较量武艺去了。差役们一涌而进,把霍武的包裹、铺盖、箱子都起到堂上。打开细看,并无别物,只这六锭大元宝,路上用了一锭,余五锭全然未动。牛巡检饿眼看见,分付:“快拿上来,这不是去年劫去的关饷么!”即问霍武道:“你这五锭大银是那里来的?”霍武道:“你问他怎的?”牛巡检笑道:“我看你不是好人,果然一些不错。我且问你,去年打劫董口书的税饷,共有几人,余赃放在何处?若不实招,可知道本司的刑法利害!”霍武大怒道:“牛藻,你不要做梦!我老爷的银子是朋友李匠山送的,什么税饷,什么余赃!”牛巡检冷笑道:“好,满口的油供,我老爷居九品之文官,掌一方之威福,人家送的号件,不过一元半元,从未曾有人送过大锭银子,何况你这革职的武官兄弟,谁肯奉承你?你这强盗骨头,不夹如何招认,快夹起来!”那霍武站在当中,这些差役七手八脚的想扳倒他,正如小鬼跌金刚一般,分毫不动。霍武将左脚一伸,早又碰倒了三四个。牛巡检道:“贼强盗,这等勇猛,快多叫些人来,上了手梏脚镣,权且禁下,点齐了防海兵丁,解县发落。”霍武并不介意,由他做作,跟到禁中。

牛巡检无处出气,叫上管氏,拶了一拶,发出官卖,把何老儿打了三十,分付道:“你擅敢窝藏盗匪,我且不究治,候赴县回来,从重讯究。”牛巡检发落下来,已有钱典史家人前来议价。那管氏与公公哭别一场,乘着众人眼空,跳河而死。正是:好将正气还天地,从此香魂泣鬼神。

何老见媳妇已死,自料断无好处,也便回家自经。

牛巡检一时逼死二命,老大吃惊,还只望拿住大盗,可以做到他“窝藏洋匪,畏罪自经”上去,即分付地方盛殓,点齐了一二百弓兵,即日解霍武赴县。霍武却不担什么忧愁,只怪着行李如何起来,为何不见吕又逵之面,只怕又逵并未晓得,将来一定闹起事来。

一路的由凤尾、羊蹄等处来至海丰,已是二更时分,叫城进去。知县公羊生听说是巡检司亲解大盗前来,忙坐堂审问。先是牛藻上前参见,禀明:“姚霍武系参员姚卫武的兄弟。卫武私通洋匪,已经革职待罪。这霍武在卑职衙门当堂挺撞,卑职疑他是洋匪一流,起他行李搜查,果有五个大元宝。这广东地方通用的都是花边钱,藩库纹银都是十两一锭的,惟有洋行及各口的税饷,方是五十两一锭的库秤。这大元宝已是可疑了;况且这人勇力异常,四五十人近他不得,大老爷也要小心防他。”

知县分付他退下。因传齐本县民壮头役及巡司的弓兵两旁排列,点上百余个灯笼火把。带上霍武,霍武还是立而不跪。知县喝问道:“你在巡司衙门挺撞官府,到了本县这里,还敢不跪么?”霍武道:“牛巡检逼拶节妇为奸,咱说他几句是真的,咱又没有什么罪名,要跪那一个?”公羊知县道:“你哥哥私纵洋匪,督抚参了,你还敢倚势横行,巡检难道不要查问?现今海关的真赃现获,怎么还不成招?”霍武从前听了巡检说他哥哥参官的话,只道故意胡言,今闻知县又提此言,想来不假,即跪下叩头道:“不知我哥哥参官是假是真,还求太爷说明原委。”知县道:“你想是洋面上逃回的,怎么不知,到来问我?”霍武道:“实在不知。”因将前年到省,及至南安转来、平山教习的缘故说了一遍。知县道:“那李匠山是何等之人,客店乍逢,就有许多银子赠你?一定是去年在平山时,同这些无赖之徒劫抢伙分的。你哥哥的事,或者还可辩复,有了你这一案,只怕他的事也就真确了。”霍武又叩头道:“小人实是冤枉,求太爷行文江苏问明,开豁我兄弟二人性命。”知县道:“那个不能。你且把行劫之事从实说来,我不牵累你令兄就是情面了。快快供来!”霍武道:“小人并无此事,如何招认?”那公羊生忙叫用刑。霍武由他夹了三夹棒,只是佯佯不睬。知县没法,分付暂且收监,候拿余党定夺,赃银贮库。

下回细表。

第十一回　羊蹄岭冯刚搏虎　凤尾河何武屠牛

君不见：

岭南白额恣吞嚼，丰草长林负崖崿。

英雄何、吕两少年，铁棒钢叉纷击搏。

虎惊而起死相持，人虎空中互拏攫。

铮然棒叉中虎膺，咆哮怒目光闪烁。

片时酣斗力不支，掉头竟去顿遭缚。

彼牛何似此虎凶，残喘游魂还振作。

牵之上堂剚之刃，海瘴冤氛一清廓。

再说吕又逵、何武二人，一个提了铁棒，一个拿了钢叉，走出街口，寻一块较量武艺的地方。何武道："这里都没有空地，须走去二三里，一带山岗，接连到羊蹄岭，才是个大宽展处，我天天去打猎的。"又逵道："我们就多走几步何妨。"二人上了山头，千峰错落，一望无涯，约有二三十里长，四五里阔。捡了平阳之处，你叉我棒交起手来。那何武虽有一身勇力，却没有家数，敌不住又逵，丢了钢叉，扑地便拜，说道："小弟自恨无师传授，恃着几斤蛮力，终不合用，望哥哥收作徒弟，情愿随蹬执鞭。"又逵呵呵大笑道："我那能做你师父？师父现在眼前，你不去寻他，却来缠我。"何武道："那个是师父？"又逵道："你店中姚霍武哥哥，不是第一好教师么？我们这样武艺，三四个还近他不得。"那何武便要回去拜从，又逵道："慌什么，我替你说，不怕他不收你做徒弟的。昨日吃的野味颇好，我们何不寻些回去，就算你的贽仪。”何武正搔着痒处，便同他上下抓寻。约有一个时辰，转了五六个山头，只弄得几个兔子，又逵道：“这七八个兔儿还不够我半饱，须得寻个大些的才好。”

正在商议，忽地里呼呼的大风吹来，吹得那树摇草偃。何武迎风一嗅，道：“这是虎风，他送俺酒菜来了，我们各拿家伙伺候。”话犹未毕，一只斑斓大虫跳至面前，照着何武只一扑，何武伶俐，躲过一边。那虎扑一个空，何武却尽力一叉，那虎已望又逵扑去，这叉却打在虎背上，那虎还未知觉。又逵正要使棒，见虎兜头扑来，他却把头一低，钻进去拦胸一棒。那虎负痛，踅转身来，把尾巴一翦。何武第二叉打去，这虎尾却碰着钢叉，何武震得两手生痛，叉已落地，那虎的尾巴也就软了。又逵觑得亲切，又是一棒，着在腰腹之间。

那虎伤重飞跑，二人纵步赶去。只见南山来了一个大汉，大步迎来，两只空手，将这虎颈一把抱住，那虎用尽气力，再也挣不开。何武大喝道：“兀那汉子，这虎是我们两人打败下来的，不要夺人家的行货！”那大汉道：“原是我赶下来，原是我捉回去，怎说是你们的？”何武大怒，便要向前厮并。那汉放了虎，也便走来打架。又逵仔细一看，喊道：“不要打，你不是冯大哥么？”那汉看了一看，也说道：“原来都是一家人。吕兄弟，你怎得到此？”当下三人各唱了一个肥喏。又逵便将去年投师，昨日同到这里的话细述一番。那汉道：“别后年余，弟兄们都有了传授，一定武艺精进了，不知我也好去投他否？”又逵道：“有什么不好？今日这位何兄弟也要去拜从，我们一同去罢！”

这人姓冯名刚，武将之后，也是乡勇出身，庆总制曾授他千总之职，后来弃官回家，偶然上岭闲眺的。他不但一身勇力，而且习于弓马，广有机谋。当下看那大虫，已是伤重死了。何武背着，三人一同下山。

到了何家，已近黄昏时分，只见静悄悄的没有一个人。何武将死虎拖进，喊了一会，才走出一个老妈子来，满眼垂泪。何武问道：

“那客人呢？我们爹爹、大嫂呢?”那婆子道:“你老爹、大嫂都死了，棺木还停在巡司署后。那强盗解到县里去了。”何武道:“怎么说?”那婆子道:“我已吓死了,不晓得仔细,二郎去问邻居,便知端的。”何武忙到外边去细问一回,回来告诉二人如此怎般。又逵大怒道:“怎么赖我哥哥是盗?牛巡检这等可恶,不杀此贼,此恨怎消!”何武道:“这贼逼死二命,与我不共戴天,我怎肯干休！望二位哥哥助我一臂之力。”冯刚道:“二位不可造次。他草菅人命,诬良为盗,我们可以向上司衙门清理伸冤;倘我们竟去杀了他,这强盗不是弄假成真了?”又逵道:“这些贪赃官府,那一个不是官官相护的?谁耐烦与他说话！冯大哥不去,我们两人去了来。”冯刚忙劝住道:“现据方才的说话,牛巡检不在衙中,去也无用。”二人道:“他不在家,且先杀他一家,暂时出气,迟日再去杀他。”说罢,何武便去拿了两口刀来,决意要去。冯刚拗他不过,只得说道:“就要杀他一家,此刻还早;我也不好袖手旁观,且吃了饭,我们三人同去何如?”何武撇了刀,翻身拜谢。忙走到里边,同这老婆子一齐动手,顷刻间摆上虎肉。又逵气忿忿地酒都不吃,尽管囊饭。冯刚叹道:“吕兄弟最喜饮酒,今日生了气,酒都不饮,真好义气朋友。”

三人一阵的吃完,早已三更初了。冯刚拿了铁棒,两人各执腰刀,来到署前。冯刚道:“牛巡检无恶不为,我与吕兄弟也曾受过他的狗气,就杀他一家也不为过,但我们须要小心。吕兄弟从旁边进去,杀他外边的男人;何兄弟从后边进去,杀他里面的女人;我把定宅门,挡住外路的救应;办完了,都于宅门口取齐。”二人应了。

何武便转至后门上屋,跨下天井,寂无人声,心中想道:“必须寻出个人来,才好问他家房户。”侧耳细听,觉得左边有人声响,因走至那边,却原来是后墙,听不清楚。因轻轻的又上了屋,到了前边跳下,见靠南两扇大门,半开半掩的。这里一带六间房子,分为两院,腰门也开着。何武走至那说话的地方,还有火光射出,听得里边有男人口气,低低的说道:“我多时不进来弄你,这个东西又紧得多了。”那女人道:“亏得爹爹解盗去了,才有这个空儿。”那男人道:“今日的事,有些冤枉。那何家的媳妇,好个标致模样,硬断他官卖,可惜跳河死了。假如你我的事破了,你不要官卖么?”那女子道:“不要乱嚼,他是百姓,我是千金小姐,如何卖得?就是爹爹知道,也要装体面,不肯难为我们的,你尽管放心!”一头说,底下啧啧的乱响。何武大怒,抢步进房,喝道,“狗男女,做得好事!”灯光下明亮亮的照着那男子,“擦”的一刀,头已落地。那女子赤条条,白羊也似的跪在地上,磕头道:“奴原不肯从他的,因这小子再三哀恳,奴一时错了主意,依了他。奴听凭你要怎样,饶了我一命罢。”何武笑道:“我到认真审起奸情来了,贱淫妇,你且实说,与他偷过几次,几时起手的?”那女子道:“奴再不敢说谎。去年六月,爹爹上省去了,奴在天井里乘凉,与他偷起的,共睡了二十一夜,爹爹回来就不能进来了,今日不过第二次。”何武道:“你这宅里共有多少人,房户都在那里?说个明白,我便饶你。”那女子道:“一个母亲、一个姨娘与三岁大的小兄弟,房在东首;这里对门住着妹子,通共三个丫头。”何武不待说完,早将他一刀杀死,想道:“这牛贼的小女且不要管他,先去杀了老乞婆再处。”即走过东首来。先走进西边房内,床上问是何人,何武应道:“是你老子!”揭起帐子,只一刀,杀死大小两个。转到东边,趯开门进去。这奶奶听得喧闹,已起来叫唤丫头,何武扑面一刀,料也未必肯活。桌上点着灯,放着几封银子,何武道:“这些赃银,且拿去买酒吃。”走出房门,两个丫头叫喊,也各人赏了一刀。

那又逵已从外边杀进,何武道:“你的事妥了么?”又逵道:“不过六七个人,直得甚杀!”何武道:“我也只剩了他一个小女儿,暂饶了他,留些有余不尽罢。”二人一同出来,只见冯刚提着铁棒,靠门站着。又逵道:“我们的事都办完了,出去罢。”冯刚道:“我并未遇一人,却不爽快,那衙役们等与我们无甚冤仇,还是越墙而去罢。”三人跳过墙来。

回到何宅,冯刚道:“此处不可久居,二位且同到我家暂住。”又逵道:“何兄弟,你的气已透了,只是姚哥哥解到海丰,未知生死,须要设法救他;况且你我做了此事,将来一定干连到他身上,冯大哥须替我出个主意。”冯刚道:“一不做,二不休,我们还当到海丰去劫他出来,另寻安身立命之所。”又逵拍手道:“好大哥,我们今夜就去。”冯刚道:“海丰虽然小县,有城郭沟池,有一二千人马,比不得鹅埠地方。吕兄弟,你休辞劳苦,连夜赶至平山,约齐了众兄弟到来,我同何兄弟暂躲一天,晚上这里会集。”又逵道:“大哥计较得是。我此刻就去,明日三更准于此地相会。”何武道:“吕哥哥须吃些酒饭,才好动身。”又逵道:“我哥哥在狱,望眼欲穿,此刻非吃酒的时候,你拿大碗来,我喝了几碗就走。”真个一口气吃了四五碗,提了铁棒,洒开大步,飞奔而行。

到日出东方,已到王家门首,大海正做买卖,见又逵走来,出柜接住,说道:“五兄弟,为什么这等来得快?敢是被哥哥撵了么?”又逵便将前后的事说了一遍。大海道:“既是哥哥有难,我们理当救应,幸得众弟兄还未散去,你且吃些酒饭,我打发人去邀来。”又逵饭未吃完,众人已到。闻了又逵之言,一个个拍案大怒,说道:“我们就此起身。”尤奇道:“众弟兄不须性急,我们此番举动,是舍身拼命之事,须要算个万全。弟兄们也不可一时高兴,到后来翻悔。”众人道:“我们又没有千万贯家私,有什么舍不得?只要救出哥哥,有藏身的地方固好;假如没有,一直下海去了,岂不畅快?”尤奇道:“既是弟兄们同心合意,如今先将各人的家口聚在我家,着蒋兄弟料理看守,俟我们有了定局,悄地来迎。我们各家的雇工伙计,愿去的同去,不愿去的听凭自便。”当下计议已定,除蒋心仪与四五个闲汉看家外,八筹好汉,领着十二个勇壮伙伴,吃饱了饭,各藏暗器起身。

却好三更,到了鹅埠。冯刚、何武已在门首探望多时,一见大喜,同至堂中,打圈儿作揖就坐。何武开谈道:“小弟自愧无能,以致父亲自经、姚师父陷狱,今幸众豪杰帮助,自然拨云雾而见青天,但未知计将安出?”尤奇道:“姚哥哥系弟辈恩师,理当誓同生死,只是连累着冯大哥,此事还祈冯大哥定夺。”冯刚道:“我与秦述明大哥、曹志仁三弟虽同时受过职衔，他二人已占住军门岭落草去了，只我困守家园，还无出头之日。众弟兄的师父，就同我的师父一般，理应赴救。我已经与何兄弟商议，先要设了盟誓，再打算往海丰。”众人都道：“冯大哥主见极是。快排起香案来，一同拜告。”那何武已预备了三牲礼物、纸马香烛之类，韩普写了疏头。王大海道：“姚哥哥虽不在此，须要上他姓名，料无翻悔的。还有一个蒋兄弟，在家看守家小，也须写上。”冯刚道：“这才是心交的朋友！”那韩普粗有几句文理，写道：

> 维年月日，姚霍武、冯刚、尤奇、王大海、吕又逵、许震、蒋心仪、褚虎、谷深、戚光祖、何武、韩普等，谨以香烛庶羞之物，昭告于过往神明之前曰：雅歌伐木，易象同人，惟性情同二气之甄陶，故朋友补五伦之缺陷。某等仗此心坚，耻其姓异，或籍东莱，或居粤岭，既一海之遥通；或夸宦胄，或隶编氓，幸寸衷之吻合。羡关、张之同死，陋管、鲍之分金，刺血联盟，指天设誓，有神不昧，尚鉴其忱！

众人依次拜毕，焚了疏头，各刺臂血，和热酒分饮一杯，然后入席饮酒。冯刚道：“我们这许多人，日间不便行走，趁今夜醉饱，分作水陆二路，同至我家取齐，明晚进城行事。”又逵道：“横竖是夜里，何不一路同走，还闹热些。”冯刚道：“吕兄弟，你不晓得，这为首的罪魁，是鹅埠司牛藻，却饶他不得。我们昨晚杀了他一家十三口，他今日得了信，自然连夜赶回，如今分了两路，他就逃不去了。”又逵道：“好大哥，真个算得到！”冯刚道：“吕兄弟，你是认得我家的，你同尤、何、王、许四位，领着众人走水路，我们五人走旱路，如何？”又逵道：“很好！”何武道：“小弟还有一事相烦：众位哥哥，钱典史那斯也饶他不得，况且他家有数万之富，拿来也充得粮草。”冯刚道：“也好，只是恐怕牛巡检走过了。我们着三两个把住街口，其余都往钱家去来。”

当晚，众人酒醉饭饱，各拿兵器，一拥出门。这钱家有多大本领，不消半个时辰，杀个干净，抢个精光。其有邻居听得喧嚷，出来救护者，都被众人吓退。陆续到了街口，已交五鼓，牛巡检却还没有回来，即分作两路迎去。

又逵等到了河边，却有三只小船系着，船上无人，就跳上了船，叫伙计们推着走。原来这凤尾河二十余里，两岸都是高山，这水不过一二尺深。使不得篷、摇不得橹，又无从扯纤，所以只好推着走。一直走到渡头，却不见有牛巡检的船只，又逵等只道他从旱路去了。正要上岸，听岸上人嚷道："那不是有船来了么！"何武远远望去，却见十数个人拥着一乘轿子，轿中却好正是老牛，便告诉了又逵，两人便要到岸上去拿他。尤奇道："这个使不得。此时天已大亮，来往人多，我们在此杀人，岂不招摇耳目？这冯大哥家就住不成了，怎好去救哥哥？不如权且寄下这颗狗头，将来原是我们囊中之物。"又逵到也罢了，这何武仇人相见，分外眼明，忿忿地怎放得过？尤奇等再三劝住。

上岸起程，只见一个差人走至轿前，不知说了些什么，牛巡检便叫："快快拿来！"即拥上七八个人，来扯又逵、何武，二人便随着差人来到轿前。牛巡检问道："你这小子是何阿武，那一个是何人，可是姚霍武一党么?"二人还未开口，那差人禀道："老爷不必问得，前日小的去拿管氏，何武推了小的一交。这黑脸大汉同姚霍武一同坐在他家的。"牛巡检道："你这两个该死的囚徒，既系盗党，本司一家十三口，一定是你们杀害的了。快与我锁着，回衙细审。"

衙役正要锁他，又逵两手一推，纷纷跌去。何武便抢进轿里，将牛巡检一把抓出，挟了便走。尤奇等见势头不好，各拔刀向前。衙役们拥来，尤奇大喝一声，砍翻两个，又逵掼死一人，王大海也杀死了一个跟班。吓得各店关门，观看的众人躲避。何武挟了牛巡检，说道："众位走罢，不要理他了。"众伙计扛着钱家的银两，又逵领路在前，尤奇等在后，一路往东而行。牛巡检在何武腰间大喊救命，又有几个差役，同着一班地方百姓追来。尤奇喝道："我们奉军门岭秦大王之命，冤有头、债有主，只要巡检司牛藻一人，你们不要讨死！”许震抽箭搭弓，射死了一个，方才退去。

走不到三里，已至冯刚家内。这冯刚原是有根基的人家，家中房子高大，后槽养着四五匹好马，有十三四个家人，二十余名庄客，七八个马夫，弓箭刀枪，无一不备。

众人来至中厅，冯刚等已到多时了，大家相见。何武将牛巡检放下，已挟得半死。冯刚问是何人，又逵道：“大哥难道不认得了？这位就是鹅埠司牛老爷，我们顺路请来的。”何武将他剥得赤条条的绑在柱上。众人坐下，将方才的话细述一番。

须臾，酒菜上来，何武拿着一把尖刀。指着牛巡检喝道：“牛藻，你这狗男女，你在鹅埠诈人害人，我何老爷都不来管你，你为什么得了钱典史三十两银子，就要诬我嫂子为奸？一连逼死二命，陷害姚二老爷，还要拿我？今日被我拿来，有何理说？”牛巡检哼道：“总是我的不是，懊悔嫌迟，只求何老爷饶了我这条老命，自后洗心做官，便是天恩了。”何武道：“你诬我嫂子为奸，那知她贞烈自尽；你家大女儿与小子通奸，你可晓得么？”牛巡检道：“实在不知。”又逵跳起来道：“这样赃龟，兄弟与他说什么闲话，早些结果了他，与我们省口气罢！”何武道：“牛藻，你须听着，钱典史带着许多花边钱，在前途候你，你快赶一步寻他去吧。”将刀向他胸前一划，鲜血斜喷，早已劈成两半，心肝五脏淌将出来。冯刚叫人收拾过了。何武拜谢各人，然后入席饮酒。

王大海道：“何兄弟大仇已报，只是姚哥哥的事，冯大哥作何商量？”冯刚道：“不要慌，我已着人进城打听去了，待他回来，我们才好陆续前去。只是救了姚哥哥出来，此处料想不可安身，还须商量一条长策。”尤奇道：“小弟也仔细想来，下海终非善计，既是秦、曹二兄在军门岭驻扎，我们何不径去投他？”冯刚道：“此计亦不很妥。我们自然可去，据众兄弟说，姚兄长何等英雄，他未必肯寄人篱下。我看这羊蹄岭绵延四十余里，是海、陆二县的咽喉要路，只须数百人守住，整万人也飞不过去。我们翦其荆棘，驱其豺狼，尽可安身立命。”众人道：“此计大妙，我们都听大哥指挥。”冯刚道：“我是一勇之夫，武艺又不精熟，不过住在这个地方，熟悉情形，所以偶作此想，将来须要候姚兄长出来定夺。但是目下起手的人，也就很少，跟众位来的不过十余人，连我家中，还不过五十余人，做得甚事？我也想来，这岭西五六里路有个宏愿寺，寺中住持大和尚叫做空花，也有十分本事，手下徒弟共有二百多僧，都是动得手的。这空花奸淫邪盗，无所不为，因他交结官府、出入衙门，人都没法拿他。况且寺中大富，我们只要杀了空花，降了他徒弟，收了他钱粮，就可做得基业。”一席话，说得众人手舞足蹈，大家说道：“冯大哥直是一位上好军师，我们拱听号令。”

过下午，冯刚的家丁飞马而回，走进来禀道：“海丰县昨日接了牛巡检一门杀死之信，将姚老爷打了一顿，仍旧寄监。今日又得了途中劫去巡检、杀死家人衙役五名及钱典史举家被杀之信，公羊太爷分付四门严紧盘查。因营里巡海未回，城中兵少，大约两三日内，就有官兵下乡巡察的。”冯刚道：“众兄弟不可稽迟，趁他兵马不多，人心惶惑，我们才好行事。”因叫又逵、何武、尤奇三人进狱，许震、王大海去杀守城兵卒，即守住城门，褚虎、谷深挡住县衙，自与戚光祖去挡武衙，韩普领众家丁在城外接应。“二更爬城，三更动手，都于文庙取齐，一同杀出。口中都挂着军门岭旗号。不可乱杀平民。”众人各遵了令，结束起程。

下回便见。

第十二回　闻兄死图圄腾身　趁客投阇黎获宝

宵小困英雄，更阑浩气冲，梦埙篪、何处相逢。双手拨开生死路，离狴犴，脱牢笼。　佛力本无穷，淫僧覆厥宗。逞凶残、狼藉花丛。幸得将军天际下，头落处，色皆空。

话说海丰县知县公羊生，一榜出身，五年作宰。为人虽则贪财，却不残酷。生平嗜酒，不论烧、黄。他也晓得姚副将是个好武官，不过因洋面上迷路失机，断不是交通洋匪。那牛巡检解到霍武之时，他原有心开豁，因听了牛藻“五十两一锭元宝，定是税饷”的话，所以夹他几夹。奈霍武不曾成招。后又晓得牛巡检逼死何姓翁媳二命，把牛藻着实教训一番，发狠要揭参他的官，牛藻再三磕头哀求，也就饶了。直至接了他一家被杀的信，因叫他连夜回衙。也就疑心是霍武余党，提出霍武来夹打了一回。霍武仍然不理，只得依旧收监。后又得了牛巡检途次被劫、钱典史一门杀死三十三人的报，因事情重大，有关自己前程，仍复提出霍武，也不打他，喝骂道：“你这大胆匹夫，我到好意看你哥哥面上，没有办你，你如何纵容党羽，杀官杀吏、劫抢横行、目无王法？我如今也不管你招不招，将这案件申详上去，怕你飞到海里去不成！”便叫该房叠成文案，即日申详。霍武道：“小人是异乡之人，那里有什么党羽？我一死不足惜，只怕连累着哥哥，望大爷怜悯。”公羊生道：“我今早见辕门报上，你哥哥已定了死罪，不久就处决的了，你也寻你的死路去罢。”因分付小心监守，一面檄营会缉，一面严紧搜查。

霍武吃了一吓，闷闷的下监，心中想道："那杀人的事呢，一定是吕又逵做的，他因何不来见我，一味横行？这哥哥处决的话，却是为何？今日这知县申详上去，我若顺受，断然也是一死，难道我兄弟二人的性命，就都送在广东不成？我今夜且越狱出去，打听哥哥消息，他生我死，他死我生，庶可留姚氏一脉。只是我这一走，有犯王章，可不又负了匠山哥哥的教训？"左思右想，暂且从权。

到了一更有余，将两手一扭，那铁肘纷纷断落，又去了脚上的镣头、颈上的链条，将身一纵，跳过墙垣。正是月尽的光景，虽则一天星斗，却无月亮当空。霍武走上街坊，认不得途路，乱走一阵，依旧到了县前。听得喊声四起，霍武认是拿捉他的人，心上却也不怕，且一直望西行走。

谁知此刻已是三更时分，众英雄爬墙进来，各各动手。又逵、何武、尤奇劈开监门杀进，各处寻到，总不见霍武一人。因拿住一名狱卒吓问，狱卒引至狱底霍武锁禁的地方，但见刑具满地，并无人影。因问那狱卒道："你还是要死要活？"狱卒道："小的一般是爹妈所生，怎敢不要活？"又逵道："你既要活，须直说，这姚老爷还是他们谋死的，还是藏在何方？"狱卒道："今日傍晚审了，就押在这个地方，本官又没有讨病状。小的并不敢说半句谎，小的是向来持斋念佛。"又逵大怒，不待他说完，一刀杀了。因垂泪道："我哥哥料想被赃官谋死，这是我害了他了！我与你且杀进官衙，以消此恨。"尤奇忙劝道："兄弟且不要悲伤，你看这地上刑具，是扭断的，姚哥哥何等样人，怎肯轻易遭他谋害？除非是自家越狱，逃往他方，到是未可定的事。"又逵道："你还不知哥哥的性情，他是最不肯越狱的，况且今日傍晚审问，此时逃到那里去？"因与何武放起一把火来，大喝众囚徒："要命的都跟我杀出去！"那狱中有二百余囚人，发声喊，跟了一大半出来。

出得狱门，撞见谷深、褚虎。那知县正与小妾行房，一闻此报，吓得魂不附体，以后就成了不举之症。忙分付众人堵御，自己急往床底下乱钻。外面衙役民壮、禁卒夜班聚有五十余人，那里够五人的砍瓜切菜，一阵杀的杀，跑的跑，弄得毫无人影。又逵因不见霍武，定要杀进县衙，四人再三劝住说："且到文庙前候冯大哥到来再议。"又逵只得同他们来至庙前。

却好冯刚、戚光祖杀散武衙门救兵，方才走到，见五人同着许多囚徒到来，即上前喊道："请姚哥哥相见。"又逵听说，不觉放声大哭道："我哥哥已被公羊生谋死了。万望冯大哥替我报仇雪恨，兄弟情愿一力当先，死而无怨！"冯刚问："是怎说？"何武将方才情景及尤奇的话说了一番。冯刚道："尤兄弟的见识不错，姚哥哥必不曾死。"又逵嚷道："你们都不是真有血性的男子！我只杀了知县，与哥哥报仇，不用你们帮助。"说罢，即依旧望原路而行。冯刚、尤奇一把扯住，说道："兄弟不可性急。既然要杀知县，也须同去拿他，细审一番，才晓得哥哥下落，你若杀了他，岂不是死无对证了？就杀了一百个知县，有何用处？"

正在争闹，只见黑影里三人走来，当头一人大喝道："吕又逵，你还要杀何人？还不随我出去！"又逵见是霍武，喜得拜倒在地，说道："哥哥果然未死！我的哥哥，可不急死又逵也！"霍武扶他起来，道："兄弟，你任性杀人，致我受累，还是这等胡行！"又逵不敢分说。冯刚上前说道："兄长恭喜出狱！我们且出城细说，怕有追兵到来，又要杀伤人命。"霍武道："此位却是何人，从未识面？"尤奇道："是冯刚冯大哥，诸事全仗他的。"霍武道："小弟且出城再谢。"

众人簇拥着霍武，一路出城，并无一卒阻挡。韩普早领着众人迎上。又替囚徒解了铁链，教他们各自逃生。众人都情愿跟着，一同前去。冯刚道："且一同到了舍下，再作商量。"

这四五十里路，值得甚走？红日才升，已到冯府。冯刚于厅中放下一把交椅，请霍武上坐，自己纳头便拜，说道："小弟久仰兄长大名，如雷贯耳，今日得见，庶慰渴怀，望乞收之门墙，以备臂指。"霍武道："蒙冯兄搭救之恩，尚未致谢，今忽行此礼，小弟惶恐何安！"忙跪下平拜了。何武亦上前再拜，口称："望师父收留，小弟情愿犬马终身。"霍武亦忙扶起。冯刚代他说明杀死牛巡检一家的原委，霍武道："原来令尊令嫂都已被他逼死，这个自然该杀的。吕兄弟，我方才错怪了你，你休介怀。"又逵大笑道："我今日得再见哥哥，不要说怪，就是打死，也愿意的。"众人都说道："如今哥哥已经出狱，我们就于今日扶哥哥为主，商量起手事情。"于是，冯刚、尤奇将姚霍武按住坐下，众人各各下拜，慌得霍武跳下座来，忙一同拜了，说道："众兄弟的说话，岂不是灭族之谈？愚兄前日被巡司拿住，何难当即脱身？一来问心无愧，二来记得李匠山哥哥分付说：'断不可恃着一身的勇力，抗拒官府，违背朝廷，致成不赦之罪。'所以俯首就拘。昨日听了公羊知县的言语，说我哥哥已问成死罪；我因兄弟们杀人多了，我的死罪却也难逃。因想，兄弟二人俱死广东，岂不是姚门无后？自分没甚大罪，只得死里逃生，打算到省中探问哥哥消息。如今弟兄们要我为不忠不义之人，将来何以见匠山哥哥之面？这事断难从命！"冯刚道："兄长在上，听小弟一言告禀：小弟虽然粗莽，祖父曾经仕宦，自己也曾受过职衔，难道甘自居于不忠不孝？只是众弟兄已经犯下迷天大罪，兄长若飘然远举，何以使众弟兄立命安身？惠州、碣石倘猝然有兵马到来，岂不是一个个就缚待死？兄长遵了一个李匠山之言，却送了十一个兄弟之命，恐非仁勇者所为。至令兄老总戎，既膺二品之荣，自当以生死听之皇上，宽严听之执法，是非听之公议。这里不妨差人前去打听。兄长必要亲身前去，一来海丰必定画影图形拿捉，未必到得省城；就是仗着兄长的本事，到了省城，也无补于令兄之事。依小弟愚见，还是暂且从权，有一日天恩浩荡，招抚我们，也可将功赎罪。"众人俱各大声嚷道："哥哥一去，我等一定死的，不如死在哥哥面前，也显得为朋友而死。"各人拔出腰刀，便要自刎，霍武慌忙拦住道："兄弟们断不可如此！我今日权且依从，只是诸事还须冯大哥作主，我只好暂听指挥。"冯刚道："哥哥不可太谦，兄弟们前日已定了次序。"即叫韩普将盟疏底子拿出，照着排下座位，众人依次坐了。冯刚拿些衣服与众囚徒换了，同着家丁庄客分班参见，赏他们外厢酒饭。

这里十一人同坐一桌。酒过数巡，霍武停杯说道："愚兄蒙众位不弃，患难相扶，今日又推我为主。目下海丰、碣石必有官兵到来，冯兄弟想已定了主意，愿道其详。"冯刚便将前日如此这般的商量告诉霍武。霍武道："愚兄虽属外省，这里的山川风俗，也曾打听一番，兄弟的主意很是，我们依计而行。冯兄弟即于今晚率领众人上羊蹄草创基业，我与吕、何二兄弟去招收宏愿寺僧。只是各人的兵器俱未齐备，还要商量。"冯刚道："小弟家中还有祖上留下的兵器。"叫家丁都搬将出来。又逵即上前取了一柄大斧，约有五六十斤，使了一回，颇觉趁手。众人都各挑选了。何武道："哥哥的铁棒，量来用他不着，就给小弟做兵器罢。"霍武允了，但自己的兵器俱选不中，只检得一柄二十余斤的腰刀。冯刚道："哥哥神勇，自然与众不同。舍下藏有三号大刀，系考试时习练所用。"即叫众人抬来。霍武一一试过，取了中号的一柄，约重百三十余斤。按：兵器古秤一斤，今重六两。霍武所用之刀，已不下五十斤重矣，岂非奇勇乎！当下分付家丁，刮磨候用。那众囚与庄客等亦各给发器械，其有不全者，俟打造另给。

到了傍晚，冯刚分付合家收拾上岭，叫众人斩木为城，缝布为帐，将自已房子亦拆毁上山，叫匠人盖造。霍武却领了又逵、何武，望宏愿寺而来。正是：

屣足科头惯跳梁，草茅宁不戴君王。
漫营五岭当三窟，自笑山牛日月长。

再说牛藻一门被戮，署中单剩了一个十五岁的小女儿，名唤冶容。还有一个丫头，先在大女儿房里伏侍的，因有了私情，怕丫头碍眼，叫他睡在妹子房中，所以侥幸得脱。外边剩了一个牛藻的侄儿山美。因他晚上解手，趁便躲在毛厕上头，又逵未曾寻到。早上起来，着差役赴县报明。不料次日又得了牛巡检被劫之信，晓得必然伤命，此署不能久居。因与冶容商议，只说一同赴县哭诉，叫冶容收拾细软，却还有一二千金，自己押着先行；雇了两乘轿子，叫妹子与丫头随后进发。那山美晓得囊中有物，也不管冶容死活，多与脚夫几两银子，一直反往惠州路上去了。

冶容坐着轿子出署，衙役们晓得本官已死，躲个精光，由着四个轿夫抬。这一主一婢，望海丰大路而行。轿夫见是两个女子，又无人跟随，一路诈他两个的酒钱，慢慢的延挨时刻。过了羊蹄岭，他也不走大道，竟抬至宏愿寺前歇下，走进去不知做了些什么鬼，只说吃茶去了。从里走出两个十七八岁的和尚，一个叫做智行，一个叫做智慧，各拿朱漆盘托了一杯茶，至轿前送饮。见了冶容，智慧两只眼睛注定，魄荡魂飞，暗暗与智行打算道："好个活宝，我们弄他进去，每人一夜受用。但不可泄漏与当家的知道，又来夺去。"因上前打了个问讯道："小姐，轿中纳闷，何不至寺中随喜一回。"冶容道："师父，不进去了。"智慧道："轿夫还有好些时候才来，我这宏愿寺中出名的活佛，祈福消灾，有求必应的，小姐不可错过。"

那冶容原非是什么有教训的女子，听得佛有灵感，思量前去拜祷，又有个顺便小解的意思。随即唤丫头来扶着，步入寺门，拜了三层佛像。智慧请他各处随喜，冶容红着脸，对丫头说了一句，丫头对智慧说了，智慧道："这个很便，有极僻静的地方，小僧引道。"因弯弯曲曲，引至自己房中，推上房门，一把抱住。智行也把丫头领到间壁房里，自己却来争这冶容。智慧已扯下裤子，挺着小光头，上前说道："先是我起意的，又在我房里，让我得个头筹，再由你罢，兄弟们不可伤了和气。"一头说，突的已进花门。冶容手推足跳，口喊身扭，智慧那里管他，直至秃髓横流，不禁斜飞红雨。智行馋了半天，昂然又上。这小小女子，怎禁二秃的恣意奸淫？弄得冶容吁喘不停，奄奄一息。

谁知事机不密，已有人报知住持。空花大踏步赶来，慌得智行连忙歇手。空花骂了一顿，把冶容一看，妖媚怜人，即替他穿好裤子，说道："娇娇不须生气，这两个畜生，我一定处治的，我同你去吃杯酒，将息将息罢。"冶容昏不知人，闭着眼说声："多谢。"空花将他抱着，问智行道："还有一个呢？"智慧即到那边去扯来。空花道："这个赏了你两个罢。"他便抱了冶容，来到自己密室。却有五六个村妆妇人、七八个俊俏小和尚伺候。空花道："众娇娇，我今天娶了正夫人了，你们快拿酒来，把盏合欢。"又分付小和尚道："你去叫厨房备酒，合寺替我贺喜。"顷刻间，大盘大碗的拿来。空花拿了一大杯酒，送到冶容口边说道："美人，请吃杯合欢酒。"

冶容坐在空花身上，片时神魂已定，开眼一看，见一个竹根胡子、铜铃眼睛、蛮长蛮大的丑和尚抱了自己，料想没甚好处，垂泪道："师父，饶了奴家罢！"空花笑道："美人，且饮一杯，不消过虑。"冶容怕他，只得自己吃了一口。空花忙自己干了，又拿菜来喂他，冶容不敢不吃。慢慢的冶容一口、空花一杯，俱有三分酒意。空花解开他的衣襟，（删三十五字）冶容道："师父，饶了奴家此事罢！"空花道："我到肯饶，只是这小和尚不肯，幸得我两个徒弟做了我的开路先锋，你也不大吃苦的了。"因解去自己衣服，（删二十五字）冶容不敢不依，（删十一字）暗想："今夜料来是死，不如早些自尽罢。"即欲跳下身来。空花那肯依他，立起来，把他上下脱得赤条条的，按在床上。（删十八字）冶容苦苦求他大发慈悲，空花却无半点怜惜，幸得水浸葫芦，冶容不致丧命。直到掌灯才歇，空花替他将这浪荡山门揩净，重又抱起他来，也不穿衣，一同吃酒。这冶容伏在空花怀里，宛转娇啼，求他释放，空花道："在这里天天取乐，还你畅快，回去做什么？"有词道这和尚的恶处：

> 秃秃秃，世间惟有光头毒，饿鹰觅食，连皮带肉。花心搅碎还抵触，光郎崛强难驯伏，一声声是惨红愁绿。

空花将一件僧衣披着，把冶容裹在怀中，喝了一回烧酒，兴又上来，（删六字），两手将冶容搂紧，一递一口的乱吃。吃了一会儿，把冶容摇摆顿挫一回。

正在好顽，忽外面喊声大起，四五个和尚跑进来说道："师爷，不要顽了,一个长大汉子杀进来了!”空花听是一人,那里在他心上,喝道:“什么大惊小怪,你们拿去砍了就完了。”和尚道:“我们四五十人,近他不得,已被他杀死许多了。”

空花大怒,放下冶容,取了两柄戒刀,正要穿好衣服,那霍武已破门进来。空花不及穿衣,赤着身体,飞起两柄戒刀,风滚的一般迎来。霍武见他来势凶猛,因地方狭窄,不好施展,虚晃一刀,回身便走,退至殿中。那空花左手一刀当面砍来,霍武掠过一边,顺手将腰刀劈过。空花双手一架,觉得沉重,不敢轻敌,恶狠狠的尽着生平本事死战一阵。那酒色过度的人,又本领原及不得霍武,十数合之中,早见光头落地。吓得众和尚四散奔逃。无奈前门是何武的铁棒,后门是又逵的大斧,牢牢把住,早又伤了数人,只得跑回,一一跪求饶命。霍武喝道:“我原打算杀尽众僧,你们若要饶恕,须一齐还俗,搬了寺中粮草,跟我上羊蹄岭去。倘若失去一物、走去一人,教你们一个个都死。”众僧都磕头道:“愿随好汉还俗。”霍武发放他们起来,去寻那些躲避的和尚,都至大殿。除了杀死的、老弱的,还有二百多人。霍武重又分付一番,叫他们各处各房去搬取金银粮食。

这几个村妇与冶容主婢二人,都来跪在地下,叩求开释。霍武道:“你们各回本家去吧,以后不可这等无耻。”众妇人都拜谢了,只有冶容满眼垂泪,哀诉原委,“现在无人可靠。情愿为婢妾伏侍,望好汉收留。”霍武道:“你既是牛藻的女儿,理该一刀杀死;但你既遭淫毒,也算天道昭彰,任你自寻活路去吧,那个要你!”喝他退下。那众僧搬运已齐,便招了又逵至前门,三人前后押着,一同上羊蹄岭而来。

冯刚已搭起几处营帐,众人各于帐内安身。明早,又到宏愿寺,将殿宇拆毁上山。各处捉了许多瓦木匠,日夜盖造,一连七八日,盖有一半光景。正要商量制造衣甲兵器,早有探卒报道:“海丰守备梁尚仁,协同碣石左营游击吴日升,领了一千马步军兵杀来,离山不过十里了。”霍武大喜道:“这是送衣甲马匹来的!”因叫冯刚、许震领一百人守住岭头炮台;尤奇、王大海、谷深、韩普各领十人四面巡哨,以防别路;戚光祖着紧督理匠役;自同又逵、褚虎、何武迎敌。冯刚道:“割鸡何用牛刀,哥哥山寨之主,不必轻动,小弟同三位兄弟代哥哥一行。”霍武允了。

冯刚与三人领着二百名半僧半俗的兵卒跑下山来,才走得二里有余,早望见官兵摇旗呐喊而至。先锋千总史卜远,一骑马、一条枪,奋勇杀出,大喝道:“无知的强盗,擅敢杀人劫狱,啸聚山林,阻挡朝廷的官路,还不跪下受缚!”又逵大吼一声,飞步抢出,喝道:“不必闲话,快拿头来试爷爷的斧头!”“当”的一斧劈来。史卜远把枪用力一架,已在马上两三摆,正欲拨马逃转,那又逵已一纵跳上马来。史卜远一抢刺去,又逵顺手接住,只一扯,卜远已经坠地,再加一斧,结果了性命。吴日升见卜远落马,飞骑来救,何武跳出阵前,拦马头就是一棒,马头落地。吴日升即跳下了马,并两员千总,一力向前。何武是未经习练之人,凭着这条铁棒,横冲直撞的打去;冯刚一枝铁戟,褚虎两柄刀,领着众人一拥攻进;又逵使开大斧来帮何武。转眼处,一员千总落马。吴日升手中兵器一松,又逵手起斧落,也活不成了。梁尚仁大呼:“放箭!放炮!”自己却策马先逃。冯刚从斜刺里赶来,梁尚仁不敢交战,反跳下马来,如飞的跑去了。那官兵见主将死的死、跑的跑,大家弃甲丢盔,没命的逃走。冯刚分付不必追杀,抢了百余匹好马、四五百副盔甲、二三十个炮及器械之类,大笑还山。

霍武出寨迎接,摆酒贺功,将马匹、器械分给各人,将炮架于山南山北两头,以备后用。那巡山四人,也都回转,大家开筵畅饮。霍武分付道:“我们此举,原属不得已之极思,众兄弟第一不可杀害平民,第二不可劫抢商贾,打听那贪酷的乡宦、刁诈的富户,问他借些钱粮。山头四面各竖一根招贤纳士的大旗,着人看守。房屋造完之后,南、北各设一关,以防官兵冲突,再于平旷地方设一教场,轮流演习。”众人各各遵令施行。

第十三回　初出山论将谈兵　权落草封官拜爵

谈兵纸上自矜奇，漫说偏隅可创基。
从古书生最饶舌，未经肱折即名医。

从来螳臂惯当车，海瘴平空混太虚。
试向循州询往事，几多技击已耰锄。

博罗布衣白希邵，道号遁庵，小筑数椽于罗浮山下。贫无担石，壁有琴书，胸藏不测之机，指划先天之数。行兵布阵，件件皆精；草帽葛袍，飘然自得。他于三年前曾占一卦，预知沿海一带有几年兵燹之灾，到后来以盗攻盗，可仍为国家梁栋，自己亦在数内，但不知起于何时。

这日正在沿溪垂钓，听得往来行人纷纷议论，说羊蹄岭上近来有草寇屯驻，虽不劫掠平民商贾，但这一条路是不通的了。遁庵笑问道："老兄的话说错了，那强盗不打劫财物，何以得生?"那人道："先生，你不晓得，这大王是姚副将的兄弟，要想报效朝廷，他有天大的冤屈[在]身，专杀贪官污吏，打劫那为富不仁之徒，不惊动一个好百姓。"遁庵偶然触着心事，即罢钓回家。想道："听方才说来，这姓姚的有些希罕，自古从未有窃据山林、可以报效朝廷的情理。我姑占一卦，以[卜]行藏。"因焚香布蓍，占了一卦，得师之九二。大喜道："九二，在下为群阴所归，上应于五，而为所宠任，将来主三锡命；正合着从前之数。他那知天壤间有我，我须自去寻他。"于是撇了药炉茶灶，别了茅舍竹篱，飘然往惠州进发。

不日到了鹅埠。三三两两传说：“姚大王占住了羊蹄岭，前月杀败了碣石镇兵马，这几月提标就有官兵到来征剿。我们不怕强盗，只怕官兵，一到此地，定要遭瘟，趁早收拾躲避。”遁庵听在心里，吃了点心，竟出街望旱路走来。上山不到二里，望见一座高关，关上竖着一根“招贤”二字的旗号。此时羊蹄岭上已有千余人马，定下规模：正中大寨，姚霍武、冯刚居住，前寨何武，左寨韩普，右寨谷深，蒋心仪已送家眷到来，居于后寨；南关王大海、戚光祖把守，北关吕又逵、许震把守，尤奇、诸虎另立一寨于凤尾河边，以防水道。

这日正从教场中演武回来，听得北门来报：“有一书生投见。”霍武忙叫请来。只见许震领着一人，昂然竟入。霍武起身相迎，遁庵长揖就座。许震替他道了姓名。霍武问道：“姚某一介武夫，别无才智，蒙白先生枉顾，未审何以开导愚顽？”遁庵道：“方今圣天子在上，遐迩一体，众庶会归，不识将军雄踞此山，意欲何所建立？”霍武道：“某世受国恩，宁敢安心叛逆？只是众兄弟为赃官所逼，某哥哥又被谗就戮，心窃不甘，会当扫除宵小，杀尽贪污，然后归命朝廷，就死关下。此是姚某的本心，惟天可表！所以只取婪赃家产，不敢擅害良民。”遁庵道：“将军此言未必不光明磊落，但赃官点点家私，岂能供众人大嚼？后来原要波及良民；况羊蹄岭弹丸片地，岂能控制粤东？万一督抚发下文书，提标兵马攻其北，碣石镇标兵马攻其南，潮镇兵马从东南掩至，不要说众寡不敌，他三面架起大炮，远远的打来，这山既不甚高，又无城郭沟池之固，诸公虽有冲天本事，恐亦插翅难飞。若不思患预防，宁非燕雀处堂，不知栋梁焚之祸烈乎？”霍武等瞿然离席，道：“某等只图目下苟安，实未想着后来祸患，愿闻先生万全之策，某等敢不拜从！”遁庵道：“羊蹄岭系海、陆二县进省的要路，不取二邑，断无宁静之期。为今之计，先取碣石，后图二县，再收甲子；然后遣一将以重兵扼住惠来界口，一将镇守此山，虎视惠、潮，抚绥嘉应。二县的钱粮，除军饷之外，存贮仓库，将来归还朝廷。此乃高枕无忧之算也。”霍武道：“先生此论，自然确当不移，但不知何以要隔着海、陆二县，先取碣石？”遁庵道：“海丰现遭挫败，自然日夜戒严；陆丰接壤之区，怎肯不为守备？况城池高厚，恃着碣石的救援，攻之未必即克。惟碣石自恃险远，断不提防；且主将会哨未回，只须数百人乘夜袭之，断无不破。兵法所云‘出其不意，攻其无备’也。碣石一破，二县丧胆，彼既孤立无依，取之直摧枯拉朽耳！”霍武大喜，便欲拜为军师，又恐众心不服，因分付：“传齐众弟兄，明日正寨会议。”

次日，聚义厅上设了三个席面，姚霍武、白希邵、冯刚居中，众人各分左右坐定。酒行三爵，霍武开谈道：“姚某蒙弟兄们不弃，一力相扶，只是我们都是武夫，不晓得出奇制胜之理，今幸白先生惠顾，某意欲暂屈帮扶，众兄弟以为可否？”众人道：“哥哥招贤纳士，一片诚心，但未知白先生果有真才实学否？”霍武道：“白先生才学自然纬地经天。请问先生，自古有名将、军师之号，未知何等人物，如何学问，才称其名？”遁庵道：“军师、名将，迥然不同：智勇兼备，名将之任也；运筹帷幄之中，决胜千里之外，军师之事也。不但为六军之师，且可为三代以下王者之师，才不愧军师二字。师尚父是古来第一军师，留侯、武侯、魏元成、李药师、赵学究、刘秉忠、本朝刘诚意，皆其流派也。孙武子为名将之宗，韩淮阴、周公瑾、郭汾阳、岳鄂王、韩蕲王皆其尤者。其次则战国之乐毅、赵奢、李牧、白起，汉之周亚夫、李广、冯异，唐之李光弼，宋之曹彬及国初徐中山，常开平辈，亦其选也。其有似军师而不得谓为军师者，夷吾之佐齐桓，范蠡之营勾践，陈平之策汉高，王猛之启苻坚是也。其有似名将而不得谓之名将者，先轸之谲而无礼，穰苴之未逮大功，孙膑之仅图私报，田单之乘机复齐，邓艾之行险入蜀是也。此外瑕瑜互见，褒贬交加，则更仆难数类。”一番议论，说得众人心服。霍武道：“先生大才，本不该小用，既蒙俯就，暂屈为军师之任，某等愿听指挥。”遁庵慨然应允。

当日同至教场，聚集众军听令。请白希邵登坛，霍武拔所佩宝剑奉上，自己先拜了两拜，说道：“自姚某与众弟兄起，下及军卒人等，有不从令者，即以此剑斩之。”遁庵答拜受命。众弟兄参见过了，一旁坐下。遁庵登坛，晓谕道：“我法简而易明，严而可守：

劫掠平民者斩；
奸淫妇女者斩；
泄漏军机者斩；
窃取财物者斩；
闻鼓不进、闻金不退者斩；
前队先登，后队不继者斩；
一将失利，诸将退后者斩；
不依部伍，擅自行止者斩。

其余小罪，各依轻重捆打。”众人各各声诺。遁庵便叫谷深听令道：“你领二百步军，至凤尾河上流筑坝，将下流的水戽干，昼夜守住，临期别有号令。”又叫蒋心仪听令道：“你领步兵一百名，搬运木石，在凤尾河北口两岸埋伏，身边各带火枪火箭等物，倘有官兵进口，不许堵御，静候号令。”又分付吕又逵、许震：“北关多备炮石、滚木、弓箭，倘遇官兵攻打，不许出战，只许炮石打退，便算头功。”众人各受令去讫。

遁庵下坛，与霍武等回寨，叫匠人打造火龙、火马、火鸦、天雷、炮地、飞车之类。霍武问道：“先生方才发凤尾河兵卒，未知是何主意？”遁庵道：“四五日内，自见分晓。”

一连三日饮酒，不理别事，早有北路探卒报说：“提标中军贺斯光，调集三千人马、战将二十员，已到鹅埠下寨，请令定夺。”遁庵赏了探卒，即取令箭一枝，付与韩普道：“你到南关去分付王、戚二将，关上刀枪旗号一齐撤下，领着本部人马下山，于东路一二里下寨，以防海丰县出兵夹攻。你就在营相助。”又取令箭一枝，叫帐下头目去北关分付：“恪遵从前号令，倘有故违，虽胜必斩。听得山头炮响，方许下山冲杀。”又取锦囊两个，叫人分送蒋心仪、谷深遵令行事。再传冯刚、何武、尤奇、褚虎四人,领四百名兵,各带火器,在于凤尾河两岸伏下,听得山头炮响,各向河中射去。自己与姚霍武在高阜处安放号炮,静候捷报。正是:曾标国士无双誉,且看羊蹄岭上功。

再说提标军门任恪,是个智勇兼备的元戎,与姚卫武最为投契。卫武失机,督抚参奏,任公不但不肯会衔,并有札致督抚,祈他宽宥,准其戴罪立功,无奈两衙门不允。任公料得姚副将断无死罪,也就罢了。后来在洋面上接得禀报,羊蹄岭有强人占住,他还不大关心。后又接到碣石、海丰的告急文书及督抚的移文,方知姚卫武已经斩首,这为头的就是卫武的兄弟霍武。恨他不畏朝廷的法度,不顾父母的体面,因谕本标中军贺斯光领兵征剿,叫他活擒到来,自己细细审问。

这斯光乃是永乐时大将军邱福的曾孙。邱福因出塞全军覆没,次子邱贺逃窜粤西,改姓为贺。那贺斯光系提标第一员勇将,臂开两石之弓,手提百斤之棍,任公向来用为先锋,战无不克。奈他恃勇轻敌,更有信陵君醇酒、妇人之癖。奉了任公将令,正要起兵前进,却好督抚的檄文又到,因挑选马、步军兵二千,七八个参游守备,鼓勇而来。因主将勇悍荒淫,部下效尤更甚,一路上逢人家就抢,逢妇女便淫,非理分外的凶很。到了鹅埠,放起一把火来,烧做白地下寨。

斯光分付:“即刻踏平了羊蹄〔岭〕,再吃早饭。”众军呐喊上前。那关上的火炮、木石雨一般的打下来,不能前进,斯光说道:“贼匪既作准备,且吃饱了饭,寻一个计策破他。”因分付一面埋锅造饭,一面叫人四下打听上山路径。早有探卒报道:“各处都无路可上,惟有西南大路,虽新设一关,却无人把守,且凤尾河中浅水新涸,不必用船。”贺斯光道:“这伙贼匪,他知道我从北路杀来,所以这里加紧把守。我如今转去攻他背后,叫他迅雷不及掩耳,可不一个个都死。我们日间不可移动,恐怕他参透机关。一面故意攻山,晚上从凤尾河进去,他就防备不来了。”众将叹服。

斯光吃了半日酒，到了晚上，留一二百名老弱看营，摇旗擂鼓，虚张声势，自已同了众将，潜从凤尾河进发。河中无水，人马爽快而行。走不到十里路，听得山头震天价一声炮响，霎时间两岸火把齐明，无数火器尽行撺入。斯光大吃一惊，情知中计，急叫快快转去。谁知火器着了衣甲，烧得个个着忙，山上的火箭又如飞蝗一般乱射下来。到得口头，来路已经塞断，回顾手下兵卒，已烧死一半。斯光计无可施，大叫："众兵拼命杀上岸去，死里逃生。"自已奋勇一跃，便有二丈多高，一手扳住树木，一手挥棍，挨上岸。谁知这树根已被火伤，怎禁斯光的神力？树根折断，却又倒栽葱跌下河来。那上流之水忽然淹至，一千多焦头烂额之人，都做了烧熟的鱼鳖，也辨不出什么将官、兵卒、马匹了。那老营中二百余人，已被又逵等杀散，抢了许多辎重器械及粮饷等物。

霍武、遁庵已知大获全胜，天明坐在寨中，各路都来报捷。遁庵分付将山南人马撤还，俱延至寨中吃庆贺酒席。霍武将所得粮饷银钱分赏众兵卒，叫他们亦各欢饮一天。席间，遁庵说道："惠州经此番大衄，自无人敢再来，任提督又在外洋，也未能骤至。只是督抚两标兵马，数旬之内必然掩至。乘此刻秋凉闲暇，众将军当不辞劳苦，先取碣石，从定海、陆二邑，以为根本。"众人都齐声应道："愿听军师号令。"

停了三日，遁庵拨尤奇、吕又逵为第一队，何武、韩普为第二队，自与冯刚为第三队，许震、谷深为第四队，各领二百人马，声言攻取海、陆二县，摆齐队伍而行。二县得此消息，各各登城守御，昼夜提防。谁知羊蹄岭人马并未惊动海丰，到了陆丰，远远的在城外屯扎了半天，连夜往碣石卫进发。三更已至卫城，毫无守备，遁庵即分付爬城。这五六里大的城，不过一丈多高，顷刻攻进。遁庵叫第一队杀向中营，第二队杀向左营，第四队杀向右营。自同冯刚杀往协镇府。军民同知衙门本无兵卒，不必管他。这里各路杀来，可笑这几营将官还在床中睡觉。闹到五更，遁庵坐在协镇府中，那尤奇、又逵已解到守备沙先、游击曾勇。韩普、何武提了参将费时的头，擒了两员千总解至。许震等也拿住守备常棣夫、同知胡自省来到。遁庵分付一面竖起招降旗，一面贴了安民榜，将拿来文武概行寄监，其家口亦查明，分别看守，不许杀害一人，候姚将军定夺。不一时，有二千余军跪在辕门求降，口称："愿见姚二老爷。"遁庵一一抚慰，每人赏银一两，军民府所贮仓谷五斗。休兵一日，就着尤奇、何武留本兵四百、降兵一千镇守，自己领了诸将并千余降兵，回陆丰县来。

那陆丰知县苟又新已得消息，便邀游击杨大鹤商议。大鹤道："前日贼匪从这里经过，我原要领兵截住，杀他个片甲不回，因太爷必要坚守，养成此患。如今且候他回山时节，与他对垒一番，再作计较。"苟又新道："我因贼匪勇悍，前日海丰、惠州两处都遭丧败，所以立意坚守。如今前后受敌，料难请讨救兵，全仗将军英武，与贼人厮拼一阵，但不可小觑这厮。"大鹤道："但请放心！太爷只管守城，我只管出战，各尽其职就是了。"大鹤即同一员千总、三四员把总，领着一千二百兵，出城扎住。

次日晌午，早望见羊蹄岭人马浩浩荡荡而来。大鹤忙将人马摆开，自执大刀，在阵前弹压。这遁庵已知陆丰兵马挡路，晓得大鹤是一员战将，急唤许震、谷深，分付如此如此；却暗传号令："后队改为前队，缓缓的退下。"

许、谷两将领了二百余兵，上前大喝道："何处不怕死的鸟将官，敢来挡我的去路？难道没有驴耳，不晓得我羊蹄岭英雄的利害么！"大鹤也喝道："贼少死的囚徒，我来拿你与贺将军报仇！"一刀砍过。许震战了四五合，回马便走；谷深上前战了六七合，也就飞马而逃。大鹤呵呵大笑，招动军马，奋力赶来。二人且战且走。又逵看见二人败下，便欲向前，遁庵连忙止住，分付暂退十里之遥。查点兵马，却未曾少了一个，不过二十余人带伤，发在后营调养。众人问退兵的原故，遁庵道："我们不在乎杀他一将，必要取陆丰县城。杨游击负城立寨，他若败了，一定进城固守，这陆丰有'小苏州'之号，攻之就费时日了。如今骗他离城十数里，便可用计破他，调虎离山，取陆丰如反掌耳。”因叫吕又逵、韩普领六百兵马，打着杨大鹤旗号，连夜赚开城门，先据定城池；冯刚领三百人马，抄出背后，天明听得炮响，前后夹攻；自与许震、谷深衣不解甲，三更造饭，五更进城。

大鹤胜了一阵，得意洋洋，离着遁庵的营二里下寨。告诉千把们道：“吴日升本属无能，贺斯光误遭诡计，所以致败，诸公明日看我一鼓擒他。”众人道：“全仗大老爷虎威，将这厮们斩尽杀绝。”大鹤吃了一回贺功酒，分付众人不许解甲，枕戈而卧，恐怕贼人劫寨。

到了天明，众人饭未吃完，听得炮响三通，羊蹄岭人马一齐涌至。大鹤忙绰大刀上马，摆开兵将，跳出阵前大喝道：“杀不尽的毛贼，还敢来送死么！”许震早一骑飞出，战有二十余合，招架不来。谷深即拍马助战，那边千总挺枪敌住。正在酣斗，冯刚早从背后杀来，画戟起处，纷纷落马。遁庵亦挥兵杀进。大鹤前后受敌，众兵四散奔逃。奈许震敌不住大鹤，拖刀败走，冯刚上前接住厮杀。那谷深已挑死千总，即拍马夹攻，许震又回马助战。大鹤渐渐力怯，手下已不上三百余人，只得拨马逃走。这里全伙追来。大鹤跑至城边，谁知又逵等已得了城池，从城门杀出。大鹤才上吊桥，见不是头，翻身转出。冯刚却好追到，撞个满怀，一把擒住，喝叫：“绑了。”

遁庵进城，于县堂设一旁座，一面出榜安民招降。又逵解上苟知县，冯刚送上杨游击。那苟又新再三磕头道：“卑职原不敢抗拒大王爷的，因杨游击恃着勇力，冒犯虎威。卑职还有八十岁老母在家，望大王爷开天地之恩，矜全微命！”遁庵笑道：“老父台何必如此，你命中该死该生，我也不能作主，暂且同尊眷监下，候众百姓主张。”又新又连连磕头道：“卑职因办事认真，众百姓不大喜欢的，还求大王爷的恩典。”遁庵也不理他，分付监着。那杨大鹤已大喊道：“苟太爷如何这等卑污！快先杀我罢！”遁庵道：“杨将军英武，名震海南，倘能同举义旗，不胜荣幸。”一头说，忙走下座来，替他解缚，扶他上坐。大鹤道：“我是此城城守，城池已破，自当以死殉之，再无别议,难道好帮你们反叛不成?”逼庵道:“弟辈原不敢反叛,皆因有激使然,将来就了招安,也还想替王家出力。杨将军既不屑为伍,这是士各有志,我又何敢强留?”因唤左右:“快取杨将军器械马匹过来,我当亲送出城,任从尊便。”大鹤见逼庵恩礼交至,又且磊落光明,即下拜愿降。逼庵大喜,扶起一同就座。即着人送一纸书到海丰去,劝他全城归降;又着又逵领三百人马,上岭报捷,并请霍武移驻陆丰。分付将县衙改为公府,自己退居公馆。

不数日,海丰回报:“义民窦弼丕纠集居民,执了公羊生,全城归附,梁尚仁逃走;窦弼丕在外候见。”逼庵传进,奖谕了几句,叫把公羊生监下,一切赏罚候主军到来定夺。

次早,霍武已到,他因得了两处捷报,留王大海、褚虎镇守山头,自己即日同蒋心仪、戚光祖与吕又逵就道。于路又接到海丰归附之信,所以并无阻碍,一直径进陆丰。逼庵领着众人摆齐队伍,迎接入城。进县署坐定,杨大鹤、窦弼丕上前参见,霍武亦安慰一番。逼庵道:“众将军在此,我等仗着姚将军威福,众兵士协力,二旬之内连得三城,那甲子一城,可以不劳余力。学生愚见,欲暂奉姚将军为丰乐公,主此一方政治,不识众意如何?”众人道:“军师之见,允协众心,某等即于今日扶哥哥即丰乐公之位。”霍武道:“白先生不可造次,众兄弟不可遵依。姚某一介武夫,暂时躲难,赖白先生及众兄弟之力,苟且偷生,方将思患预防,岂可妄自尊大?况姚某才略不如白先生,智勇不如冯兄弟,诸公须要三思。”逼庵、冯刚齐声说道:“主公不必太谦,某等已经定议。”说毕,即同众人罗拜。霍武推辞再四,方才允了,改去“公”字,自称丰乐长。

诸人禀见,行再拜礼。礼毕,旁坐禀事。称由闻次日祭告神明,刊刻印绶;以白希邵为军师,知军民重事;冯刚为中营将军,督理各路兵马;尤奇、何武为镇海将军,控制碣石卫诸路;王大海、褚虎为镇北将军;蒋心仪为镇抚海丰使;许震为前营将军;韩普为左营将军,兼知陆丰县事;戚光祖为右营将军;谷深为后营将军;吕又逵、杨大鹤为左右龙虎将军,兼挂先锋使印;命窦弼丕权海丰事。

弼丕禀道:“小人纠众缚官,原不过依了众人的心愿,如何便好做官?有本县典史林老爷莅任九年,允符民望,求将军升他知县,则万民感戴矣!”霍武准其所请,重赏弼丕,以典史林始泰知海丰县事。惠防同知,本无甚职守,暂时裁革。民间词讼,归镇海府委员讯理。又出了一张招贤榜文,并招告海丰知县公羊生,巡检余星、陆丰知县苟又新、典史伍箴仕、巡检曲薄、训导贡南金、碣石同知胡自省的告示,大约言:各官有无贪刻罪案?在柙之虎,无虞其再噬;已死之灰,宁虑其复燃。公道自在人心,冤抑何妨理诉等语。养兵一月,即遣冯刚为大将,杨大鹤为先锋,何武为合后,领一千五百人马,望甲子城征进。

第十四回　郎薄幸忍耻吞声　女多谋图奸尝粪

闺阁徒怀脱辐伤，狂且心事费推详。忍教鞭打玉鸳鸯。饮泣泪从肠断落，包羞棒拭粉花香。追提往事怎相忘！

花月场中着脚，风流队里都头。小姨窈窕态温柔，瞥见难禁馋口。　　好事相期月下，佳节暗约河洲。满装清粪下咽喉，逃去丧家之狗。

姚霍武羊蹄岭起义之时，正苏吉士守制家居之候。如今掉了陆丰，再谈省会。从前，苏笑官表字吉士，此后书中称吉士，不称笑官矣。

吉士百日已满，出门拜客，先从各衙门、各行、各商起，一切亲友如乌、时、曲、竹诸家，无不都到。回家另换素衣，依然进内见过母亲、姨娘、妹子，来到蕙若房中，蕙若与小霞置酒同饮。蕙若说："这廿四日，我哥哥聚亲，请我们两个回去，我们是有服之人，还是去也不去？"吉士道："过了百日，自己至亲本无忌讳，就去走走何妨，横竖我也要去耽搁几天的。"是晚宿在蕙若房中，久旱逢甘，其乐可想。

早上方才起身，巫云上来说道："外边传进话来，有什么时邦臣要见。"吉士梳洗过了，踱至外边，分付："请时相公书房相见。"邦巨见面便倒身拜下，说道："昨蒙大爷枉驾，蓬荜生辉，敬来谢步。"吉士道："承诸公惠及泉壤，弟乃分所当然，何谢之有？"邦臣坐下说道："晚生在舍下敬备一杯为大爷散闷，望赐宠光。"吉士道："弟还未及奉屈诸公，如何先要叨扰？"时邦臣道："晚生忝在大爷门下，不过略尽一点孝心，大爷若不赐光，晚生何颜见这些朋友？"说毕又打一拱。吉士见他请得志诚，也就允了。时邦臣连忙告辞道："下午再专人敦请，晚生还要去请施舅爷、乌少爷奉陪。"吉士留他早饭，他再三不肯而去。

吉士分付苏兴，叫人写了几封书，禀谢那路远的亲友。过了下午，施延年走将过来说："时啸斋请我奉陪姊丈，又着人来邀了两回了，我们同去罢。"吉士道："我已依允了他，即叫家人备两乘轿子，一路同去，省得人家守候。"当下两人上轿。祥琴、鹤庆与施家小子阿福跟随，望双门底一直出去。

这时邦臣年愈不惑，妻子早亡，剩下一个十六岁的女儿顺姐。住在纲局左侧，开一个杂碎古董铺，与竹中黄兄弟间壁邻居。这日特延吉士到家，不过为亲热走动之计。将房子收拾干净，焚了些香，预备下两个唱曲的女孩儿在家伺候。竹氏兄弟已邀同一处，守了好一回。吉士、延年已到，邦臣等忙至轿前拱候。吉士下轿，挽手进来，说道："承时兄盛情，弟不胜惶愧。"邦臣道："穷人家备不出什么可口的东西，不过尽点儿穷心，我们苏州人有名的'苏空头'，大爷休要笑话。"忙忙的递上两人的槟榔。竹中黄又替他递茶，吉士、延年俱各致谢。

邦臣分付家里的小子阿喜道："怎么乌少爷还不见来？快再去请。"那阿喜道："小的方才去了，他家爷们说：'请这里先坐罢，他略停一会就来。'"邦臣道："有什么正经么？"阿喜道："像是在家里同少奶奶合气的一般。小的再去请就是了。"邦臣对着众人笑道："乌少爷怎么就敢和少奶奶闹起来！少停罚他个夫纲太正。"竹理黄道："他少奶奶就是大奶奶的令姊，闻说最贤惠的，这一定是老乌寻事了。"施延年道："老乌因他令尊兼署了盈库，气象大，不似从前。"竹中黄道："舅爷这话一些不错。"吉士道："如何一个人会改变？我只不信。"竹理黄道："时啸爷请了苏大爷来，难道就是一味清谈？

家里预备的东西，也要拿出来摆个样才好。”时邦臣道：“正是，到累大爷受饿了，快拿出来。”吉士道：“不要慌，候着乌姐夫来，同领盛情罢。”

正在摆那攒盘果碟，乌岱云已下轿进来，半酣的光景。众人一齐迎接。时邦臣道：“少爷来得怎迟？想必晓得我家没有什么东西吃，在衙门中吃饱了才来。”岱云道：“我那里有闲工夫吃酒？因多时不见苏妹丈，所以来陪他一陪。”吉士道：“多承记念，只是来迟的原故，还要请教。”时邦臣道：“且请坐下了再谈。”吉士便逊岱云上座，岱云更不推辞，居然坐了第一位。吉士虽不介怀，延年觉得岱云有些放肆。第二座吉士还要推逊延年，岱云道：“妹丈坐了罢，他们料想不敢僭我们的。”众人也都推吉士坐了，延年、中黄、理黄、邦臣依次坐下。家人送上酒来，邦臣却将第一杯递与吉士，中黄、理黄便递与岱云、延年，各人饮了一杯。

吉士又问方才的话，岱云道：“这温家的越发不是人了，从去年春到了我家，我怎么的看待他。我爹爹得了盈库，带着母亲去了。这河泊所衙中人少，因娶了一个妾，叫做韵娇，也不过图热闹的意思。他天天寻事吵闹，新年上被我骂了一场，觉略安顿些。今早起来，我到父亲那边去，小妾起身略迟了些，他竟闯进房门，将小妾打骂。我回来问他，他千不说万不说，到说小妾和小子通奸，所以打的。我家闺门严正，别人不知，苏妹丈是尽知的。他将这恶名儿图赖人家，我如何不生气？我着实的打了他一顿。他那嘴头子淮河也似的，说要寻死，我把他锁了，方才略软了些。”吉士道：“拿奸是假，吃醋是真，只是老姐丈还要格外宽恕些才好。”岱云道：“你不懂得，假如老施的妹子是你小老婆，你家奶奶也这样吃醋，你难道不要生气么？”吉士便不做声，延年飞红着脸。邦臣见二位没趣，忙拿话岔开，再三劝酒，说道：“晚生预备着两名唱曲女子伺候，苏大爷、乌少爷不知可能赏脸？”岱云道：“既有唱的，何不早些叫来。”邦臣即忙唤出，一个阿巧、一个玉儿，都不过十二三年纪，还未梳拢。列了席前，插烛的拜了两拜。岱云即搂过阿巧，坐在腿上，说道：“好孩子,你是那一帮,记得多少曲子?快捡心爱的唱一个来,你小爷就吃一大杯。”阿巧道:“小的是城内大塘街居住,还没有上帮。少爷吃了酒,小的才唱。”因双手捧上一大杯。岱云真个干了。玉儿琵琶,中黄鼓板,邦臣打着洋琴,阿巧按理弦索,低低的唱道:

两个冤家,一般儿风流潇洒,奴爱着你,又恋着他。想昨宵幽期,暗订在西轩下,一个偷情,一个巡查。查着了,奴实难回话。吃一杯品字茶,嬲字生花,介字抽斜,两冤家依奴和了罢!

唱毕,岱云道:“绝妙,妙绝!但是只许你爱我,不许爱你苏大爷。”吉士笑了一笑。邦臣叫玉儿劝苏大爷的酒,玉儿也递上一大杯,自己鼓板,阿巧三弦,邦臣吹笛,唱了一只《醉扶归》的南曲。端的词出佳人,魂销座客。吉士也干了。众人都说唱得好,岱云道:“我不明白曲子,不喜欢玉儿。”因抱着阿巧,肉麻说道:“我只守着你罢。”阿巧道:“少爷请尊重些,旁观不雅。”岱云道:“我怕那个旁观?”因与他三四五六的豁起拳来。

岱云输了七八杯,酒已酣足,摸手摸脚的,弄得阿巧无可躲闪。施延年道:“老乌这等爱他,何不娶他作妾,带我们吃杯媒人酒儿?”岱云道:“我也有此心,只要等这不贤之妇寻了死,才可称心适意。”延年道:“假如你少奶奶真个寻了死,温姨丈就没有话说么?”岱云道:“我怕他怎么的?他一个败落盐商,敢来寻我现任少爷的事?好不好一条链子锁来,还要办他串通亲戚侵吞税饷呢。”延年听他说话钻心,急问道:“串通那一个亲戚?”岱云道:“小施,你不要妆痴做聋,你家该缴的饷银偿完了么?”延年道:“偿也不关你事!”岱云大怒道:“我爹爹现为盈库大使,怎说不关我事?你靠着谁的势,这等放肆!我明日就办你,不办不是人养的!”延年道:“我怕你这种未入流的少爷也不姓施!”吉士见不是话,便喝住延年,忙劝岱云道:“老姐丈不须动气,时啸斋请我们吃酒,不过是追欢取乐,我们在这里争闹,就是难为主人了。看我薄面,省一句话也好。”岱云道:“你是个忠厚人,我不寻你,你也不要帮着你那丫头小舅子。”延年接口道:“谁是丫头小舅子?你才是赫广大的丫头小舅子呢!”岱云越发大怒道:“我就与你比一比,那个小舅子势大!”吉士与众人再三劝慰,岱云也不终席,忿忿而回。

吉士也要回去,时邦臣拦门挽留,只得依旧坐下。吉士道:“施大哥也不要生气,也不必着忙。他就认真办起来,横竖不过几千银子,我去缴还了他,他就拿不着讹头了。”时邦臣道:“大爷说得是。这小乌再不晓得变到这样!莫说他令尊是五日京兆,就是实授了这八九品的官,搁得住什么风吹草动?牡丹虽好,须要绿叶扶持,怎好这等得罪亲友!施舅爷不要理他。”延年道:“他走进门来,这目中无人的样子,是大家看见的,我何尝去寻他?他为了自己老婆,又牵上我来,叫人怎按捺得住?”竹理黄道:“原说这人不终相与的,施舅爷有大爷作主,怕他怎的?我们畅饮几杯!”吉士依然放量饮酒,两个唱的殷勤相劝,吉士每人赏了三两银子,然后同延年辞谢起身。到了门首,又嘱咐延年:“不必虑他,诸事有我。”延年致谢回去。

吉士一直至厅中下轿,走进中门,早有许多仆妇、丫头拥上。两个接了檀包,两个打了提灯,两个拿了手照,望西院而来。小霞接住问道:“今日面上没有酒意,倒像有什么心思的样儿。”吉士便将岱云糟蹋素馨的话告诉一番。小霞道:“当初原是我姨丈误对此亲,只可惜我馨姐姐,何等才貌,误适匪人。”吉士又道:“岱云还要办你哥哥的未完税饷,我也担承了。”小霞道:“也不要你担承。当初我爹爹并非吞吃饷银,活活的被海关逼死。我哥哥少不更事,又受了屈棒。奈彼时家徒四壁,无处伸冤,只得歇了。此仇此怨,时刻在心!他不办也罢了,若果然办我哥哥,我劝你这几千银子不要瞎丢了。”吉士道:“这是怎说?”小霞道:“我哥哥虽则无能,也还硬朗;我却还懂得一点人事,这不共戴天之仇,如何饶得他过?有了几千银子,我若不扳倒关部、断送乌家,我施字倒写与他看。”吉士笑道:“我又遇着一个女英雄了。你哥哥做硬汉,惹起许多闲话来,你何苦学着他呢?”小霞道:“我哥哥是卤莽之人,我须还有三分主意。现在督抚与关部不和;况且督抚就回护关部,还有圣人在上。这几千银子,难道盘缠不到京师么?我也再不肯出乖露丑,只须作下呈词,叫哥哥告去。他原是失过风的人,也不过再尝尝板子的滋味,想来未必有什么死罪。我的好大爷,你就依了我罢。”说毕,那粉腮上早淌下泪来。吉士叫丫头们出去,自己上前替他拭泪,道:“不要悲伤,且看老乌办不办再处。”小霞道:“蒙大爷厚爱,奴怎敢多言,只是此事若闹起来,切不可向老乌说情的。”吉士允了。于是同入衾裯。(删五十九字)

睡至晌午起身,即着人去打听岱云动静。原来这日岱云回衙,温家得了他夫妻反目之信,史氏叫家人来接素馨,被岱云一顿臭骂,来人雌着一头灰回去了。岱云走到房中,说素馨叫娘家人接他,又狠狠的打了一顿,逼素馨上吊。这妇人家的情性,起初以死吓人,直到叫他寻死,他却一定不肯的。当下素馨受打不过,只得软求。岱云骂道:“饶你这淫妇,明日再打罢!”自去与韵娇宿了一夜。

早来就到盈库署中,与父亲商量收拾延年之事。必元道:“你不要多事,都是至亲,何必计较,况且苏少爷面上怎好意思。”岱云道:“他倚着苏吉士的财势,才敢这等大胆。我的意思,还要连吉士都办在里头,不过看他忠厚,权时放过,将来也要与他一个手段。”必元道:“胡说!苏吉士有什么得罪我家,你这等无义?你娶亲之时,还亏借了他三百银子;后来我升官的贺分,他十倍于人。你要害他,就没良心了。况且此刻督抚因大人奏了洋匪的实情,要将大人参奏,包大爷刻刻提防,你就办上去,也不依的。”几句话说得岱云如冰水浇炭的一般,默默而退。

回转河泊署中,叫丫头烫酒解闷。他同韵娇坐下,分付丫头把素馨的链子开了,带上房门出去。自己把素馨剥得精赤,拿着一根马鞭子喝道:“淫妇,你知罪不知罪?”素馨已是斗败的输鸡,吓得跪下道:“奴家知罪了。”岱云道:“你既知罪,我也不打你,你好好的执壶,劝你韵奶奶多吃一杯。”素馨道:“奴情愿伏侍,只是求你赏我一件衣服,遮遮廉耻罢。”岱云就呼呼的两鞭,抽得这香肌上两条红线,骂道:“淫妇,你还有什么廉耻,在这里妆憨!”素馨不敢回言,忍耻含羞,在旁斟酒。岱云搂着韵娇,慢慢的浅斟低唱,摸乳接唇,备诸丑态。吃了一会,又喝道:“淫妇,你把你那头毛剪下来,与韵奶奶比一比,可如他阴毛么?”素馨不敢做声,吓得筛糠也似的乱抖。那岱云又跳起来,将马鞭子乱抽,喝道:“还不快剪!”素馨忍着疼痛,只得剪下一缕与他。岱云付与韵娇,要扯开他裤子来比,韵娇不肯,说道:“这油巴巴的脏东西,比我什么呢?”便一手撇在火上烧了。岱云呵呵大笑道:“贱妒妇,你如今可也晓得不如人了?停几日你家讨兄弟媳妇,好好的与我回家,离门断户,省得你丫叉萝卜的妆在眼前,教你韵奶奶生气。但凡房里的东西,一些也不许乱动!”说毕,竟同韵娇去睡了。这素馨前后寻思,终宵痛哭,却又不敢高声。正是:《褰裳》悔赋“狂童”句,江水难湔满面羞。

苏吉士打听得岱云没有动静,也就置之不言。转瞬间温春才吉期已到,温家着人敦请。蕙若、小霞带了家人、媳妇、丫头们回家。温仲翁将折桂轩、玩荷亭两处住他二人。十数个仆妇、丫头各随其主安歇;五六个家人、小子把住园门,听候差使。将惜花楼侧门仍旧开了,通着里边。此时素馨已早回来,带着自己的两个伴嫁丫头,居于藏春坞内。姊妹们相见,素馨自然泣诉苦情。蕙若到还不大悲伤,小霞深为惋惜,说道:“姐姐,事已如此,且在这里住几年再处。”又告诉岱云前日与延年寻闹的话。素馨道:“我是死囚一样的人,毫不晓得,只是妹妹也要防他。我是与他恩断义绝的了,他还认得那个!”小霞道:“他既不认亲,我们也只得各办各事,且看后来。”这里闲话休提。

那温商娶的媳妇,是南海县主簿苗庆居的小女儿花姐。这迎娶之日,宾客盈门,笙歌聒耳。好笑乌岱云,不知为什么原故,到欣然而来。温商只做不知一般看待,与延年、吉士都在前厅。岱云虽不理延年,却背地与吉士陪个不是,说是“酒后多言”,吉士也就替延年说了个“酒醉冲撞”。席散之后，众人都去迎亲，岱云一个人先去认认新房。

那新房在惜花楼下，岱云顽了一会，就望园中走来。丫头们晓得大小姐住在园中，不好拦阻。岱云踱在园中，也还想起从前与素馨私会的光景。见一个丫头走来，却认得是自己的，因问道：“你在这里做什么？”丫头道：“小姐同苏奶奶都住园中，我在此伏侍的。”岱云道：“苏奶奶在那里住？你领我去认认。”那丫头怎敢不依？领着他一路走来。才过沁芳桥，见一美人，身穿白纺绸单衫，外罩元青湖绉马褂，腰系元色罗裙，两瓣金莲窄窄，一头云鬓沉沉，虽然一味素妆，越显娇姿玉面。忙问丫头道：“这是那一个？”丫头道：“是苏二奶奶。”岱云想道：“怪不得小苏这等帮衬延年，原来有这样绝色佳人送他作妾。”即紧步上前拦住，作揖道：“表妹，愚姐丈奉揖了。”小霞最不防这里有男人到来，吃了一惊，忙回一礼。岱云道：“前日令兄在时家与我寻闹，我因看表妹面上，没有计较他，表妹可晓得么？”

小霞听说，知是岱云，心中大怒，见他光溜溜两只贼眼注定在身，且说话间带有三分邪气，却回嗔作喜道：“愚妹感恩不尽，只是无可报答。”岱云道：“表妹既知报恩，也不要费银钱，不拘那件都好。难道妹妹不懂么？”小霞道：“妹子除此身之外，毫无所有，实在不知怎样报恩。”岱云笑嘻嘻的走进一步，将手指着小霞裙中说道：“报恩原只在妹妹身上，这是很容易的。”一头说，像要动手动脚的样儿。小霞红着脸，低低的说道：“青天白日，许多丫头们瞧着，成什么规矩！你不要性急，若果有心，可于今夜三更，在玩荷亭左侧守候。”岱云大喜道：“谨遵台命，只是不可失信的。”又把小霞的纤手一捏，说道：“妹妹为何带这银镯儿？”小霞转身走去，回头带笑道：“我是不失信的，信不信由你。”冉冉走去，心上想道：“这泼贼，欺我哥哥，辱我姐姐，还敢欺侮奴家，最也饶他不过。”因走至折桂轩中，将岱云调戏可恶，必要报仇的话告诉蕙若。蕙若道：“我们一个女人，也不要忒胆大了，这人性子不是好惹的。”小霞道：“我怕他怎的？他也过于欺心大胆了！晚上如此如此的顽他一回，替馨姐姐出口恶气。”蕙若笑道：“凭你怎样玩，我是最怕的。”小霞别了出来，便暗暗的遣兵布阵。

这晚，温家新妇进门，春才也一般的照常行礼，又暗暗的与吉士说了几句什么话，吉士微笑点头。岱云见外边诸事已毕，三不知溜进花园，东躲西闪，听得鼓打三更，才往玩荷亭走来。这玩荷亭四面皆水，从一条白石桥过去，无可栖身。听得里头还很热闹，正在左顾右盼，寻一个暂躲的地方，那槅子响处，一个小丫头走来，黑影里低低叫道：“可是乌少爷么？”岱云道：“正是。姐姐快领我进去，我重重谢你。”丫头道：“我们二奶奶说，此刻有你们少奶奶、我们大奶奶在里头，房子小，人又多，无处躲避；这里又怕人撞见，少爷权在左边河滩下躲一回，停刻我来请你，万万不可冒失；少爷若守候不及，请转去了，明晚再来罢。”岱云连声说道：“我暂躲一躲，姐姐你须照应。”即慢慢的一步一步走下河滩藏好，思量道：“这施奶奶好算计，在这个地方，仙人也寻不到的，看来到是个惯家。可怪我们这不贤的姊妹，偏有许多闲谈，耽搁我的好事。不要管他，停一会儿就尽我受用了。”

正在胡思乱想，听得上面窗棂刮辣一响，一盆水就从窗内倒下来，淋得满头满面。岱云想道：“是什么水，还温温儿的？”把手摸来，向鼻间一嗅，赞道：“好粉花香，想是施奶奶洗面的，不过衣裳湿了些，也无妨碍。”将脸朝着上头望那窗子，想要移过一步，却好一个净桶连尿带粪倒将下来，不但满身希臭，连这耳目口鼻都沾了光。岱云觉得尿粪难当，急忙移步，那地下有了水，脚底一滑，早已跌在河中，狠命的乱挣，再也爬不上来。上头又是泼狼泼籍的两桶，实在难过，又不敢作声，低头忍受。听得一阵笑声，一群儿妇女出去。

岱云将河水往身上乱洗，还想有人来捞他，谁想亭门已经闭上，却有许多人摇铃敲梆巡夜而来。一个说道：“这亭子四面皆水，料来没有贼的。”一个说道：“也要两边照照，省得大爷骂我们躲懒。”即有一个小子提着一碗白纱灯走来，说道：“这滩底下还是大鱼呢，还是个乌龟？”就有两三个跑来，拿火把一照，喊道：“不好了，有贼！”众人蜂拥将来，把他扯起，说道：“好一个臭贼，想是淘茅厕的。”各人手拿短棒，夹三夹四雨点般打来。岱云只得喊道：“我是乌姑爷，你们如何打我？”众人道：“我们是苏府巡夜的，你既是乌姑爷，如何三四更天还在这里？且拿他出去，回明了大爷、温太爷再处。”岱云道：“我因来这园里与我少奶奶说话，失脚掉在茅厕里头，在这河边洗一洗的。我这副样子，如何见得他们？求众位替我遮盖了罢。”一个年老的说道：“这话想是真情，兄弟们放他去罢。乌少爷，不是我说你，这里是我家奶奶们住的地方，不该夤夜到此，第二遭打死莫怪。”岱云不敢回言，望藏春坞走去。素馨已经睡了，敲不开门。挨到天色微明，捉空儿跑回去了；温家也不查点到他。岱云到了家中，气了一个半死，猜是小霞诡计，打算寻衅报仇，却好因水浸了半夜，受了惊，又挨了打，生起病来，延医调治。

第十五回 三奸设阱 四美潜踪

以色为香饵，游鱼惯着魔。
丝纶空在手，奈此直钩何。

十旬莲座下，五体总皈依。
从此飞升去，长看玉麈挥。

吉士等在温家住过三朝，才辞谢回去。见过母亲、姨娘等，回到蕙若房中，蕙若把姐姐如何受辱及小霞捉弄岱云之事，细说一遍。吉士也替素馨伤感，说道："馨姐姐自取其辱，也只罢了，只是霞妹太狠了些，将来结仇更甚。我们虽不怕他，可不要难为施大哥么？"小霞道："我也顾不得许多。"吉士又告诉蕙若道："前日新人进门，你家哥哥问了我许多痴话。这两日我问他怎样，他再不肯说，说是苗小姐分付他，不许告诉人家。这么想起来，一个呆头竟被他教训好了。"蕙若道："我哥哥虽痴，难道夫妻床上的话也肯告诉别人么？我爹爹替他援了例，听说来年恩科还要下场呢。"吉士笑道："这个劝他不必费心，他若中式，你们姊妹怕不是殿元吗？"

只见巫云走来，手中捧着一封书信，说道："二门上传进，说是京里送来的。来人在外伺候。"吉士知是李家来信，因拆开看时：

国栋白占村亲台足下：

珠江别后，一载余矣。足下高尚其志，淑慎其身，心旷而德修，道高而业进，孤芳遁世，又何闷焉？弟入都后，六街灯火，灼人肝肺；九陌繁华，炫人耳目，诚道学之气不敌物缘也。小儿侥幸释褐，殿试三甲，恩擢词林，上命在庶常馆读书，婚姻之事又迟而又久矣。吉士想已精进，唯冀其伐毛洗髓，勿以离群而有他岐。是则区区之心，所堪持赠者耳。申象轩到浙，即署理粮储道；因专摺奏陈积习，已超擢浙藩。东莱姚霍武，系台翁所赏识而解推者，伊非寻常流辈，乃人中虎也。倘在省垣，当饮食教诲之，以匡其不逮。

国栋顿首

吉士看完，对蕙若二人道："我妹丈已入翰林，门楣大有光彩。爹爹择婿果然不差，可惜不及见了。"因哭了一阵，起身出外，问了来人备细，留些酒饭，给与盘费，又叫人写一封回书带去。

却好时邦臣到来，作揖就座，说道："连日大爷在令岳处，晚上不便过来请安，适有小事奉求，祈大爷慨允。"吉士道："啸斋有话，但说无妨。"邦巨道："晚生开着一个小铺，不过为一家衣食之谋，近因店中货物短少，要到肇庆去置买，须得百金本钱。"一头说，袖中摸出一张屋契，夹着一张借票，打一恭递上，说道："求大爷慨借百金，冬底本利奉还。"吉士道："啸斋说什么话，银子只管拿去，契券断乎不要。冬间还我本银就是了，何必曰利。"邦臣又打一恭，吉士叫取出一百十两银子，付与邦臣，道："我也不及饯行，这十两银子权为路费罢。"邦臣笑纳了，作谢出门。

回到家中，分付女儿顺姐道："你与我收拾行李，明日要到肇庆去置货。"顺姐道："爹爹那里弄到本钱了？"邦臣道："承苏大爷见爱，借我一百两银子，又送十两程仪。这十两留与你同丫头吃用。我多则二十日，少则半月回家，须要小心门户。"顺姐道："孩儿晓得。这苏大爷不是从前在这里吃酒那个又年轻、又和气的么？"邦臣道："正是。他在我面上极有情分。"次早，邦臣起来，到隔壁竹家辞行，兼托他弟兄们照应，带了阿喜，一直竟往肇庆去了。

这中黄对理黄道："老时不知那里打算到了银子，又做买卖去了，今冬又顺顺溜溜的过年。只我们两个，雪里挑盐包，一步重一步，这把式再也打不开。”理黄道：“我昨日在豪贤街口，看见老时在苏府出来，满面春风，想必是那边借到了银子。”中黄道：“老时不过费一席酒，老苏就上了他的算，我们弟兄也破些钞，备席酒请姓苏的，再邀老施、老曲在旁帮衬一两句好话，自然告借不难。”理黄道：“苏吉士父亲，有名放官债的，借了须要还他。我们且同老曲商量，有什么算盘，多寡弄些也好。”

他弟兄刚刚出了街口，却好曲光郎高高兴兴的走来，中黄忙喊住道：“曲兄弟，三日不见，面上白亮得多了，在那里得了采?”光郎道：“得什么毽采！从前日输了五百文钱，一连两日，身无半文，实在过不去。我打听得时啸斋借到了苏家银子，正要去寻他。”理黄道：“老时已到肇庆去了。我们且进城吃三杯罢。”光郎听说有吃，头脚已跟定，一同进了文明门。

来至品芳斋楼上坐定，理黄分付拿了一碗走油鳝鱼，半碗油焖肉、一大盘炒面筋，打了二斤太和烧酒。三人乱嚼一会，理黄说起：“时邦臣向苏吉士借银子，我们一样弟兄，偏没有这样造化。”光郎道：“借了要还，并无可羡之处。只是我少了几两请酒的本钱，若是有了，不弄苏吉士一二千银子，也不算手段。”中黄道：“兄弟，你且莫夸口，我听得苏吉士是个不好男风的。”光郎道：“大哥只晓得他不好男风，可晓得他专好女色？我昨日去望乌少爷，他得了相思病，是为着老施的妹子。”中黄道：“乌少爷想施延年的妹子，也还容易到手，何至害病?”理黄道：“哥哥原来不知，老施的妹子就是老苏的小奶奶了，乌岱云那里想得到手?”光郎道：“原是如此！乌少爷呢，我们也不必管他，只看老施，为了官司以后，何等苦恼，从妹子进了苏家，终日的抬轿出入，大摇大摆，好不兴头，可知老苏是一味在女人身上使银子的。”理黄道：“这话又远了，你我又没有什么姊妹，可见能说不能行的。老时倒还有个女儿，你替老苏做牵头罢。”光郎道：“若也像老施这样，便是秀才抄袭旧文，决不中式的了。我另有妙计：我们虽没有姊妹，这种人可以借得的，只要五六两的本钱便好。”理黄道:“你有什么计较,且说来大家商议。五六两银子还可以典当挪移。”光郎便附在两人耳边说道:“只要如此这般,不怕他不上钩的。”中黄道:“果然绝妙!”理黄又沉吟了半晌,说道:“且不必另借,也省得四圆花边;横竖不与他着手就是了。我家的也还有几分姿色,我回去与他商量。只是银子到手,我须要得个双份。”光郎道:“若是如此,一发万妥万当,二哥自然该分双股。”三人商议定了,又吃了七八碗面,会了钱回家。正是:

只说京兆泥腿多,每图淫欲受人讹。
广东烂仔刁钻甚,未免英雄唤奈何。

吉士家居无事,日日与蕙若、小霞、两个妹子在园避暑,吟诗消夏,载酒采莲。打听得岱云生病,也就心上宽了许多。

这日听说高第街竹相公要见,便走出前厅,竹理黄上前作揖,吉士道:“天气炎热,何必如此盛服盛冠,且请宽了。”理黄道:“今日晚生兄弟备了些瓜果,恭请大爷光降,不敢不衣冠而来。”吉士道:“这种热天,何必费心,我也不得空儿。”理黄道:“晚生打听得大爷无事,才敢进府;因天气炎热,所以傍晚才来。座中并无别人,恐怕又闹故事。”吉士道:“如此说,我若不去,岂非辜负盛情?”因分付家人备轿。理黄道:“晚生已预备着凉轿带来。因舍下地方窄小,恐怕有亵尊从,二爷们求少带几位去罢。”吉士道:“不带亦可,我竟与二哥同行便了。”理黄道:“这个足见大爷见谅。”当下两人上轿。

顷刻间到了竹家,中黄与光郎接进。递过茶,摆上酒筵,无非是海味水鲜、精洁果品。中黄道:“天气很热,绍兴酒肯出汗,换过汾酒,却凉快些,大爷好宽饮几杯。”吉士道:“汾酒极好,只是太清冽了,怕吃不多。”中黄道:“大爷海量,那里怕他,况且是几年的陈酒了。”三人轮流把盏,吃了一会。中黄道:“寡吃无趣,求大爷赏个令罢。只是晚生们不通文墨,大爷须要拣容易行的才好。”吉士看见旁边小桌上一个色盆四颗骰子,便拿过来说道:“我们将四颗色子随手掷下，有红的不须吃酒，不论诗词歌赋，捡着有'红'字的说一句就是了；没有红的，吃酒一杯，说笑话一个；说不出'红'字，说不出笑话，俱敬酒一杯。"光郎道："大爷分付，我们无不钦此钦遵，但大爷是个令官，在座有说得笑话好的，大爷也要贺他一杯，以示奖赏。"吉士允了。干了令杯，掷去，却好一个"么"三个"红"。吉士便说："一色杏花红十里。"便将令杯交到光郎。光郎立起接了，道："大爷掷了三个'红'，正是福、禄、寿三星拱照一身，大喜之兆。若要大爷再说几个'红'字，便是三百三千也有，如今请大爷吃了迎喜杯儿，晚生才敢遵令。"中黄便斟酒过来，吉士只得饮了。

光郎一掷，却是四个"三"，说道："这个好像我们杭州人，都是斜坡坡的。我就说个本地的笑话罢：一个读书朋友，真是言方行矩，一步儿不肯乱走的。乃父讳'吉士'，他就不敢说出'吉士'两字来，每读诗至《野有死麇》一章，亦以'爹爹'代'吉士'。一日，亲戚人家新点翰林，当厅高高贴了报单，众人都去报喜。内中有一近视眼，看不见报单上的字，对这杭州人说：'可恨我眼睛不好，不知点翰林的报单是怎样写的，烦你读与我听听。'这朋友不觉高声朗诵道：'捷报：贵府老爷王，殿试二甲，奉旨钦点翰林院庶爹爹。'"众人大笑。理黄道："老曲叫了大爷几声'爹爹'，这爹爹自然要赏脸，大爷吃了酒以后，老曲不许叫大爷，便叫爹爹罢了。"吉士道："休得取笑。这笑话原说得好。"于是带笑吃了酒。

交到中黄，却掷了一个"顺"，中黄说了句"万紫千红总是春"。交与理黄，也掷不出"红"，先吃了酒，说笑话道："江西乡间人家生了儿女，都是见物命名的。一家子妯娌两个，先后怀孕。一日，这大姆生了女儿，叫丈夫出去看何物，回来取名。这男人来到园中，却好一个妇人厥着屁股在那里撒尿，被他张见了阴户，回来将生的女儿就叫做'阴户'。后来那婶子生下儿子，见一个卖盘篮的走过，因取名'盘篮'。不料一二岁上，这'阴户'出痘死了。'盘篮'已经长成上学，从书房放了学回来，朝着那大姆与母亲作揖。那大姆触景伤心，对着婶子说：'可惜我那"阴户"死了，若还在此，我家的"阴户”比你家的“盘篮”还要大些呢’！”众人又各大笑。

光郎忙斟酒送与吉士道：“大爷不听见么，竹二哥家有这等大阴户，大爷多吃一杯，试试看。”理黄打了他一下。吉士饮了酒，叫中黄出令，又做了一回“范蠡访西施”，三人串通了，吉士又吃上七八杯。天有一更，酒已酣足，便起身告辞，众人再三留住。光郎道：“晚生还带了一个劝酒人来，也须赏他个脸。”忙向那边取出一个西洋美人，约有七寸多长，手中捧着大杯，斟满了酒。光郎不知把手怎样一动，那美人已站在吉士面前。吉士欢然饮了，又斟了酒。说也作怪，别人动他，他都朝着吉士；吉士动他，他再也不动一步。这大杯汾酒，岂是容易吃的？吉士不肯吃，他们假作殷勤，又灌了四五杯，早已不辨东西南北。光郎道：“吾计已成，静听捷报。”

竹氏兄弟二人扛吉士至房中睡下，理黄叫他妻子茹氏进来，他兄弟躲出去了。原来这茹氏廿三四的年纪，五六分的姿容，他丈夫叫他俟吉士酒醒，同他睡好，一面叫喊起来，外边约了三四个烂仔捉奸，想诈银子。这茹氏在屏后偷看了半天，见吉士光着脊梁饮酒，真个玉润珠圆，不胜艳羡。又是丈夫诲淫，合与苏郎有缘。他房在正屋西边，独自一个院子。便把院门关上，走进房来，拿灯放在床前，把吉士摸索了一回，解下他粉白单纱裤儿，露出了那鲜蕈一般物件。(删八十八字)暗想道：“这两个没算计的，不把奴做了引子，与他相好，弄他些银钱，却使这个绝户计，恶识了这个妙人儿，我如今偏放走他，图他长久来往。”一头想一面上下起坐。吉士虽然大醉，朦胧醒来，认作自已家中，翻转身来将茹氏按住，(删五字)茹氏已是酥麻，吉士也便了事。

那茹氏揩拭干净，抱着吉士说道：“大爷可认得奴家么?”吉士连忙起身一看，问是何人，茹氏便将他们讹局告诉。吉士一惊非小，那酒已不知吓到那里去了，说道：“我是忠厚之人，他们如何使这毒计？万望姐姐救我！”茹氏道：“大爷不要着忙，奴不打算救你，便不说明此事了。”因替他穿上裤子，同到天井中，说道：“这隔壁时家，乃父出门去了，家中只有一个女儿，与奴相好，你逾墙过去躲着，天明回去，再无人敢得罪你了。只是大爷不可忘了奴家，如念今宵恩爱，我房中后门外是个空地，可以进来。男人向来在外赌钱，不在家里的。”吉士道：“不敢有负高情，只是我便去了，他们岂不要难为你么？”茹氏道：“这个放心，我自有计。”即拿了一张短梯，扶着他逾墙过去。

茹氏将梯藏好，却把后门开了，定了一会神，假妆着号咷大哭。外边打进门来，这茹氏只穿着一条单裤，喝道：“我喊我家丈夫，你们进来做什么？”那打头一个道：“你们做得好事，我们是捉奸的！”茹氏便飕的一掌打来，骂道：“有什么奸，贼已跑了！”众人面面相觑。茹氏一头往理黄撞去，哭道：“自己养不起老婆，叫我出乖露丑，又叫这许多人来羞辱我，我要命做什么！”理黄气得目瞪口呆。光郎望后边一望，说道：“他从后门走的，去还不远，众弟兄快上前，追着了再处。”理黄也同众人赶去。按下不题。

再说吉士逾墙过去，思量觅一个藏身之处，便望屋里走来。谁知夏月天气，小人家不关房门，这时顺姐睡了一回，因天气热极了，赤着身子坐在房中纳凉，见一人影闪进，忙叫有贼。吉士恐被隔壁听见，忙走进房中，跪下道：“小生不是贼，是被人暗算，权到尊府躲避的。”那顺姐听他不像贼人口气，又恐他是图奸，吓得身子乱抖，忙将衣服穿好，问道：“你黉夜入人家，难道不怕王法么？快些出去，免得叫起人来，捉你送官。”吉士道：“别家也不敢去，因尊翁啸斋与我相好，所以躲过来。小生苏吉士，小姐也该晓得。”顺姐道：“果是苏大爷，再没有此刻到我家的理。”忙点灯一看，说道：“原来正是苏大爷！”忙扶他起来：“大爷缘何如此模样？”吉士便将晚上的事告诉他。顺姐道：“大爷受惊了，奴家方才多有冲撞，望大爷恕罪。”因磕下头去。吉士一把扶住，说道：“望小姐见怜，赐我坐到天明，感恩不浅了。”顺姐道：“奴一人在家，这瓜田李下之嫌是不免的，只是大爷出去，恐遭毒手。奴想一计，既可遮人耳目，又可安稳回家，不知大爷肯否？”吉士道：“计将安出？”顺姐道：“我爹爹最喜串戏，一切女旦的妆饰都有。如今将大爷权扮女人，天明可以混过丫头的眼。就从这里上轿，挂下帘子，一直抬到府上，岂不甚便？”吉士大喜道：“我原想做个女人，今日却想着了，就烦小姐替我打扮起来。”

顺姐含着娇羞，取出女旦头面，一一替他妆饰。吉士见顺姐相貌姣好，颇觉动情。顺姐又将自己的纱衫、罗裙与他穿上，宛如美貌佳人。又替他四面掠鬓，吉士顺手勾着顺姐的香肩说道：“我与你对镜一比，可有些相像？”顺姐正色道：“我见大爷志诚君子，所以不避嫌疑。男女授受不亲，怎好这般相狎。”吉士脸涨通红，连声道“是”，恭恭敬敬的坐下。顺姐倒不好意思，问道：“大人尊庚多少，家中还有何人？”吉士道：“小生才十六岁，有家母在堂，大小两个房下。方才得罪，小姐见责得极是，但蒙搭救之恩，当图报效，愿代小姐执柯，未知可否？”顺姐只道吉士要娶他，说些巧语，回道：“婚姻之事，父亲作主，大爷有求亲的话，父亲最无不依，女孩儿家岂能自主？”吉士甚为敬重。

坐至天明，顺姐叫丫头去雇轿子：“送这位奶奶到豪贤街苏府去。”那小丫头晓得甚么，叫进轿来。吉士致谢上轿，顺姐已动情肠，低低嘱咐道：“爹爹不久回来，一定到府，有话不妨当面分付。”吉士点头会意。

轿夫一气抬到苏家，只说温府来看奶奶的，直进中门下轿。蕙若等看见，各吃一惊，直待说明，方晓得：人情不啻沙间蜮，世事须防笑里刀。

再说摩剌在关部中拥翠偎红，云酣雨足，不觉三月有余。那阿钱的花房每承雨露，渐渐的腰酸腿软，茶饭不思，有了身孕，老赫无限欢喜。因接到各口紧报，又得了提标丧师及海丰、陆丰失守之信，想这一路的关饷无着，老大着忙，幸得从前已曾奏过。闻得督抚已调镇海总兵官征捕，正要打算据实再奏，却好摺已批转，奉着严旨，谕其不得借端推诿，巡抚屈强严加议处。

老赫接过旨，即命郝先生据实草奏，自己踱至里边，与摩剌商议道：“白衣神咒求子已灵，这些反叛之徒，也有神咒可以退得吗？”

摩刺道:"阿弥陀佛。清平世界,那有反叛的事?"老赫便将海丰、陆丰之事告诉他。摩刺触着心事,糊涂答应道:"蠢然小丑,不久消亡,何须用着佛力!大人不必挂怀。"老赫作礼而去。

摩刺听得沿海骚动,想道:"我久有雄踞海疆的心事,那个竟先下手?惠州不打紧,若有人得了潮州,我不是落空了?趁着潮州兵将赴调,我乘空袭了城池,岂不是渔翁得利!"晚上,即与品娃等商议,要航海回山。品娃等已被他制伏,都死心蹋地的想跟着他,说道:"师爷要到那里,须要携着我们同去;倘若独自去了,我们要天天咒骂的。"摩刺道:"同去何难。我今晚且出去,约一个日期才好做事。"当下即飞身上屋,跑至街心,爬过靖海门,沿海走去。口中打了个暗号,那海船上棹着小艇过来,摩刺分付:"明晚拨一百名军健陆续进城,至二鼓初交,在海关右首埋伏,城外兵目接应下船。"他却回身转来,仍进署中,径至品娃房中,从梦里把他叫醒,叫他们明日将细软收拾,三鼓起身。品娃应允。

次早,品娃告诉三人,各自瞒着丫头收拾。一更已尽,摩刺进来,不知念了什么咒,将丫头们一个个送他死睡。依摩刺主意,还要带了阿钱,这四位女将军不肯。将品娃房中所贮银两及各人的私房首饰都搬至庭中,约值十数万金。摩刺朝巽方上呼口气,霎时一阵大风,将这银两首饰刮至外面,众人接应搬运。又叫四姬俱各男妆,两手挟了两个。做两番跳出。次第下船,驾起五道大篷,望浮远山进发。

这里丫头、仆妇天明起来,见房中一空,四位奶奶都不见了,忙报知老赫。老赫大惊,至院中看视,即传包进才进来商议。进才回道:"老爷且去问这活佛,小的疑心他不像个好人。"老赫喝道:"活佛难道做贼不成!况且他要女人何用?"进才不敢回声,跟着老赫来至佛堂,并无人影。老赫道:"这和尚事有可疑,你的见识不错。如今你出去,分付说和尚盗了税饷逃去,着差役各处寻拿。这奶奶们的话是声张不得的。"进才答应了。那杜宠跟着进才,在北檐下拾着一个葫芦、一个小小包裹,也就悄悄的藏了,一同出来。

老赫的老羞成怒迁到乌必元身上，立刻传来说："摩刺是你举荐的，着你拿住摩刺；如无着落，在你身上缴进二十万饷银。"必元不敢分辩，叩头出去，与这些差役协力踩缉，那里有些影响？过了三日，老赫叫进必元，问道："那和尚拿着了么？"必元回道："卑职竭力找寻，并无一人晓得他的来踪去迹。这靖海门外拾了一个衣包，内是女人衣服，不知可是署中的物件，倘是真赃，他一定逃下海了。"说毕，将包裹呈上。老赫明知是四姬的衣服，却不肯认，说道："我这里是偷去二十万饷银，并无别物，你拿这东西来搪塞，希图狡卸么？你既保举他，必然晓得他的下落，想是你串通偷盗的了！"必元连忙磕头道："这个，卑职怎敢？"老赫道："我也不管什么，你荐了强盗和尚，我只在你身上追赃。"必元又道："卑职一家八口，都靠着大人养活，那里赔得起？求大人格外施恩。"老赫道："我那里容你这巧言令色！"即分付收了盈库的钤记，委南海县抄袭他两处家私入库。必元乱碰响头，老赫只是不理。

且住。

第十六回　璧重合小乔归主　镜高悬广府惩奸

惊又向，闺门倒屣迎。重抛泪，只是未分明。诚低诉，侯家冤抑情。今宵梦，多恐是前生。

衙鼓急，赤子颂青天。便道此乡多宝玉，酌来依旧是廉泉，披牒故纷然。　　三尺法，凛凛镜台前。稂莠总教除欲尽，嘉禾弥望满原田，何患不丰年。

乌必元凭空掉下祸来，老赫要摘他印信、抄他家私。幸得包进才替他跪求，方才准了，暂且不收钤记，勒限追赃，并将他女儿发出，听他另卖填赃。必元垂泪叩头，领了小乔及也云回署，忙到河泊所署中，与儿子说明此事。岱云吓得魂不附体，计无所施，叫父亲“快扳几个仇家，替我们代缴”。必元却有三分主意，直不理他，只将岱云房中所有一齐搜出，约有万金，带回盈库署；又取出自己一生积蓄，凑成三万，先送了包进才两颗大珠、四副金镯，要进才转求大人宽限。进才晓得是有理伤心的事，且与必元相好，因结实替他回道：“乌必元实在没有串通和尚。这和尚下海是真。这三万银子是他七八年的宦囊，一旦丢了，他心上岂不着急？因恋着这小官，所以勉强完缴的。老爷若咨革了他，他拼着一死，到封疆衙门告状。现在屈强巡抚因得了处分，要寻我们的，老爷虽不怕他，到底该人家笑话。依小的愚见，老爷恩免了些，着必元再缴些，到后来再处。”老赫沉吟了一会，说道：“我看他也拿不出许多，如今免缴一半，着他三日内缴进二万，余五万尽年底缴清。这就算我的格外恩典了。”进才答应，下去告诉必元，又领上来磕头谢了。

必元回署与归氏商量，拿出归氏的私房及衣资首饰，并将媳妇房中的凑着，只有四千余金；又到各洋商、各关书家告借。因他向来和气，且印还在手，东西杂凑，约有三千，余外并无着落。傍晚回家，却好归氏与小乔饮酒，各起身接他，必元怒容满面，对小乔说道：“都是你这不中抬举的东西，害我到这地步！如今他说将你另卖，我一个做官的，难道就好卖女儿不成？况你这中看不中吃的，人家要你何用？”小乔微笑道：“孩儿怎么就累起父亲来？当初爹爹分付孩儿拜求活佛，幸喜孩儿不依；若也去投师，如今也同他们一伙儿跟和尚走了，这个才是认真串盗，爹爹才受累呢！”必元吃惊道：“你说那个跟和尚走了？”小乔道：“原来爹爹不闻，关部因和尚拐他四妾逃走，所以大怒找寻，其实也没偷了几多银子。”必元道：“原来如此，前日那个包裹到是真赃了。只是我们在他管下，没处申冤。现在三日限内还差一万三千，教我怎不着急呢？”小乔道：“这银子不缴亦可，如爹爹定要缴偿，也还有处借得。”必元道：“你女孩儿家晓得什么，我不因借债，今日如何跑了一天？但一万三千，那里找这个大债主？”小乔道：“哥哥的襟丈苏家可曾借过么？”必元道：“我也想来，你哥哥屡次得罪苏家，你嫂嫂又被你哥哥撵回温家，这襟丈十分决裂；你哥哥昨日还想扳扯亲戚。我想这姓苏的并未薄待我家，去年借的三百两银子没有还他，他也并不曾提起，如今又要借债，却也不好意思。”小乔道：“不是孩儿无耻，爹爹只算把孩儿卖了，将孩儿送到苏家，这一万多银子，包在孩儿身上借来。孩儿从前累了父亲，如今也算是卖身救父。”必元道：“好女儿，你果能救我之急，从前的事都算我老悖了，葬送了你，以后我有不是，都凭你教训，何如？我明日就送你过去，千万要叫他喜欢，肯借银子，就迟一二日也无妨。”小乔红着脸说道：“这是孩儿不得已之计策，但断断不可使关部晓得。”必元道：“这个我知道，明日我暗地写下你的年庚，加上送帖，外面只说是探亲，就无人知觉了。”必元当夜把女儿再三奉承，尽欢而散。正是：

献女为升官，荐僧因媚主；
僧去女儿归，甘受他人侮。

苏吉士脱了竹氏弟兄骗局，静坐在家。这七月廿四日是他生辰，因在制中，并未惊动戚友，惟与蕙若、小霞、阿珠、阿美轮流做东。

这日秋凉天气，小霞应做主人，备了些黄柑白橙，及晚出的鲜荔枝、鲜龙眼等物。众人都于西院取齐，小霞道："今日碰着了穷主人，没有下酒菜，须得二位姑娘与姐姐多做几首好诗，席间庶不寂寞。"吉士道："旨酒以臭诗下之，佳肴只鲜果足矣，到也清楚。如今即以鲜荔枝为题，不拘体韵。前日所做的'残荷诗'太村，'新菊诗'太艳，都不合体裁，今日须要用心些。"阿珠道："我们横竖都是初学，只好应酬，还要哥哥自己拿定主意。"小霞道："我们且先吃三杯助兴。大爷的诗如若做得不好，前日小旦头面尚在，仍旧打扮起来，只算遗以巾帼。"众人笑了。丫头斟上酒来，各吃了三杯，分送笔墨纸砚。吉士道："我是七绝一首，只好潦草塞责：

昨向香山觅画图，紫绡为膜玉为肤。
轻红酽白佳人手，长乐移来味最殊。"

小霞说道："这种诗隔靴搔痒，既不细腻风光，又非'不着一字，尽得风流'者，当不起我的肴。"吉士道："我原不过抛砖，霞妹何须过贬。"因看蕙若的，却是七绝二首：

纤手分来味色清，冰盘捧出玉晶莹。
休嫌岭海无珍异，仙果曾夸第一名。

红罗绛雪锦斑斓，西域葡萄只等闲。
识得个中真意味，白图蔡谱可俱删。

小霞也是七绝二首：

飞骑曾经数往还，荔枝新曲怨肥环。
儿家自作悬钗咏，不向红尘索笑颜。

陈家紫色宋家香，好事还输十八娘。
雨露果然能结实，被人呼作状元郎。

蕙若道："典核如题，颂扬得体，我的不免'郊寒岛瘦'了。"吉士道："霞妹的清新，你的超妙，大约巾帼中并无我位置。且看两位妹妹的。"阿珠道："我们两个近读魏晋诸诗，杂凑几句，未知像否，哥哥、嫂嫂须说实话。"

阿珠是四言二章：

厥有荔枝，如饴如蜜。
珍于岭表，龙眼斯匹。

厥有荔枝，以华以实。
惠于君子，安贞之吉。

阿美是五古一首：

离离园中果，亭亭林间树。
茁根既灵秀，密叶浥朝露。
海潮变晨夕，宛转年光度。
春荣夏则实，历落垂无数。

丹腴其明珰，皮肤得真趣。
新红手自劈，齿颊细含哺。
色香真未变，醴酪甘如注。
佐之以新诗，誉同曲江赋。

蕙若与小霞都赞道："直是《三百》遗音，不但追踪魏晋。"吉士道："不要乱嚼，待我公道品题：美妹妹咏物细腻，权舆六朝；珠妹妹欲假《三百》皮毛，还不过貌似《国风》耳。"阿珠道："风、雅、颂各异体乎？"吉士道："怎么不异？世儒以风、雅辨尊卑，《黍离》列在《国风》，即谓王室衰微，与诸侯无异，圣人所以降而为'风'。殊不知王室之尊，圣人断无降之之理，此序诗者之误也。大约圣人删诗，谓之'风'，谓之'雅'，谓之'颂'，直古人作诗之体耳，何尝有天子、诸侯之辨耶？谓之'风'者，出于风俗之语，是小夫贱隶、妇人女子之言，浅近易见；谓之'雅'，则其辞典丽醇雅故也；谓之'颂'者，则直赞美颂扬其上之功德耳。今观'风'之诗，不过三章、四章；一章之中亦不多句，数章之中，辞俱重复相类：《樛木》三章，四十有八字，惟八字不同；《芣苢》亦然；《殷其雷》三章，七十有二字，惟六字不同。'已焉哉'三句，《北门》三言之；'期我乎桑中'三句，《桑中》三言之。余皆可以类推矣。若夫'雅'则不然，盖士君子之所作也。然又有小、大之别：小雅之'雅'，固已典正，非复'风'之体矣，但其间犹有重复。雅则雅矣，犹其小焉者也。其诗虽典正，未至于浑厚大醇也。至大雅，则非深于道者不能言也。'风'与大、小'雅'，皆道人君政事之美恶，有美有刺；'颂'则有美无刺，铺张扬厉，如后人应制体耳。——此风、雅、颂之各异也。"小霞道："大爷风、雅、颂之说，我辈闻所未闻，想是江苏李先生之讲究了。"

正在高谈阔论，丫头传说："盈库乌老爷家小姐要见大爷、奶奶，轿子已进中门了。"吉士心上一惊，暗暗想道："他在关部，如何出来，又如何竟到这里？"忙叫小霞迎接，两位妹妹且暂回避。须臾，两人挽手进来，也云与众丫头跟着。小乔一见吉士，便插烛也似的磕下头去，泪如泉涌。吉士忙叫小霞扶起，也觉得悲不自胜，便问："妹妹怎能到此？"小乔便叫也云将他父亲的书子、送帖、庚帖一总呈上。吉士看了，悲喜交集，说道："蒙尊翁老伯厚爱，只是教我心上不安，怎好有屈妹妹？"小乔道："奴家今日得依所天，不羞自献，求大爷不弃菲葑，感激非浅！"因请大奶奶受礼。蕙若再三不肯，让了半日，只受半礼。又请小霞受礼，吉士分付平磕了头，方叫小霞领着去见过母亲、姨娘、妹子，然后出来。将小霞房对面的三间指与他居住，又拨了两名丫头伏事。重开筵席，饮酒尽欢。

晚上，至他房中，说了许多别后的话语，各流了几点情泪，小乔方才提起父亲借银的话。吉士慨然应允，说道："我明日亲自送去。妹妹在这里住着，我们到新年断服之后，择日完姻。我并将这话禀过尊翁定夺。"小乔自是喜欢。吉士仍往小霞房中宿了。明早叫家人支了银子，自己到盈库中去，先谢了必元，然后交代银子，并说明来春完聚之言。必元的格外殷勤，自不消说。吉士又拜见了归氏，方才回家。必元即日缴进。老赫分付："余银赶紧偿缴，倘故迟延，一定咨革！"必元答应出来。正是：暂救燃眉急，难宽满腹愁。

再说竹家兄弟那晚瞎赶了一回，转来细问茹氏。这茹氏只说自己睡着，被他二不知走了，又骂丈夫出了他的丑，寻刀觅索，只要寻死。理黄只得掇转脸来再三安慰，又赔了几钱银子，打发那帮捉奸的人，只把光郎埋怨。光郎道："二嫂白白的丢丑，二哥又折了银子，难道就罢了不成？我们软做不上，须要硬做。如今且各人去打听他的私事，告他一状，他富人最怕的是见官，不怕他不来求我。"

这三人商议已定，天天寻事，却好海关盗案发觉，打听得老乌将女儿送与吉士为妾，晓得岱云必不情愿，一同到河泊所来。岱云病体新痊，回说不能见客。三人说有要事相商，家人领至内房相见。光郎道："恭喜少爷病愈，我等特来请安。未知关部的事情如何了？"岱云道："这都是我爹爹糊涂，我们又没有吞吃税银，如何着我们偿缴？就要缴偿，也还有个计较，何苦将妹子送与小苏，甚不成体面！"理黄道："别人也罢了，那小苏是从前帮着小施与少爷淘气的,这回送了他,岂不是少爷也做了小舅子了,这如何气得过!"岱云道:"便是如此。我如今横竖永不到苏家去,温家的亲也断绝的了。我家应缴五万银子,爹爹是拿不出的,待我身子硬朗了,呈上这苏、施、温三家,叫他偿缴,也好消我这口气儿。"光郎道:"这是一定要办的。少爷不说,我们也不敢提。少爷进呈,自然是关部,但要求他批发广府才好。这南海县有名的'钱痨',番禺县又与苏家相好,不要被他弄了手脚。我们也要在广府动一呈词,只因碍着少爷,不得不先禀过。"岱云道:"什么事呢?"光郎道:"老爷将小姐送他,他不是个服中娶妾的罪名么?这事办起来,他不但破家,还要斥革。也算我们助少爷一臂之力。"岱云道:"很好,你们不必顾我体面,尽管办去。"四人说得投机,岱云留他们吃了酒饭。

此时时邦臣已经买了许多货物回家,顺便带了端溪砚、龙须席之类,送与吉士。吉士收了,留坐饮酒。席间说道:"闻得令爱待字闺中,我意欲替施大舅求亲,未知尊意允否?"邦臣道:"大爷分付,晚生怎敢有违?只是贱内已经去世,须要回去与小女商量。"吉士道:"施大舅婚娶的事,都是小弟代办,也先要说明了。"

邦臣辞谢回家,对顺姐说道:"你年纪也不小了,今日我到苏家去,大爷与我求亲,你须要定个主意。"顺姐道:"苏大爷怎样说来?"邦臣道:"他说替施家大舅为媒,我已允了。"顺姐听说,再不做声,那桃腮上不觉的纷纷泪下。邦臣急问道:"有什么不愿意,不妨直说,方才喜喜欢欢的,如何掉下泪来?"顺姐道:"孩儿并无半点私情,何妨直说。"因将吉士躲在房中的事细说一遍。邦臣道:"原来有些原故。那竹氏弟兄的奸险不必说他,你既没有从他,他自然爱敬你,怎肯屈你为妾?况且他家中奶奶也不少了。施家有大爷作主,不比当初,人材又不村俗,一夫一妇很好过日,你不要错了主见。"顺姐沉吟半晌,也便允了。邦臣着人回覆吉士,吉士便致意延年,替他择日行盘,一切彩币、首饰,费有千金,都是吉士置办;那行聘之日,都是苏家家人送来。街坊上都说时啸斋扳着高亲了。邦臣因竹家弟兄与吉士不合,没有告诉他,也没有请他吃喜酒。

过了几日，那曲、竹三人早向广府告下一纸状了。这广州府木庸已推升了南韶道，新任知府从肇庆调来，复姓上官，名益元。两榜出身，居官清正，断事明敏。遇着那安分守己的百姓，爱如子孙；那奉公守法的绅衿，敬如师友；遇着那刁滑的棍徒、衝刺的乡宦、皮赖的生监，视如眼中之针，依法芟除，不遗余力。当下看这呈词：

告状人竹中黄、理黄，为服中叠娶、灭裂名教，赐提讯究事：身兄弟向与贡生苏芳交好。今年正月，伊父候选盐提举万魁身故；讵芳不遵守服制，闹酒宿娼。身等忠告劝谏，芳都置若罔闻。陡于前月十八日迎娶河泊所乌必元之女为小妾，又于本月初五日聘定时邦臣之女为妾。身等系道义之交，再三劝阻。苏芳恃富无礼，老羞成怒，大肆狂言，挥虎仆凶殴。身兄弟匍匐逃回，同席曲光郎救证。窃服未期年，连娶二妾，身忠告受侮，情实不甘，伏乞大老爷亲提究治，以扶名教，以儆奢淫。戴德上禀。

上官老爷看毕，他已晓得是索诈不遂，讦人阴私的事，本欲不准，因想着昨日海关发下一宗寄赃押缴的文书，因批了"姑唤并讯"，分付该房并成一案，将原、被、人证一齐拘集，三日内候讯。

竹中黄准了状词出来，便挽人至苏家，先说了许多恐吓的话。后说："解铃原是系铃人。大爷拼着几千银子，这事就过了。"吉士说："既然有事在官，自当凭官公断，尊兄不必管他。"落后，差人拿票到来，吉士留了酒饭，送了他四十两银子，差人谢了。依次到温家、时家、施家，各人都有谢礼，只这姓竹姓曲的没有分文，便将他锁在班房候讯。

吉士晓得两案并讯，便先到乌家，见过必元。必元很过意不去，说："是这奴才瞒我做的事，我已经禀过关部，今日又叫家人到本府递呈。大爷只管放心，我乌必元还要留着脸面见人，决不累着诸位!"因将禀稿与吉士看了,不过说"职系微末之员,并无银子寄顿亲戚。儿子岱云宠妾逐妻,挟怨诬控,乞赐惩儆。至卑职女儿,系奉海关面谕,另卖与苏芳为婢,并未收用"等因。吉士辞谢而回,再至番禺县中,据实说明前后情节,请他代诉。本府马公从前年送申观察时认得吉士,知他是个忠厚读书人,所以并不推辞,许他照应。这叫做:火到猪头烂,情到公事办。

却说抚粤使者屈大人,清正有余,才力不足,更有一种坚僻之性,都是着了那时文书卷的魔头。各处事都如猬毛,他却束手无策。从前因海关奏了洋匪充斥,自己受了申饬,很不耐烦,后因沿海一带地方骚动,虽已会同督臣奏闻,却又打听得海关据此参奏,晓得这巡抚有些动摇,也叫人打听赫广大的劣迹。这日司道府县上辕,屈大人单传首府与二首县问话,南海县钱公迎合抚台之意,便将老赫逼勒洋商、加二抽税、多索规例、逼死口书、遴选娼妓,及延僧祈子,后来和尚盗逃,他却硬派署盈库大使乌必元缴赃等款细细禀明。屈大人叫人记着,又问上官知府、马知县道:"你们的闻见略同么?"上官知府回道:"别事卑府不知,这加二抽税是真的,还有寄赃押缴一案,现发在卑府那边,却还没有审问。"抚台说:"并且无赃,如何有寄?你替他细细审问,乌必元倘有冤抑,许他申诉。"知府答应了,禀辞出来。

马知县上府请安,替苏芳从实说明二事。上官老爷说:"昨据河泊所禀明,我已晓得。但这苏芳的行止向来如何?"马知县道:"卑职也不大晓得。他是从前广粮厅申方伯的亲戚,所以认得卑职,却从未有片纸只字进卑职署中。"上官老爷道:"这就可敬了。"上官老爷送出知县,即唤原差问道:"这寄赃押缴与服中叠娶两案的原被人等,可曾拘齐么?"差人回道:"都拘齐了。因大老爷亲提,这河泊所乌爷、贡生苏芳都亲自到案伺候。"上官老爷即分付:"请乌爷内衙相见。"

乌必元进来,磕了三个头,请过安,一旁侍立。上官老爷赏了茶,问道:"你儿子在关部呈说,有银子寄顿人家,怎么你又在这里呈说没有?”必元回道:“卑职些小微员,那里有许多银子？因赫大人逼着卑职缴银,卑职已向各亲戚家借银缴进;余银一半,宽限半年。卑职儿子岱云,因与媳妇不和,捏词诬告,求大老爷处治。至卑职治家不严,还求大老爷的恩典。”说毕,即打一跧。上官老爷又问道:“你女儿与苏芳为妾,这事又怎样的?”必元道:“女儿原是赫大人要进去伺候过的,近因和尚盗逃,着卑职赔缴,就将女儿撵出,分付另卖。卑职虽是个微员,怎好把女儿变卖？因借了苏芳银子,将女儿送他,苏芳还不肯受,并未与女儿近身。这都是卑职的犬马苦情,求大老爷洞察。”上官老爷道:“怎么和尚盗逃,关部就派你赔缴,你又居然缴进,这不是认真串盗了么?”必元又磕头道:“这三月里头,赫关部偶然问起:‘外边有个和尚,本事高强,神通变化,你可晓得么?’卑职不合回了一句以讹传讹的话,说他善于求子,赫关部当即请进。这和尚拐他四个姬妾下海,所以深恨卑职是个荐引,着卑职缴银。不要说卑职并没有串逃,就是里边也没有失去许多银子。卑职的冤抑实在无处可伸。”上官老爷笑道:“你也过于卑污。你如今须自己振作起来,回去辞了这库厅,原做你那河泊所官去。你一面做了禀揭申详各宪,我替你做主。”必元又磕头谢了。

上官老爷发放必元出去,升了二堂,分付将众人带进。他心上已经了了,第一个就叫苏芳。吉士趋一步,上前跪下。上官老爷见他蔼蔼温文,恂恂儒雅,问道:“你是个捐贡么?”回道:“贡生十三岁充番禺县附学生,十五岁加捐贡生的。”上官老爷问道:“你既系年少青衿,这服中娶妾,心上过得去么?”吉士回道:“贡生与乌必元原是亲戚,又与乌岱云同窗。因必元借了贡生几两银子,自己将女儿送来,贡生不敢收他,再三婉谢。乌必元一定不依,说是亲戚人家,不妨暂住。贡生只得留在家中,与母亲同住,俟服阕之后,再行聘定的。至于时邦臣的女儿,系贡生为媒,聘与施延年为妻的,现有三代礼帖可查。如何无端捏控,费大老爷的天心!”上官老爷道:“如此说,你少年人一定有得罪朋友的地方,人家才肯捏控你。”吉士回道:“贡生年纪虽轻,却不敢得罪朋友;朋友刁险之处,贡生却不敢回明。”上官老爷道:“我最喜欢说实话,你只管说来。”吉士便将六月间饮醉脱逃之事细说一番。上官老爷道:“你既有此事,如何不进状诉明?”吉士回道:“那茹氏放了贡生,贡生反累他出官,实在过意不去。”上官老爷点头道:“很是!你一面回去,我替你重处他们。”吉士谢了出来。

上官老爷又叫时邦臣上去,略问几句。邦臣将礼帖呈看,上官老爷分付道:“你是并无干涉之人,回去安分生理。”邦臣退下。便将竹、曲三人唤上,喝道:“你这一起光棍,凭空诬告,快把索诈情弊从实说来!”中黄回道:“小的们再不敢诬告。现在乌必元女儿已与苏芳睡了二十余日了。”上官老爷道:“乌必元与苏芳亲戚,你难道不许他往来?时邦臣女儿是许与施延年为妻,如何也牵扯上来?你难道不准他与亲戚做媒么?”中黄回道:“乌必元女儿与苏芳为妾,只要问必元儿子岱云,便知真假。苏芳本意要讨邦臣女儿为妾的,因见小的告了状,他才串通邦臣,捏造礼帖,希图漏网,求大爷细细拷问苏芳,便知实情了。”上官老爷大怒道:“乌必元是父亲,乌岱云是儿子,难道他父亲的话倒作不得准么?时邦臣女儿现未过门,你如何便告苏芳叠娶?”叫左右:“扯这三个光棍下去,各打三十!”曲光郎叩道:“小的是个干证,并未尝证他是真是假,大老爷何故要打小的?”上官老爷道:“我不打你别的,打你这起光棍六月晚上做得好事。”三人默默无言。各自打完,分付发至番禺县,递解回籍。三人再四哀求,却只饶了理黄一个。

又叫上岱云,岱云晓得事情不妥,走上便磕头求饶。上官老爷分付说:“你如何不听父亲拘管,私自诬扳亲戚,勾搭这些狗党狐朋?扯下去打!”也是三十,打得肉烂皮开,着差人押至河泊所,叫乌必元即日撵逐还乡。那温、施二人并未叫着,一一的发落下来。

下回再表。

第十七回 必元乌台诉苦 吉士清远逃灾

行行黄尘中，悠然见青天。
青天本不高，只在耳目前。
去者韶华远，来者迟暮年。
维天则牖尔，奈尔已迁延。
迁延亦已矣，幸勿更弃捐。

苏吉士赢了官司，叫家人送了衙役们二十两银子，便邀同温仲翁、施延年、时邦臣回家饮了半日酒。次日到番禺致谢马公，马公告诉他说："上官大老爷虽然清正，这寄银押缴一案，还亏着抚台，抚台近日要寻关部的事，所以此案松了。"吉士告辞出来，到本府投了谢揭，便到乌家。

必元因广府押令儿子回籍，虽不敢违拗，却欵住了差人，求他转禀，待棒疮好了起身。又听了昨日本府分付的话，不办，则恐怕拖累无穷；要办，又恋着这个库缺，真是进退两难。却好吉士到来，必元接进。吉士道："大哥昨日受屈，小侄已经出来，不好转去求恳，心上委实不安。"必元道："这畜生过于胡闹，原是我求本府处治的，现在还要递解回籍。只是温家那边还求大爷替我恳情，请媳妇过来，一同回去才好。"吉士道："这个自然，但不知大哥心上怎样的？"必元道："那畜生一味糊涂，我自然叫他转意。还有一事，昨日本府分付，叫我辞了库厅，仍回本缺，还叫我将关部勒缴饷银的冤屈通禀上司，他替我做主。我想关部何等势焰，万一闹起乱子来，他们上司自然没有什么,原不过苦了我这小官儿。况且这五万银子退不出来,又离了此缺,将来拿什么抵偿人家?大爷替我想想。”吉士道:“据侄儿想来,办的为是。他既当面分付,一定担当得来。”必元犹豫未决,却好藩司已发下文书,叫他仍回河泊所署,所有盈库事务着石桥盐大使谢家宝署理,仍着广州府经历毕清如监盘交代。这是广府早上回明抚宪,叫必元离任才可通禀的意思;又着人监盘,更为周密。必元见了文书,送吉士出来。

那谢家宝、毕清如二人已到,一同回明关部。老赫也不甚介怀,只分付说:“那五万银子赶紧缴偿。”必元应了下来,一面交代。幸得必元并未侵渔,谢家宝受了交盘,写了实收,再进去回明关部。必元一面收拾,回本署去,请了一个老书禀商量。五六日之内,从本县、本府、本道以及三司、督抚八套文书同日出去,屈巡抚便将关部恶迹汇成十款,与两广总督胡成会衔参奏。正是:

若要人不知,除非己莫为。
舆论无偏党,痴人只自痴。

吉士回到家中,将乌必元要领回素馨的话与蕙若商量。蕙若道:“这话不但乌妹妹的哥哥不妥,恐怕我们姐姐也一定不依他。从五月回家,就吃了一口长斋,问爹爹要了玩荷亭,终日修行,那里还肯再去?”吉士听了,也觉心酸,说道:“我也只得告诉了你爹爹再处。”晚上在小霞房中歇宿。小霞怀着临月身孕,很不稳便,再三劝他到小乔房中去。吉士久已有心,恐干物议。小霞道:“怕甚么?还有第二场官司不成?我分付丫头们,都不许说起就是了。”吉士不知不觉的走至小乔房中。两人说了半夜情话,那绸缪恩爱自不必言。

明日,至温家探望。仲翁不在家中,春才接进,至内堂拜见史氏。史氏道:“大爷连日官事辛苦,又替我家费心。我听得前日乌家畜生吃打了,也可替我女儿报仇。又听说要撵他回籍,不知何曾动身?”吉士道:“女婿此来,正为着这事。昨日乌老伯曾告诉来,要领姐姐过去,一同回籍,叫女婿来这里恳请。岳父又不在家,岳母还须与姐姐商议。”史氏道:“这事你岳父与我也曾说过,你姐姐再三不肯,立志修行。我想乌家畜生这等薄情,就去也没有好日子过。只是你姐姐年纪太轻,后来不无抱怨。大爷原是向来见面的,不妨当面劝他,看他怎样。”

吉士便跟着史氏走进园来,到了玩荷亭,听得木鱼声响,素馨喃喃呐呐的在那里念经,见史氏与吉士进来,慢慢的掩了经卷,起身迎接。吉士做了一揖,素馨万福相还。方才坐定,吉士道:“姐姐诵甚么经卷,这等虔诚?”素馨道:“奴无从忏悔,只得仗慈云大士救苦消灾。妹丈贵人,何故忽然见面?”史氏便将吉士的来意细述一番。吉士道:“不是做兄弟的多管闲事,因乌老伯再三叮嘱,只得恳求姐姐过去,才是情理两全的事,望姐姐看公婆金面罢。就是乌姐丈,也回心过来了,昨日见了我,很不好意思,托我致意姐姐。我这里先替他赔礼。你可看做兄弟的分上委屈些儿。”一头说,走出位来,又是一揖。那素馨看见吉士这温存体贴之性还是当年,自己抚今思昔,哀婉伤神,那香腮上泪珠潮涌。哼了半刻,才说出一句话来,道:“妹丈请尊便,奴家自有报命。”吉士亦暗暗泪流,忙同史氏出外。

丫头摆上酒筵,春才陪着同饮。春才嫌哑吃无趣,准要行令。史氏道:“我不会的,你们不要捉弄我。如今再去叫上两位姨娘来,我们五人拿牌斗色饮酒,可好么?”春才道:“很好。人少了没趣,再叫了我家苗小姐来罢;他的酒量到强。”史氏道:“胡说！他姑夫在这里,怎么肯来?”春才道:“这有什么使不得呢？我去扯他来。他不来,我今晚就不同他睡。”史氏忙喝道:“还说痴话!”

吉士正在暗笑,只见一丫头走来,拿着一个纸包,递与吉士道:“这是大小姐送与姑爷的,叫姑爷回去开看,便知端的。”吉士袖了。史氏问道:“大小姐可曾说什么?”丫头道:“小姐哭了一会,写了字,把头发都全全的剪下了。”史氏等各吃一惊。史氏忙去看了,出来说道:“他已立志为尼,大爷将这情节上覆乌亲家那边罢。”吉士答应了,无情无绪的告辞回家。

至蕙若房中,将此事说明,蕙若亦为之泪下。吉士袖中取出纸包,打开一看,却是一缕乌云、数行细楷,真是悲惨动人:

> 两小无猜,谬承宠爱,幽轩闳阁,蹀躞绸缪。既乃暴遇狂且,失身非偶。非秋扇之弃捐,非母也之不谅,孽由自作,我复何尤!年来憔悴匪人,悔恨成疾。荷蒙良言劝谕,盛意殷拳;自审薄命红颜,拊心有摽。难比窦家弃妇,顾影增惭;所幸失足未遥,回头是岸。彼杨枝法水,虽不足以刷耻濯羞,宁不可以洗心涤虑乎?一缕奉酬,此生已矣!

吉士与蕙若看完,欷歔良久,叫蕙若藏好,自己写了一封备细书子,着人回覆乌必元。必元自然没法。不必细述。

过了半日,小霞生下一子。因是丁忧以前受胎,不算违制,分头报喜,宾客盈门。因小霞坐褥,这内里的事就委小乔暂署。忙了几日,洗过三,取名德生。又值乌岱云起身,吉士亲去送行,送了二百两程仪。岱云到也老脸,致谢收了。回家与小霞商议替延年娶亲的事,小霞道:“不过十几天的事了,我谅来不能起身,你叫乔妹妹料理也是一样。”吉士因去分付小乔,叫他预先筹办。

已是黄昏时候,忽外边传话进来,说一个北边人有什么紧急事回话,吉士便叫掌灯走出。这人上前磕了头,请过安。吉士见他约有十八九岁年纪,打扮华丽,人物秀美,疑是李府差来,便问何处来的。其人道:“祈大爷借一步说话。”吉士同至书厅,叫家人回避。那人道:“小的是关部手下人,名唤杜宠,从前受过老太爷的恩典。今大爷有一祸事,特地跑来禀明的。”吉士道:“原来就是杜二爷!家父向承照应。不知有何祸事?”杜宠道:“小的方才跟包大爷上去,大人因见府大老爷的详文放松了大爷们,他要自己亲提追缴,并听着包大爷话,说那和尚与大爷有交,还要在大爷身上追还和尚。大约明日就有差来，大爷须预作准备。”吉士这一惊不小，说声：“多谢二爷，且请少坐。”因叫家人款待，自己忙到里边商议。

众人各各惊慌，并无主见。吉士叫进苏兴，与他说明此事。苏兴道：“放着督抚在这里，就与他打官司也不怕他，只是迅雷不及掩耳，恐怕先吃了他的眼前亏。大爷到不如暂时躲避，他寻不到人，一定吵闹，小的到广府与府宪两处，递上呈词，候事情平复了再请大爷回来。不知可也使得？”吉士道：“算计很妥。我只要无事，就暂躲何妨。只是家中的事，你须用心料理。申大人已转江西藩宪，从前曾约我去看他，来往也还不到三月，我就去投他。”苏兴道：“依小的说，还是躲近些，小的们可以不时通信；若太远了，来回就费事了。”吉士道：“这几个月要通甚么信！”因将此话告诉母亲等，众人虽不愿他出门，却也无奈。

吉士分付巫云收拾行李。蕙若等未免伤情，小乔越发泪流不止，哭道：“都是奴家累着大爷。奴原不惜以死报恩，但恐死之无益。”吉士道：“你们尽管放心，只是关部差人到来，不无吵闹，你们须要逆来顺受第一，霞妹不可多生枝节，你自已保重要紧。”三人都答应了“晓得”。小霞又暗与蕙若、小乔商量道：“大爷是少不得女人伏侍的，可惜我们三个足小了些，跟他不得。我看乔妹妹的也云相貌也好，做人也伶俐，又是一双大脚，可以扮做小子跟随。乔妹妹那边没人，我派楚腰来伺候罢。”小乔道：“姐姐料理得是，我们就叫他来打扮起来。”

吉士在外面分付一番，派苏邦、阿青、阿旺跟随；苏邦经手之事，交他儿子阿荣暂管。这杜宠走上磕头，说道：“小的此番走漏机密，料想难进海关，求大爷收用，途中伏侍。”吉士自然应允。转身进来，行李已经发出。那也云已打扮停妥，小乔将他鬓发拢起，穿着主子的宝蓝绵纱袍，元青羽缎一斗珠皮马褂，戴上帽，穿着靴，上前磕头。吉士一见大怒，说道：“我还没有出门，什么野小子，擅敢闯入中门，快扠出去叫苏兴捆打！”小霞到笑将起来。蕙若说明原故，吉士才欢喜致谢。因拜别了母亲，众人含泪送至二门，发杠上轿，叫开城门，下船而去。

家里姊妹们一夜何曾合眼。天明起来，苏兴分付伍福把大门关上，人都从侧门出入。到了午后，海关差人到来，就是郑忠、李信两个。苏兴请他坐下。二人说："快请苏爷相见，有事相商。"苏兴道："家主已于前日出门。探望江西申大人去了。二位有何见谕？"郑忠即向身边摸出牌票，递与苏兴看，说道："你大爷既不在家，这事叫我们怎么回覆？"苏兴见票上有苏芳、施延年、温仲翁三人名字，假意吃惊道："原来有此异事！这事已经府大老爷问明的了，如何又提审起来？但是官差吏差，来人不差，大爷虽不在家，我去禀明太太，也须备点儿薄礼奉酬。"忙分付备饭，自己转了一转，仍旧出来，说道："家太太说，都要候大爷回家定夺。这二十两银子送与二位折茶，莫嫌轻亵。"二人道："这点礼儿，第二家一定不妥，但我们与你先老爷旧交，不敢计较。你须着人赶你大爷回家酌办。这事不是当顽的！我们二三日内提齐了人，你大爷不回，就来请你。"苏兴连忙答应。二人去了。到施家、温家，也不过得些银子回辕。

次日，当堂回明："苏芳现往江西未回，温仲翁患病，施延年已带到伺候。"老赫大怒，将二人各打二十，添差王行、茹虎，分付务要一个个拿来。此时苏兴已约齐施、温二家，在广府递了呈子。得了关部消息，晓得定有一番大闹，将厅房细巧物件收过，于众家人中选了一名盛勇，许他一百两银子，替苏兴到海关伺候。叫众人小心照应，自己再至广府叫喊。

少停，差人到来。那郑、李二人还不大发挥，只坐着喊疼。这王行、茹虎疯狗一般的叫骂，见没人理他，带了七八个副役各处搜寻，打掉了许多屏风桌椅，一直涌至上房。各房搜到，并无苏芳影子，不过偷一点儿零碎东西。回转厅堂，查问管事家人。盛勇道："我们大爷探亲去了，难道预先晓得有这样事么？人家也有个内外，你们靠着关部的势，乱闯胡行，打抢物件，这里不放着督抚么，可也有个王法！我便是管事的总爷，你咬了我的毡毢去？"王行大怒，拍面一掌，忙喝副役锁住。又叫人到对门，把施延年锁来，坐在厅上数黑道白，只想诈银。

这苏兴在广府伺候知府升堂，又得了家中打闹的备细，因至宅门叫喊。上官老爷叫进，分付道："我昨日看了呈词，自有道理，怎么你这等胡闹？"苏兴连忙叩头泣禀道："小的主人不在家中，现在家中被海关差役十数人打闹，辱及闺房。小的情极喊冤，求大老爷可怜搭救，扶弱锄强。"上官老爷气得暴跳如雷，忙叫摆道，苏兴跟着，到了豪贤街苏家门首下轿。

那几个差人见一位官府进来，却认得是本府，忙立起身来，上官老爷分付一个个拿住。叫苏兴领路，前后看了情形出来，坐在当街，叫："把这几个虎役带上！"那王行、茹虎磕头道："小的是上命差遣追缴税饷拿问，现有硃票在此。"上官老爷取来看了一看，冷笑道："你这几个大胆的奴才！这事本府已从公审结，你们无故打抢人家，穿房入户，成什么规矩！这里又非洋商税户，关部怎好出票拿人？要地方官何用？扯下去打！"茹虎道："大老爷也不要太高兴了，小的是海关差头，须不属大老爷该管，打了恐怕揭不下来！"上官老爷大怒道："这广州府的人，我管不得了？"连签筒倒将下来，二人各打四十头号，分付取大枷枷在这里示众，又叫郑忠、李信上去，也要打他。这里伍福跪上去求道："小的是苏家管门家人。这郑忠、李信二人，不但没有打闹，也并没有开口，都是那两个领着众人打抢的。大老爷是个青天，小的不敢撒谎。"上官老爷分付："暂且饶了。借你两个奴才的口，回复你们大人：这张票子我亲送到督抚上头去回销罢。"又喝他二人开了延年、盛勇的锁，分付道："这事我已审断结案，并无偏袒，海关再有差来，你们只管扭解前来，我替你处治。"二人谢了下去。又将众役各打三十板下。又叫地方过来，分付道："怎么你们有事不报我？暂且饶打，好好的将两名枷犯看管，倘若走脱，二罪俱发。"地方答应下去。苏兴上前磕头，上官老爷叫他收拾了打坏家伙，补了呈词，然后打轿回府。

那郑忠、李信回报禀明，老赫勃然大怒，便叫上包进才来，要办上官知府。包进才毕竟乖觉，回道："小的想来，一个知府，他怎敢这等大胆无情，内中定有原故。他说票子要呈督抚回销，这擅用关防印信滋扰民间，也还算不得什么大事，恐怕督抚已经拿着我们的讹头参奏了，他靠着督抚才敢这样。”老赫一听此话，毛骨悚然，便说道：“此事暂且按下，你细细着人打听，回来再议。”那进才果然能干，数日之间已打听明白，如此如彼的回明老赫，又禀道：“听事的回来说，今日接到紧报，潮州已被大光王和尚占住了。这和尚就是摩刺；现在封了四个王妃。这事再闹起来，一发不妥。”老赫大惊，忙分付：“且将从前押缴饷税这宗案卷烧了，关税减去加二，不许勒索陋规，静候恩旨。”可笑老赫，这几日酒色不能解忧，昏昏闷闷的过去。包进才也计无可施，只着人赶紧进京打点，忙乱之中，也就不管杜宠逃走之事了。

这杜宠跟着吉士，主仆六人过了佛山，望韶关进发。船家禀说：“目下盗贼横行，夜里不能走路。”吉士因要赶紧回转，叫他日夜趱行。船家不敢回拗。第二日晚上，相近清远峡地方，吉士已与也云安睡，苏邦、阿旺睡在头舱，阿青、杜宠却在梢上。船上水手有一老龙三，唱得好《夜行歌》，众人叫他唱曲，那苏州三一头摇橹，唱道：

> 天上星多月勿子介明，池里鱼多水勿子介浑，朝里官多站勿子介下，姐姐家郎多记勿子介清。

众人赞好。老三又唱道：

> 和尚尼姑睡一床，掀烘六十四干他娘。一个小沙弥走来，揭起帐子忙问道：“男师父、女师父，搭故个小师父，你三家头来哩做啥法事？”和尚说：“我们是水陆兼行做道场。”

众人正在称赞，忽地喊声大起，许多小船抢上船来，伤了一名水手，抢进官舱。船家下水逃走。吓得吉士与也云紧紧搂住，不敢放声。那强盗醉翁之意不在酒,抢劫一空而去,未杀人。天明起来,苏邦回道:“大爷方才出门,又遭此变,江西是去不成了,不如且在左近寻一个人家暂住,着人回去取了路费,再商量罢。”吉士道:“这话极是。你且上去寻房子。”苏邦去了不到一个时辰,下船禀道:“离这里有二里多路,一家子姓卞,是个半耕半读的乡民,房子颇多。小的告诉了他,他一诺无辞,现在这里伺候。但乡间雇不出好轿子,只雇了两个竹兜,大爷与云姑胡乱坐坐罢。”吉士即便起身。可怜主仆六人,只剩几副铺盖。

进得村来,至卞家坐下,也云脱下手上金镯,暗暗递与吉士,吉士便叫苏邦前去换银。那姓卞的上前磕头,吉士慌忙扶起。那老人说:“大爷还不晓得,乡间并无钱店,况这金子,那里去换?大爷要什么使用,小人家里应着,大爷再补还不迟。”吉士举手称谢,因借银二十两,发了些脚钱。苏邦附船回去,余银交阿青零用。这姓卞的极其恭敬,领吉士至三间一明两暗的书房安歇,杀鸡为黍,送上早饭,自己小心伺候。吉士过意不去,叫他上前,问道:“足下尊名?日后定当补报。”主人道:“小人卞明,向来受过大人恩典,今幸大爷光顾,只恐供给不周,怎说一个报字!”吉士骇然道:“你我并未识面,怎说有恩?不要认错了。”卞明道:“小人家世,耕读为生,却有五十亩草田,坐落花县。前老爷手里将田押银二百两,因连年岁歉,本利无偿,今春蒙大爷恩免。小人打算,今冬送本银进城,不意中得遇大爷,小人不胜欣喜。”吉士道:“那从前之事,已经丢开的了,如今在这里打扰,也须开个细账,我日后算还,你小人家那里搁得住我们大嚼。”卞明道:“这个再也不敢!”

到了晚上,卞明请至里边,备了酒席,并叫妻女行酒。吉士再三谢了,扯卞明旁坐,叫也云执壶。饮了一会,见一个十四五岁的孩子走来,卞明叫他上前作揖。吉士扶住问道:“此位是谁?”卞明道:“是小人儿子卞璧,字如玉。去年侥幸进学,今岁还从先生读书。”吉士道:“原来就是令郎。相貌端方,一定天姿聪俊。”即扯他一同坐下。席间问他经史诗赋之类,如玉应对如流,吉士自愧不及。席散之后，携手同至前面书房，问他道：“世兄高材，埋没村野，弟欲屈世兄到舍一同读书，未知允否？”如玉笑道：“古来名人辈出，大约膏粱纨袴者居于城市，逸才硕德者处于山林。晚生虽属童牙，颇以古人自许，大爷请自尊便，断断不敢随行。”吉士也笑道：“这说话不无太迂了。从古名人，断无城市、山林之别，况那有名的英贤杰士，何尝不起于山林，终于廊庙呢？”如玉道：“显于廊庙，自是读书人本分之事，但亦未闻有终于城市的名公。”吉士道：“我难道要你困守广州城中不成？不过赏奇析疑，聊尽观摩之益耳。还有一事请教：前日有几个朋友起了鲜荔枝诗社，却都做得不佳，不知可好赐教否？”如玉道：“晚生困于书史，最不善诗，既荷命题，自当勉赋。”因迅笔疾书道：

岭梅闲后独争荣，细腻精神自品评。
莫笑山林无结果，要他领袖压群英。

吉士看完道：“诗以言志，世兄将来定不作第二人想矣。书法劲秀，真是华国之才！”如玉谦逊了几句，告辞进去。

次日，吉士又到书馆中伺候他的先生，看他制艺。这先生乃块然一物，是个半瓶醋的秀才。那如玉近作并皆古茂雄健，吉士赞不绝声。转来，请卞明相见，说道：“令郎高才盖世，定当破壁而飞。有一胞妹，与令郎同庚，意欲附为婚姻，不知可能俯就？”卞明慌忙作揖道：“大爷此话折杀小人，小人是个村民，怎敢仰扳豪贵？大爷万万不可提起，恐惹人耻笑，坏了大爷的名头。”吉士道：“我意已决，老伯不必过谦。”卞明推脱再三，只得允了，议定来年行聘。又叫如玉回来，重叙亲礼。

吉士住了三日，望不见苏邦到来，心中纳闷，叫阿旺在家看守，主奴四人旷野闲步。木叶渐脱，草色半萎，萧飒西风，豁入怀抱。吉士心中想道：“亏了这班强盗，便宜我得了一个妹夫，将来不在李翰林之下，也算完我一桩心事，可以告无罪于先人。但是我的功名未知可能成就，若要像卞如玉的才调，我是青衿没世的了。”又想道：“我要功名做什么？若能安分守家，天天与姐妹们陶情诗酒，也就算万户侯不易之乐了。只是家中未知闹得怎样了？”一头想，不觉走有数里之遥，有点儿腿酸，携着也云在路傍小坐。那边路上有十数骑马，按辔徐行，见了吉士等，一个跳下马来问道：“爷从那里来，到那里去？还是习文呢，还是习武？”阿青道：“我们大爷是省中有名的贡生，不晓得武的。”那众人听说，都下马走向前来，将吉士、也云、杜宠三人横拖漫曳抱上马去，说：“家主相请。”阿青上前抢夺，被众人鞭梢打开，飞骑而去。

第十八回 袁侍郎查封粤海 胡制宪退守循州

黄金白玉讶多资，乾没独居奇。沉速香浓，葡萄酒醉，锦帐拥娇姿。　　一封丹诏从天下，臣罪果奚辞。珠宝条封，花容锁禁，独自泪流时。

漏下羽书传，满目尘烟。腰弓插箭跨花鞯，笳鼓声声都惨淡，烽火连天。　　贼势漫绵延，早着鞭先。貔貅一万命都捐，无定河边抛白骨，梦到婵娟。

却说吉士被游骑挟持上马，如飞前行，大叫"救命"。那骑兵说道："先生不须着急，我们奉主公之命招贤纳士，特来请你的。只要你不是假秀才，有些真才实学，还你有许多好处。"倏忽之间，已驰去百余里。途中吃些干粮，一日一夜，早至一个山头：雄关壁立、戈甲如林。那骑兵报了进去，即有顶冠束带二人出来接进。延他坐下，说道："请问三位尊姓大名？"吉士惊喘甫定，答道："小生姓苏名芳，广州人氏。这两个都是小价。不知阁下何故见招？还要请教姓名，尊官现居何职？"那人道："俺丰乐长麾下镇北将军王大海、褚虎两个便是。俺主公思贤若渴，远辟旁求。兵卒们不知，累先生受惊了。"因唤左右备酒压惊。吉士方知被陆丰的强盗人拿住，心上害怕起来，只得推诿道："小生一介庸愚，并不足以当贤士之誉，求将军放还故土，别选贤良，诚恐保举非人，累将军受不是。"王大海道："那些说嘴的书生倒是一窍不通的，先生这等谦抑，一定是个真才。”即分付:“备轿伺候,我亲送先生前去。”

此时姚霍武已得了甲子城。那潮镇总兵官钟毓领了五千人马前来救援,冯刚抵敌不住,闭门坚守。后来军门岭秦述明、曹志仁闻得霍武、冯刚成了基业,全伙归降。遁庵将述明妹子绍英选入宫中,与霍武做了夫人,自己领了吕又逵、秦述明等前去救应,杀退了钟毓。却好摩刺轻舟袭了潮州,自号“大光王”。钟毓进退两难,只得权入嘉应州死守。幸得摩刺得了潮州,心满意足,立了四宫八院,日夕饮酒渔色,将四个徒弟封为护法,八个勇悍头目封做将军,并不理论兵事。遁庵杀退钟毓,便叫秦述明等把守,自己敛甲而回,与霍武商量道:“钟毓自守不暇,东路可以无虞,但恐督、提两标兵到,须要加紧预防。”却好骑兵报说:“王将军亲送贤士到来。”霍武大喜,即令遁庵迎接。

须臾,吉士进署,也云、杜宠紧紧跟随。吉士知道是位大王,忙向前叩见。霍武答礼相还,于左边另设一座,请他坐下,遁庵等右边相陪。王大海道了姓名,霍武道:“姚某系东莱武士,不识斯文,今苏先生惠然远临,何以教我?”吉士道:“小生乃幼愚下士,并无点点才能,偶至郊外闲行,被麾下拿住。倘蒙不加死罪,伏乞放还省会,没齿沾恩。”霍武道:“原来苏先生祖住省城。有位洋商苏老爷讳万魁的,可也认得否?”吉士站起说道:“这就是先父,于今春正月身故的。”霍武忙出位再拜,道:“原来是恩人的子。不料令尊已经作古,姚报德何时?”言毕,潸然泪下。

吉士亦再拜扶住,说道:“不知将军因何认得家父?”霍武便将省城流落,蒙恩周济之事说了。又问道:“江苏李匠山先生想也认得否了?”吉士道:“这是敝业师,又是太亲家,前年回去的。舍妹丈已入词林,看来不能再到省广了。”因触着了匠山来信,亟问道:“将军尊讳可是霍武么?”霍武道:“正是,令尊想曾道来?”吉士道:“先父虽未提明,先生却有信到。”因将匠山来书读与他听。霍武叹息道:“我哥哥规劝如此,是我负他,将来何以见哥哥之面。”众人齐劝道:“主公暂时躲避,倘蒙恩赦,原可报效朝廷,不须多虑。”霍武忙叫备酒款待。又问道:“先生安富尊荣,为何忽有郊外闲游之兴?”吉士便将家中之事告诉他。霍武大怒道:“何物赫关部擅敢如此横行?我这里提一旅之师,将他首级抓来,与恩人报仇雪恨!”遁庵道:“主公不必着恼,关部舞弊婪赃,朝廷自有国法。苏先生谅来不能久居于此,我们且着探卒往省中打听,好送先生回家。”霍武说:“是。”即分付能事探卒飞骑兼行,限四日回话。酒宴散后,送入公馆安歇。供应丰美,铺设华丽,又送四名营女伏侍,两员武弁把门。从遁庵、冯刚起首,一个个轮流请酒。

过了四日,探卒早已回报,说:“苏府并无事情,海关现已听参,不过旨意未下。提督任恪已从海道攻打潮州,胜负未定。总督各处调兵,大约新正必有一番厮杀。”吉士听了,一面告辞。霍武料留不住,亲自率领将佐长亭饯行。姚霍武把盏道:“先生此去,尽管放心。倘有亲友之中可以代姚某请命朝廷、赦其死罪者,万望鼎力吹嘘,姚某终身感戴。”吉士连声答应。霍武又将四只大箱交代,说道:“些小赆仪,尚祈笑纳。”吉士不敢不受。霍武饬令戚光祖、韩普:“护送过了旱路,回来就协守岭头,明春再候调遣。”吉士拜辞而去,一路直到平山,才辞了两人,下船去省。

从避难出门,屈指四旬光景,家中因得了阿旺、阿青之信,合宅忧疑。这日忽然到家,真个喜从天降。施延年已经娶亲,夫妇同来拜见,各亲友亦来问安。晚上打开霍武所赠箱子,都是黄白之物,何止百倍于前。正是:一饭千金何足数,受恩深处最关情。

赫广大自从被参,终日闷闷不乐,腊月初旬,阿钱生下儿子,稍觉开怀。忽报:“码头到了两位钦差,各省官员都于天字码头接候,请大人快去接旨。”老赫摆道前去。到了驿亭,两位钦差已经上岸,南面而立,各官都行九叩头礼,俯伏听宣。钦差高捧诏书开读:

奉上谕:国家设立督抚,所以协文武、总方略也;设立监督,所以裕国课、惠商民也。前据粤海关监督赫广大奏称,洋匪横行,以致商贾不通,税货缺额。已着该部传旨,申饬督抚,并谕赫广大不得藉端推诿。旋据总督胡成、巡抚屈强、监督赫广大，各以惠州沿海各口有姚霍武等骚扰等事奏闻，是督抚失于抚驭也。胡成莅任未久，姑从宽，革职留任；屈强着降三级，改补惠、潮兵备道，戴罪立功；所有巡抚关防，交藩司潘进署理，候朕简放。

又据屈强参奏赫广大蠹国殃民十款。屈强向来清慎，此奏谅非无据。赫广大系功勋之后，素无树立，朕从优录用，乃肆无忌惮如此，深负朕恩。着即革职解任，交使臣工部侍郎袁修、掌河南道监察御史李垣从公审办，并将赫广大署中抄查，讯取婪赃恶迹。其监督关防，着臬司廉明兼署。旨到之日，各钦尊施行。

各官三呼谢恩已毕。钦差分付："将赫广大拿下，着南韶道木庸看管。"胡总督率同潘布政、廉按察、首府、首县及在省各官，往关部署中。钦差、总督正坐，司、道旁坐。先将摺内有名家人包进才、马伯乐、王信、卜良等锁住，后将老赫的夫人、小姐、姬妾、丫头们等赶至两间空房锁好。南海县把守后门，番禺县把守二门，各院各门都委员把住。分付广州府率领花县、新会县，带了番役，细意抄查。约两个时辰，一一报数，钦差李大人提笔登记：

汉玉吉祥如意四柄　阗玉吉祥如意六柄　汉玉二尺长观音一尊　赤玉径一尺六寸盘一个　翠玉径二尺盘三个　汉玉拱璧玩器杂挂共一百二十四件　翠玉手玩杂珮共二百五十二件　玉带八十四个　明珠手钏二串　宝石手钏廿二串　翠玉花瓶四个　自鸣钟廿八座　洋表大小一百八十二个　洋玻璃屏廿四架　洋玻璃床十六张　洋玻璃灯一百二十对　各色玻璃灯一百八十对　四寸厚水晶桌一张　四寸厚水晶椅八把　洋玻璃挂屏一百零四件　大红、大青、元青哆啰呢各八百板　大红、大青、元青羽毛缎各八百板　大红、大青、元青、哔叽各

四百板　贺兰羽毛布各色一千匹　泥金孔雀裘二套　紫貂裘十四件　天马皮裘廿四件　猞猁狮裘十二件　海龙裘十八件　元狐裘廿八件　银鼠裘四十八件　灰鼠裘廿八件　珍珠皮裘黑白八十四件　杂皮男女衣服共八百六十四件　男女衣服共五千一百十三件　锦缎、大呢、被褥共一千二百十二床　南缎、杭绸、纱罗共一千八百二十卷　貂鼠皮五十八张　海虎皮三十张　银、灰鼠皮各八百张　洋毯、氆氇、地毡共四百十八铺　龙眼珠二颗　油珠共五斤十二两　赤金盘六个　赤金酒壶十二把　赤金大小杯共八十个　玉杯大小四十个　洋玻璃盏大小八十个　赤金状元及第笔锭、如意,及各样果式赏玩共一千二百件　赤金四万二千零十二两　银盘十二个　银壶廿四把　银杯大小八百个　白银五十二万二千一百零三两　珠首饰四百五十件　金首饰六百十二件　银首饰各二千五百件　紫檀、花梨、香楠桌椅共五百八十二张　大钱二千零四挂　金花边钱一千八百零三圆　花边钱四万二千零八圆　白玉美人溺壶一个　银溺壶十八个

钦差一一将印条封好。清查税饷,共亏空一百六十四万零五百两零一钱六分五厘。番禺县办了公馆,请二位钦差安歇。广州府出了票子,拘集钦案有名人等细细审问。所参系是实迹,如何不真?却都做到包进才四个家人身上去,老赫拟了个“酒色糊涂,不能约束下人,以致商民受累。其所亏税项,请将家私抵偿;尚有不敷,应于本籍查封凑数”,题奏上去,皇上恩德如天,轸念旧臣,即将包进才四人正法,赫广大着看守祖宗坟墓,改过自新。此是后话不提。

当日,两钦差审办停妥。那李御史便对袁侍郎说道:“晚生有个亲戚在此,前日出京之时,家父曾分付晚生探望,今公事办完,晚生意欲前去,未知大人以为好否?”袁侍郎道:“不知老先生有甚令亲,是何姓名?”李御史道:“昨日在这里候质的贡生苏芳,就是晚生

的妻舅。从前晚生未遇之时，家父在他家教读，定下亲事，却还没有过礼。家父命晚生带了些聘礼来。覆旨之后，大约来年乞假归娶的光景。”袁侍郎道：“这是极该去的了。不知可容老夫为媒，吃杯喜酒?”李御史道：“若得大人光宠，晚生就此代舍亲叩谢。晚生今日先去拜过，明日就烦大人携带聘礼过去，后日起程。”说毕，出位打恭。袁侍郎忙扶住，笑道：“此礼为尊大人而设，小弟不敢回礼了。老先生快去了，回来同去领藩署、抚军之盛情。”李烜红着脸，忙分付从人打道，往苏府而来。

原来李匠山之子烜，以庶常不到三年，散馆授了编修，本年保送御史，先致河南道，又转了掌道御史。皇上见其英英露爽，丰骨不凡，特命与袁侍郎办了粤海关一案的。

当下来到苏家，早有号房报知吉士。吉士预备了酒席，一切铺垫，半吉半素。家人投进帖子，吉士接进中堂。李御史分付将一切彩绌、红垫、桌围等撤下，然后两人行礼。吉士道：“小弟不知钦差大人就是老姐丈，有失迎迓。”李御史道：“小弟因圣命在身来迟，恕罪。昨日在公馆，又多多得罪大哥。”吉士道：“好说。这是朝廷的法度，蒙老姐丈留情，小弟知感不尽。”便站起身来，请过先生、师母的安。李御史也立起身，答了康健，便请岳母大人拜见。

须臾，毛氏出来，跟拥着许多丫头、妇女。李御史拜了四拜，毛氏止受半礼，缓步进内。李御史即换了素服，到万魁灵前展拜一番，然后入席饮酒。席间，李御史说起：“父亲分付送聘礼过来，因钦限紧急，明日即着人送来。敦请袁大人为媒，与令岳丈温太亲台共是两位。明冬定当乞假归娶。”吉士一一应允。

却又有家人报说：“南、番二县地方官特来伺候。”李御史忙告辞出去，着实谦逊，再三请两县回衙；吉士亦打恭代谢，两县方才禀辞而去。李御史又到温家，请了媒人温仲翁，辞谢说在苏府拱候，然后回公馆中，同至潘大人署中赴宴。

次早，吉士分付苏兴办理一切，自己乘轿至公馆中，投了一个禀揭、一个拜帖。两位钦差请进，留茶叙话。告辞回来，温仲翁已到。午后,袁大人摆了全副职事,抬着八人大轿,辞了护送的文武官,来至苏府。这里一切从吉,鼓乐笙歌接进来。聘礼不过是珠冠一顶、玉带全围、朝衣一袭、金钗十二事、宫缎十二表里、彩缎百端、宫花八对,还有一样希罕之物,是别人家没有的:一个黄缎袱中包着五品宜人之诰命供在当中。慌得吉士忙排起香案,请母亲妹子浓妆了,叫下人回避,同到厅中叩了九个头,方才收进。一面款待媒人。戏子参了场,递了手本,袁侍郎点了半本《满床笏》。酒过三巡,即起身告别,说道:“学生与令妹丈蒙上官知府邀往越秀山看梅,劳他久候了。”吉士不敢再留,送出,袁侍郎前呼后拥而去。回聘之礼自然丰厚。

到了次日,吉士又备了两副下程,在码头伺候。直到下午,两钦差上船,吉士投帖送进。袁侍郎只受了米、炭、酒、腿四色,李御史全受了。又请至自己座船,叙了一会闲话。吉士叫家人回避,那跟李御史的也各走开,吉士将匠山春间的书信及自己劫至陆丰、姚霍武所托的说话告诉一遍。李御史大惊道:“原来有此异事?小弟谨领在心,回京与家君面商。”此时送钦差的文武官员层层拥挤,吉士连忙告退,钦差点鼓开船。

吉士回家,过了一夜,又过南、番两县谢步,又至广府递了禀揭,谢他从前处治海关差役之情。那上官知府忽然传见,赐坐待茶,说道:“前日你不在家,我替你处治那些虎役还枷在那边。既是赫公去了,你叫家人前来递张呈子,从宽放了他罢。”吉士忙打恭应诺出来。这是上官知府教他做人情,庶后来不至仇恨的意思。天下那里有这等细密周匝的好官。吉士果然叫人进呈释放,两个差人还来致谢了一番。

正值岁暮,各庄头都来纳租算账,苏邦不得空闲。吉士分付阿旺带了书子,赍了厚礼,至清远卞家致谢。书上叙明自己回来的话,再订婚约,并嘱如玉来春进城读书。阿旺去了。又分付苏兴料理分送各衙门、各家年礼:“今年须添上广府一份,南海主簿苗爷一份,时家一份。”苏兴答应了。吉士进内,小霞将小子应娶、丫头应嫁配合的单子呈看。吉士只将巫云名字除了,说:“且不要慌。”小霞道:“他原不肯出去呢。这回我又明白了。”吉士笑了一笑,将德生引逗了一回。丫头来说:“苏元的归宗儿子苏复,今春进京弄了一个什么官了,如今领了凭到家,明春上任。他妈领着,要进来与太太、大爷及奶奶们磕头。”吉士便叫:“传进来,待我瞧瞧。”果然,苏元家的领着三十多岁一个人进来,吉士站起。那苏复不敢上前,就在檐底下磕了三个头。吉士道:“你捐了什么官,选在何处,几时起身?”苏复回道:“门下蒙主人恩典,由陇关地震续例捐纳正九品,御选了江苏常州荆溪县管粮主簿,于明年三月起身。”他妈说道:“趁施奶奶、乌奶奶在此,还不快磕了头!我同你见太太、大奶奶去。”苏复不敢正视,又朝上磕头。慌得小霞、小乔都福了两福,对苏元家的说道:“老嬷,恭喜。”苏元家的说道:“都靠着太爷、奶奶们的福。”说毕,领着他到那边去了。

语休烦絮,不觉的腊尽春回。胡总制打听得任提督在潮未获全胜,自己调齐各路人马,共是一万五千,带了本标中军巴布、总兵官常勇、樊瑞林、参将高宝光、和琊,并二十余员偏将。那碣石新任副将钱烈,从海上回省,因失了自己的汛地,请为前部先锋。由省中祭旗起身,各文武官叩送。

不日,到了鹅埠扎住。岭上守将王大海等已得消息,一面飞骑请救,一面留戚光祖守关,三人点了一千五百人马,下关迎敌。褚虎拍马当先,这钱烈持枪接住,战有三十余合,不分胜负。王大海便来助阵。这巴布要在本官面前逞能,忙摇大斧出战,骂道:“什么草寇,这等放肆!总督大人在此,还不下马受缚?”王大海也不回言,一枪刺过,巴布轻轻的隔过一边,举斧便砍。原来巴布英勇无敌,王大海那里是他对手?八九合之中,早已招架不住。韩普举刀上前,高宝光又已接住。胡总督挥兵大进,樊瑞林等一涌前来,褚虎等抵挡不住,败阵逃回。胡总督分付攻关,那关上火炮、擂石一齐打下,只得退下安营,饮酒庆贺。

王大海败了一阵,回关商议道:“我们众寡不敌,救兵又[不]见来，须要日夜小心把守。”三人道：“正是。前日去讨救兵，今日也该来了。快再着飞骑前去催促，此关一失，大事全休了。”四人轮流巡守。次日不敢下山，由他辱骂。

至明日午后，探卒报道：“主公亲同军师督兵到来；先锋吕将军、秦将军已到岭头了。”原来，白遁庵晓得总督亲来，必有能征惯战之将，因调何武去甲子城，唤秦述明来军前听用，所以迟了两天。王大海等闻此番主公亲来督战，踊跃欢呼，士气百倍，一路迎接霍武等进关。拜见过了，诉说前日交兵，折了四百余人马。霍武道：“胜负兵家常事，兄弟们不必介怀。明日下关再战一阵，看他如何用兵，再请军师出计。”

次日，霍武分付开关，八千兵马冲下关来，摆齐队伍，两阵对圆。胡总督望见丰乐长旗号，便分付道：“这贼亲自到来，省我们费力，众将须要努力擒拿。”道犹未毕，常勇、和瑯两员将官飞马而出，直取中军，这里吕又逵、杨大鹤接住厮杀；冯刚提戟助战，樊瑞林挺枪接住。六人捉对鏖斗，甚是好看。胡总督对巴布说道：“今日中军何故不肯上前？”巴布道：“擒贼不擒王，有何用处？大人不必心慌。”那白遁庵看见来将勇猛，阵法整齐，急暗遣褚虎，王大海、戚光祖三将，领着本关兵马转至胡总督阵后杀进。霍武看六人厮杀，正在看得高兴，不料钱烈听了总督钧语，要见头功，斜刺里一条枪雪白般的飕地飞至。霍武会者不忙，将刀掠过，喝道：“泼贼，敢来送死么！”便劈头一刀，如泰山压顶的下来。钱烈那里招架得住？四五合之中，霍武卖个破绽，让他一枪刺入，顺手拦腰一刀，挥为两段。胡总督吃了一惊。那巴布举斧跃出，霍武正要斩他，秦述明早举棒接住。霍武杀得性起，便举大刀，望胡总督中军砍来，高宝光急持枪招架，刀到处，枪杆折为两截，斩下高宝光一只腿来并一匹战马。胡总督大惊，回马便走，幸得十数员偏将涌上。霍武奋起神威，背砍尖挑，纷纷落马。那王大海等已从后边杀至。巴布等恐怕中军有失，各拖兵器败走，这里拼力追来，直至十数里才住。

胡总督收拾败兵，失了两员将官、十数员偏将、四千余兵，心中纳闷，说道："这贼这等枭勇，怎能一时殄灭？"巴布禀道："大人不必心焦，明日小将用诈败之计擒他便了。今日这员贼将，已是要败下去了，因误中他前后夹攻之计，恐怕大人有失，小将只得退回的。"胡总督道："全仗中军英武，成功之后，自当专摺奏闻。"巴布谢了。各将就营安歇，巴布只在中军侍寝。

到了三更天气，谁料白逌庵已分八枝人马四面杀进，把火球、火箭等物雨点射来。各营于梦中惊醒，那火已绵延着起，人不及披甲，马不及放鞍，四散逃命。巴布保着胡成，奋勇杀出火丛。当头遇着吕又逵，十数合之中，又逵招架不住，冯刚拍马来帮。巴布怎敢恋战，保着胡成，左遮右拦，且战且走，又遇秦述明，杀了一阵，才上大路。那烧残人马渐渐拢来，查点处，又不见了和瑯一员正将，马步军兵剩不上三千，只得退往惠州保守，再调兵马复仇。

这里霍武等大获全胜，活捉了和瑯回关。打听得胡成已回惠州，便叫秦述明协同王大海等守关，自领众人回陆丰而去，和瑯发往软禁。

且看下回。

第十九回　花灯娃孽障　甥馆笔生涯

百座鳌山鳞比开，笙歌一夕沸楼台。
指挥海国供蹂躏，点缀春宵费剪裁。
金屋已随朝菌尽，玉人犹抱夜珠来。
怜他十五年娇小，万古沉冤化劫灰。

识得之无最少年，笔床自恆性中天。
恰当明月称三五，便觉清吟有万千。
浊浪不堪舒蜀锦，光风差可拂蛮笺。
卞生词巧温生拙，青眼何须泣涕涟。

苏吉士到了新年，便着人下乡迎接如玉到省，他父亲来信，定于廿四日行聘，廿六日送如玉上来。吉士每日到各家贺节。这日到时邦臣家，再三留坐，饮至夜深，邦臣告诉说："隔壁竹家，因去年吃了官司，后来中黄递解回籍，弄得寸草无存。理黄于年底躲账潜逃，不知去向。他娘子茹氏十分苦楚，噙着眼泪央告晚生，要见大爷一面，不知可肯赐光？"吉士道："这茹氏有恩于我，耿耿在心，只是我到他家，外观不雅。"邦臣道："大爷若肯过去，这却不妨，晚生家的后门与他家后门紧紧靠着，只要从里边过去，断无人知道的。"吉士应允，便分付庆鹤回家报说，今晚不得回来，在时相公家过夜。庆鹤去了，单留祥琴、笥书伺候。

又饮了一回，酒已酣足，邦臣已送信与茹氏。这茹氏从丈夫去后,家中并无所遗,门前几间房子,因欠了房钱,房主已另招人住下,单剩这一间内房、半间厢房,从后门出入。亏得时顺姐满月回家,与他两圆花边钱,苦苦的两餐度日。这新年时节,只穿着一件旧绸夹袄,一个元色布背心,一条黑绢旧裙子,余外,都在典当之中。听得吉士过来看他,忙把房中收拾干净,烧了一盆水,上下洗澡一番,再整乌云,重匀娇面。只是家中再也讨不出一杯酒、一根菜来,况敝衣旧袄,总非追欢索笑之妆;破被寒衾,又岂拥翠偎红之具。

正在挑灯流泪,默唤奈何,听得门环敲响,忙忙拭泪,移步开门。那吉士也不带人,也不掌灯,蓦地走进。茹氏将门闩上,同至房中,请吉士坐了,磕下头去。吉士忙搀他起来。茹氏倒在怀中哭诉道:"拙夫自作自受,不必管他。奴家蒙大爷收用,也算意外姻缘,大爷为何抛撇了?虽则奴家丑陋,大爷还要怜念奴的一片热心、一番苦楚。"吉士忙替他揩泪,道:"我岂不念你恩情?因你丈夫惫赖,实在有些怕他,后又为了官司,所以把你的情耽误了,今日特来赔罪。"因见他身上单薄,手如冰冷的,将自己穿的灰鼠马褂脱下与他穿上,说道:"不必悲伤,我自当补报。"茹氏道:"我再不敢抱怨大爷,只恨奴家的命苦,嫁着这样光棍,今蒙大爷枉顾,奴是死而无怨的了。"

吉士正在再三抚慰,听得后面敲门声急,却吃了一惊。茹氏说:"大爷只管放心,有奴在此。"因叫他好好坐下,自己去开门。却原来是时邦臣凑趣,打发两个人端着攒盘酒菜,挟了两床被褥,悄悄的交与茹氏拿进。茹氏一一收了,依旧关门进来,将被褥铺在床上,酒菜摆在桌上,斟了一杯递与吉士,说道:"奴家借花献佛,大爷宽饮几杯。"说毕又要磕了头去。吉士接了杯,一把扶住,抱置膝上,说道:"已经行过礼了,何必如此。"因一口干了,也斟上一杯,放在他嘴上,茹氏也就吃了。从来说:酒是色媒,两个一递一杯,吉士已入醉乡;茹氏量亦不高,饮了四五杯,不觉星眼歪斜、淫情荡漾,一手解开吉士的裤,(删八字)吉士虽曾经过许多妇人,却未尝此味,弄得情兴勃然,一面解带宽衣。这茹氏要笼络他的心,叫:“大爷,不要使乏了身子,你坐在枕上,奴自有法儿。”于是茹氏投体于怀。(删四十三字)

次早,披衣出门,回到家中,叫杜宠悄悄的拿了四套衣服、二百银子,同时家的阿喜送去。茹氏还赏了他们十两银子。自此,趁理黄不在家中,就时常走走。这茹氏买了一个丫头服侍,又赁了一间外房,渐渐的花哨起来。

到了正月廿四日,卞家备了聘礼过来,就是如玉的业师白汝晃为媒。吉士从重款待,回聘十分丰备。次日,即打发家人收拾后面园中三间碧桃吟处,预备卞生下榻。到了二十六日,卞明亲送儿子进省,苏家请了许多亲友相陪。自此,如玉就在苏府后园居住。吉士派了四个小子伺候,自已常来谈论书史,每天都来走两三遭。如玉起初认道吉士是个不更事的少年,后来才觉得他温文尔雅,与众不同,甚相敬重。正是:眼底本无纨袴子,今日方知天地宽。

再说摩剌占住潮州,自谓英雄盖世,天下莫敢谁何。任提督领兵到来,摩剌接连胜了两阵。亏得任公纪律精严,不至大衄,奈标下并无良将,只得暂且收兵,回至惠州驻扎。摩剌探得提督退去,回城贺功。正值新正佳节,便出了一张告示,分派各合城大放花灯,如有一人违令,全家处斩。这潮州本是富庶之邦,那北省人有“到广不到潮,枉到广东走一遭”之说,地方既极繁华,又奉了以军法放灯的钧语,大家小户各各争奇斗巧,竞放花灯。满城仕女竟忘了是强盗世界,就像与民同乐一般,东家婶呼了西家姨,李家姑约着张家妹,忙忙碌碌,共赏良辰。这摩剌分付大护法海元、四护法海贞,领了三千铁骑,城外安营,以防不测,又暗暗分付海亨、海利,领着游兵天天在街坊巡察,倘有妇女姿色出众者,一一记名,候王爷选用。

那运同衙门左侧有一监生,姓桃名灼,富有家私。生下一男一女,男名献瑞,女名自芳。这自芳才交十五,生得沉鱼闭月、媚脸娇容。这日桃监生到亲戚人家赏灯去了,自芳约了开铜锁铺贾珍的女儿名叫银姐,出门看灯。这银姐年交二九,姿色也在中上之间,

背地瞒了爹娘,曾干些不干净的事。两人领了一群丫鬟,到二更以后,缓步上街,看那些海市蜃楼、满街灯火。但见:

羊角灯当空明亮,玻璃灯出格晶莹,五彩灯绣围珠绕,八宝灯玉嵌金镶,飞虎灯张牙舞爪,走马灯掣电烘云,鲤鱼灯随波跃浪,狮子灯吐雾喷烟,麒麟灯群兽率舞,凤凰灯百鸟朝王,绣球灯明珠滴漏,仙人灯海气蒸腾,一切如意灯、二龙戏珠灯、三光日月灯、四季平安灯、五福来朝灯、六鳌驾海灯、七夕乞巧灯、八蛮进宝灯、九品莲花灯、十面埋伏灯,闪闪烁烁,高高低低、斑斑斓斓、齐齐整整。正是:炫人耳目真非假,着相虚花色是空。

自芳、银姐并着香肩,携着纤手,喜孜孜的转过前街,来至海阳县署前。三更天气,游人却不甚多。此时,县署已为二护法海亨窃据,搭上彩楼,在头门外演戏,饮酒赏灯。手下报说:“有两个女子,年纪还轻,姿色俱在上等,请师爷赏鉴定夺。”海亨即下彩楼,运眼一看,喝一声:“好!不必再登选簿,孩子们,快扯他过来,备了轿子,马上送进府去,也算我们巡街有功。”一声分付,手[下]兵卒何止数十人,围拥将来,将两个佳人捉拿上轿,二护法押送前去。

此时摩剌正与一班女子欢呼痛饮,近侍报称:“海亨选了两名女子进来,在宫外候见。”摩剌分付:“带进,海亨小心守城。”早有侍女们将二人带进。自芳、银姐伏在地上,不敢抬头。左右挟他起来,摩剌细细观看,赞道:“果然与众不同!”即跳下座来,将二人挽起,左抱右拥,叫侍女们斟酒合欢。这自芳那里敢饮。摩剌叫银姐旁坐,自己拿酒挨他,(删十八字)淫心荡漾,忙分付备云床伺候。

原来,摩剌新制云、雨二床,都系洋人所造:云床以御幼女,倘有抢来幼稚女子,不解欢娱,怕他动手动脚,只消将他推上云床,自在关捩将手足钳住,以恣意欢淫。雨床更为奇巧,(删三十六字)当下众侍女将自芳脱去衣裳,推上云床。这小小女孩子晓得什么?

谁料上得床来，手足不能动弹，两足高分八字，只急得哀哀痛哭。两边四名侍女执灯高照，各各掩口而笑。摩刺脱了上下衣裤，走近前来，见这娇滴滴(删八字)，怎不兴发？也不问他生熟，居然闯入桃源，自芳痛得杀猪也似的叫将起来，怎奈手足不能动移，只得再三求免。摩刺只爱姿容，那怜娇小，尽放着手段施展。这自芳始而叫喊，继则哀求，到后来不能出声。那摩刺只是尽情抵触。三魂渺渺，早已躲向泉台；万劫沉沉，那复超升色界。可怜绝世佳人，受淫夭死。(删二十二字)左右禀说："美人早已晕过去了。"摩刺分付开了关键，扶去后房将息，自己兴致犹酣，即将银姐补兴。银姐见此一番鏖战，正肉跳心惊，才上了云床，摩刺即(删四字)。幸得银姐自己在行，家中预先倩人导其先路，又大了几年年纪，虽则十分苦楚，毕竟稍可支持，还亏他战倒了光头才住。重整杯盘，再斟佳酿。

侍女们跪禀说："那美人已是救不转了。"摩刺大笑道："怎么这样不经顽，拖去埋了。"又对品娃等说道："你们天天死去，天天活转来，这女子如何这等烈性？"品娃道："究竟他年纪太小了，搁不住佛爷的法宝，以后佛爷不要送雌儿的小命才好。"摩刺道："这未破过的女子，原来有什么好处，那里赶得上你们！"因搂着银姐道："此儿颇可！"当即赐名品娥，着人赏他父亲一千银子、三品职衔。

此时，任提督因没有好将官，又听得胡制台亦未全胜，即与屈道台商议，请胡总督合兵一处，拼力灭了摩刺，然后夹攻陆丰。又谕钟毓留兵一半守城，即亲领人马前来助战，约于四月初旬取齐，一同进剿。所以，摩刺虽然大放花灯，却并未有兵戈之事。按下不提。

再说卞如玉自到苏家，日日攻研书史，因晓得襟丈是个翰林，自己一介寒酸，恐怕底下人瞧他不起。谁知这些家人小子，都听了吉士的分付，谁敢小觑于他？如玉也颇感激。那温春才虽则文理不通，却是天资朴实，他父亲要他认真读书下场，托了吉士，吉士转托如玉，日间与如玉同住园中，夜里回家安寝。春才渐渐的粗知文理，出了一个"校人烹之"的题目，他也就做了一个"谁能烹鱼，我所欲也"的破题。他父亲视为奇才,旁人未免笑话。

这日暮春天气,吉士从洋行赴宴回来,因二十日是潘麻子的六旬寿诞,要如玉作一篇寿文,忙到园中与如玉、春才相见,将此话叮嘱如玉。因见桃花大开,分付家人置酒赏玩。吉士高兴做诗,春才只要行令。如玉道:"作诗即是行令,行令也可做诗,二公不要太执了。但这碧桃诗昨日已曾作过,弟诗未免草率,温大哥的奇拗之至!"吉士忙说:"请教。"如玉将两纸取来。吉士先看如玉的:

不须花下忆平阳,锦帐重重斗艳妆,
谁种元都千百树,春风拂面感刘郎。

吉士道:"此桃系老妹丈未至时所栽,何感慨之深也?"如玉道:"去后栽者尚足感人,况其先我而临风索笑者乎?人生能见几花开,小弟亦借此作他山之石耳。"吉士称善。又看春才的诗:

桃树花开矣,叶多红实繁。
摘多煮烂饭,种好像渔源。
涨大水高屋,春风入笑园。
去年乾独看,犹自未婚坤。

吉士笑道:"第一联我解得,第三句却怎说?"春才道:"人家都吃桃花粥,我们摘得多了,不好煮饭吃么?"吉士道:"第四句想是桃花源故事了。第五、第六句呢?"春才道:"你没看见《事类赋》,所以不晓得桃花水涨的典故。你看,这桃花树不比屋高些么?第六句不过是一首《千家诗》,没甚解说。"吉士道:"这乾、坤二字呢?"春才道:"前日下大哥讲的,'乾者,天也,夫也;坤者,地也,妇也。'我去年此时不是还没有娶亲么?"吉士道:"果然奇拗!我们且浮白三杯。"三人打擂台掷色子,饮够多时。

吉士原是饮酒回来的,雪上加霜,未免沉醉,便逃席出来,跑至内书房躲避。卸了上盖衣服,歪在炕床。丫头递上茶来,吉士只喝一口,便叫他去唤巫云来捶腿。却好巫云来寻吉士回话,众丫头带上房门,在外边静候。吉士叫巫云上炕,轻轻捶了一回,又替他满身走滚,引导筋骨。吉士顺手勾他粉颈,问道:“你奶奶在那里?”巫云道:“都跟着老太太在大奶奶房里抹牌。施奶奶叫我来问大爷,明早苏复起身上任,他妈已领他进来磕头辞行过了,奶奶们可要赏他的路费?”吉士道:“胡乱赏他二三百银子就是了,又问怎的?”伸手摸他胸前。巫云道:“大爷不要闹了,新年在施奶奶房里与我动手动脚的乱顽,被施奶奶看见了,好不对着我笑,做鬼脸儿羞我。大爷果爱着我,何不明收了?奴去年不肯出去,原是恋着大爷的恩典。”吉士道:“我很知道,只是我此时还不便收你。我今日告诉了施奶奶,我们晚上先叙叙罢。”巫云斜瞅了他一眼,道:“大爷偏爱这样歪厮缠,我看乌奶奶也还是青不青、蓝不蓝的,究竟什么意思?”吉士道:“你不晓得的。”因扯他的手,(删七十六字)两个顽了一会,巫云开门出去。一个翠螺跑来,低低说道:“好姐姐,你借一两银子与我,我妈妈等着买夏布用,到明日你扣除我的月银罢。”巫云一头答应,一直的上房去了。

吉士睡了片刻,已是掌灯,来到小霞房中。吃过夜饭,将要上床,丫头们已都退下,他笑嘻嘻的对着小霞说道:“我有件事儿央及你,你可肯依?”小霞道:“有什么事,这等鬼头鬼脑的?”吉士道:“我久已要这巫云,此时不便收得,今夜要与他先睡一睡,你还替我遮盖些。”小霞笑道:“这算什么事,也值得这个样子!正经大姐姐还容着我们,我们好意思吃醋?要吃醋不到今日了!前日在城外时家宿了三四夜,却又怎么来?”吉士道:“不过夜深关了城门,不得回来罢了。”小霞把指头在他脸上印了一印,说道:“看你羞也不羞,可可儿到了时家就夜深了,就关了城了,都这般凑巧?只怕爬墙挖壁,还要他到邻舍人家去哩!”吉士笑道:“好妹妹,这事你怎么晓得?”小霞也笑道:“若要不知,如非莫做,雪里葬死尸,不久自然消化出来。我也晓得,你不十分恋着那人,不过难为情罢了。”吉士道:"我从前不很爱他,这几回到弄得丢不开手了。他品得一口好箫。"小霞道:"我到不信。他难道比苏州的清客还品得好些!"吉士道:"此箫不是那箫,他品的就是我下边这个粗箫。"小霞飞红着脸说道:"不要喷蛆!好好儿过去罢,也要早些过来,免得天明叫丫头们知道。"吉士笑着去了。

此夜与巫云温存旖旎,了却夙心。(删七十九字)天未明,回小霞房中,小霞拉入被内,相偎相抱,反多雨后绸缪。嗣后,小霞把巫云十分优待。正是:未必芳心离醋意,好沽名誉博郎欢。

再说竹理黄躲债潜逃,一心要往潮州,投奔大光王,希图富贵,因任提台兵马在百里外屯扎,盘诘往来行人,不能前去,却又身无半文,只得在乌归镇上做工度日。这理黄是游手好闲之人,那里会做什么生活?旬日间换了三家。这第四家姓范,母女二人,老妈约五十年纪,女儿却只十六七岁光景,专靠往来客商歇宿,得些夜合钱糊口。理黄投在他家,不过提汤掇水、沽酒烹茶,况且,帮闲在行,颇为合式。混得久了,才晓得这女儿是老妈买来的养女,原要到潮州上船去的,因兵马阻了,暂时在此赁房居住。老妈姓范,此女姓牛,原来就是牛藻的女儿冶容。从那日霍武杀了空花,纠合众僧上岭,冶容无可投奔,只得跟着在寺的一个村妇归家。他丈夫把冶容受用了多时,渐渐养活不起,却好这范老妈同着龟头四路掠贩,看中了他,只用三十两银子买了冶容。到惠州地方,那龟头一病死了。范老妈一同至此,日夜教训冶容许多房帏秘诀。冶容心领神会,伶俐非常。奈这乌归镇是个小区处,又值兵戈之际,商贾不通,所以生涯淡泊。

这理黄住了一个多月,却暗暗的刮上冶容。与他商议道:"这里非久居之所,潮州断去不成,你有这样姿容,又有这等妙技,若在省里,怕不日进斗金!我家中还有个妻房,容貌也还像你。如今我们悄悄的逃至省中,赁了几间房子,我做个掌柜的,你们两个接几个心爱的男人、有银的汉子,岂不快活逍遥,何苦埋没在此?"说得冶容千肯万肯。

一夕晚上，买了几十文烧酒，灌得范老妈烂醉如泥，卷了些衣服首饰，又到范老妈里床寻出几块花边钱，搭上一只下水船，逃之夭夭。比及范老妈醒来，去已远了。

一路到了省城，雇一乘小轿，抬上岸来，从后门至家。那茹氏听得敲门，叫丫头开了，见丈夫同着一个年少标致女子进来，吃了一吓。理黄见茹氏打扮妆饰非比从前，心上也觉疑异。只是自己要做此道，巴不得他上这路儿。因陪了小心，说了备细，叫冶容上前磕头。那茹氏也不回礼，说道："我才过几天安顿日子，你又要惹下祸来，趁早的与我离门离户；你必要这样，我到广府去递了一张呈词，凭官发落。"理黄连忙作揖道："我的好奶奶，快不要声张，今后凡但什么事儿都凭你作主。我还有许多好算计告诉你：他就是棵摇钱树儿。我原不是自己要他，你不要吃醋。"茹氏道："我吃甚的醋来？一个老婆养不活，还要养两个。摇钱树摇得多少钱么？我只要进了张呈词，求一个干净，不要闹起通同拐带来，叫我干裙搭上湿裤。"理黄只得跪下哀求。茹氏暂时住口，叫冶容与丫头宿歇。

理黄到了晚上，慢慢的将开门接客之计与他商量，茹氏道："我清清白白的人，怎做此事？你要这样，你另寻房子做去，只不许进我门来。你明日不领他去，我后日就进呈子。"这理黄从新正受了许多的饥寒，熬了许多劳碌，又与冶容淫欲无度，回家又着了急，未免又与茹氏叙情赔礼，到了下半夜，火一般的发起热来，日里不能行动。茹氏无奈，只得延医调治。那医家说是什么瘟症，夹七夹八的吃了几剂药，到第七日以后，一命呜呼。

第二十回 丰乐长义绝大光王 温春才名高下如玉

云台华胄，真忠心为国，豪气横空。海疆困英雄，叹周郎年少，辗转途穷。循州旅馆，羡金兰臭味相同。惹多少波翻浪搅，元黄血染鲛宫。　　越图圄，标旗帜，更无端，揭竿斩木兴戎。又屡挫前锋，看大眼名扬，大树名冯。归琛纳赆，愿皇恩早鉴愚衷。淫凶辈，岂吾族类，腰间剑吐长虹。

彩笔生花，摇漾处，秋风点缀新。棘闱深锁，词源泉涌，逸态横陈。诸公宁后起，应让我，独步前尘。逢盲叟，便含咀墨水，点染金身。　　频频孙山海落，阿谁高掇换头巾？温家呆子，名题虎榜，锦跃龙鳞。叹成功侥幸，也不必哀祷钱神。假成真，看朱衣脸热，白蜡眉颦。

却说任提督约了胡制台，调齐钟总镇，会剿潮州。四月初旬，兵已四集，任公置酒会议，说道："小弟因兵微将寡，屡失机宜。近日贼秃遣兵沿途打粮，虽斩他数百余人，也还未能禁止。今幸督师驾到，自然不久诛夷。"胡公道："弟在羊蹄失机，久知负罪深重，定当与元戎协力扫除，以图赎罪。"当下任公议欲并营，胡公只说："分两处安营，为犄角之势，倘有贼兵到来，可以互相救应。"惠潮道屈公因劝胡公，将潮镇兵马合在提标，休兵三日，两路并进。督标原是收捕羊蹄的那些将佐剩兵八千，提标只有副将滕贤、参将余良、游击计策，本标兵卒三千。合镇、标共四千五百。

探卒报知，摩刺分付海元、海贞领五千兵马抵住胡成，深沟高垒，不要与他交战。自己领了海利、海亨，并顾信、孟飞天、夏吒咤、李翻江等四员健将、一万雄兵，来迎任恪。

这任公兵马虽不上五千，却颇严于纪律。远远望见贼兵遍野杀来，即与钟总兵张两翼而待。那海亨持着两条铁棍飞马向前，海利随即继至，这里钟毓、滕贤接住，夏吒咤、李翻江双马齐出，力捣中坚；摩刺麾兵大进。任公指挥左右两翼围拢将来，那弩矢如飞蝗般的乱射。李翻江臂中一箭，退将下来。摩刺勃然大怒，左手持了六十斤的禅杖，右手飞起五十四斤的戒刀，直冲进去。他部下兵马就如排山倒海而来。虽则任公兵法精严，无奈众寡不敌，况且诸将中并无摩刺的对手，立脚不住，各各败阵而逃。退至二十里下寨，却又损了八百余兵卒，参将余良阵亡，闷闷不乐。

摩刺杀退任恪，分付四员健将，各领兵一千四面埋伏，当中扎一个空营："倘任恪杀来，只须四面声张，惊之使走"，自己领了海亨、海利，悄悄杀向那边，暗约海元等分两路连夜去劫胡成营寨。可笑胡成，在惠州被劫致败，到此还不提防，又被摩刺弄了个迅雷不及掩耳，只得四散奔逃。幸得任公预防劫寨未睡，听东南上杀声大起，忙引兵救援。黑暗之中互杀一阵，退了摩刺，合兵一处，两相劝慰。

天明，正欲造饭，摩刺已合兵追来，这带饿的残兵如何迎敌？未曾上阵，先定下逃走之心，任公约束不住，只得又退下来。摩刺的兵马人人奋勇，个个争先，乱杀了一回。屈道台马失前蹄，被他擒住。两位大人剩了五千余兵卒，无计可施，一面各路调兵，一面具摺先自参奏，并请分调外镇兵将。摩刺呵呵大笑，奏凯而回。将屈强辱骂一场，发了监候。并差人至陆丰报捷，约定日期，同攻广州。

姚霍武将来使割去两耳，分付说："你回去告诉你那和尚，叫他安顿那颗头，姚爷不日来取。"正是：

盗与盗，各一道。参不透，个中窍。

僧附俗，宁通好。僧去耳，堪一笑。

却说茹氏葬了理黄，家中安妥，问这冶容道："如今我家男人死了，你在此无用，你拿出主意来才好。"冶容哭道："奴一身流落，举目无亲，大娘若肯见怜，奴愿为婢女服侍。"茹氏晓得他是无着落之人，也不怕他怎样，就允下了他。冶容磕头谢了。过了三朝，悄悄的托时家小阿喜送信与吉士，请他前来。

此时四月中旬天气，残春送去，溽暑催来。广中既值兵戈，又遭亢旱，从二月播种之时下了一场小雨，以后涓滴俱无，那第一熟的早稻看来收不成了，米价霎时腾涌。江西、湖广等处打听得风声不好，客商不敢前来，斗米两银，民间大苦。吉士分付苏邦，将积年收下的余剩粮食，细算一算，约十三万石有零，因于四城门乡城之交各设一店，共四处，每店派家人六名，发粮米二万石，平粜每石收花边银五圆，计司马秤银三两六钱。看官听说，若讲那时米价每石十两。不是已少了六两四钱一石么？若依着平时平价，却还多了一两六钱一石，八万石米还多卖了十二万八千银子。这虽是吉士积善之处，仔细算来，还是他致富的根基。吾愿普天下富翁都学着吉士才好。那吉士再叫苏邦、苏荣分头监察，逐日收银回来。本府上官大老爷听得苏芳有此善举，忙请他进去，奖掖一番，又每店派老成差役二名，禁止光棍藉端滋事及铺户转贩诸弊。

已粜了六七日了，吉士在家无事，听得时家来请，坐了一乘凉轿，杜宠、庆鹤跟随，到了时家。邦臣说："那边已备下酒席，晚生不敢再留了。"又低低说道："竹理黄虽死，家中到又添一位美人，大爷也须赏鉴。"吉士从后门转进。茹氏将房中收拾得十分洁净，焚下好香。他也不带孝巾，穿着件白贡茧单衫、元罗裙子，笑吟吟的接他进来，请他坐下，摆上酒菜，磕头递酒。说道："拙夫死了，亏着大爷那边的殡葬，奴特设一杯水酒，致谢大爷，求大爷宽饮。"吉士扶起了他，说道："怎么又累你费心。"因吃了一口。茹氏忙递过来菜，吉士道:“且不要慌,天气炎热,我还脱下袍子哩。”即站起来。那冶容早从背后伸手上前,与吉士宽带。吉士回头看见,便问:“此女是谁?”茹氏见吉士细细看他,便说道:“是死的从潮州带回来的。奴留他在此伺候大爷。”便叫冶容:“还不与你大爷磕头?”冶容真个磕下头去。茹氏附着吉士的耳说道:“这个丫头不但相貌生得娇艳,据说还有许多内里头的好处。”吉士带着笑挽他起来,叫他在旁斟酒,问他多少年纪、那里人氏。冶容道:“小的才十六岁,外江人。父亲在潮州开绸缎铺的,因被伙计拐去本钱,自己气死了,留下奴家并无着落。”吉士听他一片虚言,不胜伤感。那冶容已受了范妈的教训,那一样不知?见吉士怜念着他,便以目送情,挨身递酒。吉士也叫他自饮几杯。茹氏见他两人入港,便推说去整菜,躲在外房。吉士抱着冶容又饮了一回,撳在榻床,一番弄耸。(删二十九字)吉士极为欢畅,因复唤进茹氏,(删一百零二字)可谓淫而无度矣。三人事毕,重新斟酒,就叫冶容一傍同饮。到了晚间,三人一床,轮流酣斗。从此,吉士拼着几两银子养此二姬,到也妥帖。无奈冶容年正及时,淫情方炽,吉士又不常来,不免背着茹氏做些勾当。

这日将近端阳,吉士差杜宠送些花粉、角黍及纱罗之类与他二人,茹氏留他酒饭,叫冶容相陪。这冶容,三不知又搭上了杜宠。茹氏因他是苏府得用之人,巴不得缠住了他,要他在主人面前美言一两句,所以只做不知,落后送他出之时,却暗暗的叮嘱于他说:“这冶容你大爷已经收用过了,你的事切不可透一点风儿。”杜宠红着脸答应,着实过意不去,羞赧而回。

再说吉士因如玉回清远过节去了,只与姊姐妻妾们预赏端阳,在后花园漾渌池中造了两只小小龙舟,一家子凭栏观看。又用三千二百两银子买了一班苏州女戏子,共十四名女孩子、四名女教习,分隶各房答应。这日都传齐在自知亭唱戏。到了晚上,东南上一片乌云涌起,隐隐雷鸣,因分付将龙舟收了。少顷,大雨倾盆,约有两顿饭时才住。吉士对着母亲说道:“有此场大雨,早稻还有三分巴急，孩儿此番平粜不为无功了。前日广府传我，极意褒奖，孩儿怕后来不能凑手，岂不是枉费前功？倒觉十分惭愧，也亏这位大老爷志诚祈雨，所以天降甘霖。”毛氏道：“这本府实在是个好官。我前日在楼上，望见龙宫前拥挤热闹，那仆妇们说：‘府大老爷天天步行上山求雨，一早起身，至午时才回，都在这太阳中走来走去，并不打伞的。’我还疑他是沽名钓誉。后来，又听得说他晚上露宿庭中，一切上下人等都吃斋穿素。果然是诚可通天，佛菩萨有灵有感！”因对蕙若等说道：“我是老了，你们后生家须当念佛持斋、礼敬菩萨，才可修得来世男身。”蕙若等都答应了“是”。吉士因园中路滑，拿着许多椅子，选了壮健仆妇，将他们一个个抬回。毛氏同两位姨娘、两个女儿上楼去了。吉士等又在小霞房中欢饮一回，至小乔房中睡觉。

次日端阳佳节，那各家送节礼的纷纷不绝，或受或回，自有家人们照例遵办，吉士坐在外书房，看刻字匠做那些送与上官知府的泥金匾对。却好时邦臣家阿喜送了四色礼来，那茹氏托他寄送物件，因到书房亲见吉士，悄悄禀道：“竹姨娘叫小的送寄大爷的节礼在此。”因于袖中取出一个红绵纸包呈上。吉士退至后轩，打开看时，却是一个银红贡纱兜肚，[上]面绣着三蓝大缠枝莲，中间睡着一对鸳鸯，白绉绸里子，做得十分精巧，光彩射人。心中大喜，因分付阿喜致谢，“停两日我亲去看他。”

那阿喜又打了个跧，禀道：“小的有句话要禀明大爷：小的蒙大爷抬举，照应他家，有话理应直说；小的若不禀明，恐怕大爷后来打听着了，又怪小的不识抬举。”吉士道：“是什么话，你只管直说。”阿喜道：“昨日这里杜二爷送节礼过去，在那边有一个多时辰，小的说是竹姨娘赏他酒饭，如何不叫小的过去陪他？后来他家小丫头对小的说，那新来的冶容与杜二爷串上了，竹姨娘并不管他，这个岂不碍着大爷的体面？”吉士听了，也觉着恼，说：“我知道了，你只不要响着。”阿喜答应下去。吉士细想：“此事如何处置？如今将这杜宠撵了，却也不难，只是难为他两番好意。”因转一念道：“那红拂故事，传为美谈，他虽比不得李药师，我难道学不得杨越公么？况路旁之柳，何足介怀。”主意定了，也就丢开，一面着人到温家、乌家、施家，请那些太太奶奶们到来同玩龙舟，并看女戏。

过了几日，即将三百银子交与邦臣，叫他告诉茹氏，转卖冶容与杜宠为妻。这男女二人到是郎才女貌，况且杜宠曾服过摩刺葫芦中的丸药，与冶容可称劲敌。二人的感激自不必言。吉士又托时邦臣劝谕茹氏，转嫁一个幕友续弦去了。吉士还送了他四套衣裳、二百两银子，略过不提。

是年恩科乡试，卞如玉苦志埋头；温春才亦咿唔竟日，但文章二字，实做不来。他父亲一定要他进场，光辉自己门面。如玉只得拟了十二个题目，做了十二篇文字，叫他读熟，场中不论什么题目，叫他誊抄，以免白卷。但春才资性顽钝，读了三四日才熟得一篇；到得第二篇熟时，这一篇又忘了。亏得卞如玉再三督责，整整的读了两个多月，才熟得九篇。以后天天温习，并教他誊过几回，默了几遍。吉[士]到劝他不必如此认真，那春才偏有僻性，读熟了，天天默写，手不停披。

七月初旬，学宪录科弄了些手脚，倩人代作，高高的取了一百第一名的科举；同如玉欢然进场，一样的点名归号。那大主考是陕西榆林人氏。这科奉了密旨，《中庸》书句不多，所有题目都系士子平日在家拟过的。此次乡会试，只将《论语》、两《孟》出题，以杜弊饰，所以这回三个题目，第一是“其不改父之臣”三句，第二是“是鶂鶂之肉也”二句，第三是“《凯风》亲之过小者也”二句。真是人有善愿，天必从之，却好三个题目都是如玉做过、春才读熟的。第一句题将“不改”“不”字看得活泛，前后两段一起一收，中间劈分三比：一比是胡乱改父之臣与父之政的，自然不是；一比是拿定死腔，总不改其父之臣与政，毫无变通，也只算与执中无权的一样，何足为难；一比是量才授职，因时制宜，不改其父分职任官之意与法天勤民之心，虽改而一如不改，才是难能。第二题将“是”、“也”二字，看做乃兄指点仲子回心转意的口吻，并不是学三家村妇女反唇相讥；

落下出哇，更觉有力，而仲子之矫异，亦倍觉异乎寻常。第三题将讲家“《凯风》事关一身，其过小；《小弁》及天下，其过大”的议论驳去，中有警句云：“女子之失身，无异天子之失天下，以不安其室，而犹曰过小，是编氓妇女终身无复有大过矣。”撇过此层，却将过之已成、未成定大小。《小弁》是已废申后黜太子，危及宗社，其过自然大了。《凯风》之母，虽有不安其室之心，却未有不安其室之事。七子洞察隐微，作诗自责，所以过小。中有警句云：“贸丝送子，未免习俗之移人；桑落嗟鸠，亦自中心之抱愧。”这三篇文字一一誊好，早早交卷，第一起出场。到二场、三场，不过丢了几[两]银子，倩人应酬，聊草塞责而已。

谁料房考、主司都看中了头场文字，称他旷世奇才。那揭晓日期，春才中了第二十名经魁，如玉落在孙山之外。弄得广州众士子称冤叫屈，温仲翁眼笑眉开。还是吉士大有主意，叫他快递病呈，不必出去会同年、拜主司、赴鹿鸣喜宴。他父子还不肯依，亏得如玉再三劝阻，方才歇了，直到主司进京以后，方才张宴请客。

那日请了盐政厅吕珏、河泊所乌必元、南海主簿苗庆居七八位纲商埠商，及卞如玉、苏吉士、施延年等，共是八席。摆着攒盘果品看吃大桌。外江贵华班、福寿班演戏，仲翁父子安席送酒。戏子参过场，各人都替春才递酒簪花，方才入席。汤上两道，戏文四折。必元等分付撤去桌面，并做两席，团团而坐。厨役又上了一道蟾宫折桂巧样果馅点心。

苗庆居开谈道：“小婿赖诸公福庇，竟掇高魁，实为可喜。只是前日主考大人在这里，何不进去拜谒？拚着几百银子，拜了个湿门生，来春进京，这进士就稳了。”仲翁道：“小儿三场辛苦，又冒了风寒，所以不能出去，明年再补拜罢了。”庆居道：“我小弟未做官的时候，也曾考过几遍童生，无奈瞎眼的县官看不出我的文字，说什么破题中用不得乎哉字样，篇中不许撒做，又说文章只得三百余字，嫌太短了，再也不肯取我一个县名。直至后来，到了一位胡父台，竟取了名字送府。我虽没有去府试，却备了一副厚礼去谢这胡父台。他告诉我说:‘老世兄这等年轻高才,何必向场屋中去寻苦吃,不如在我这里当了一名典史,图个三考出身,稳稳的一个官职,不强似那些寒酸秀才?’我那时如梦初醒,急急的捐了吏员,闹了十几年。吏满了,跑到京中,却好这胡父台行取进京,升了吏部主事,因是故交,蒙他一力扶持,才有今日。可知前日这位主司是必该去拜见的。”那必元等个个称是,苏吉士气得默默无言,卞如玉笑得要死。春才道:“岳丈不要心焦,我横竖还有六篇好文字在肚里,会试怕不是进士？有了真学实才,不用干谒别人;就要点个状元,也不过费多了卞大哥半日的心,我再吃了两月的苦就是了。”吉士怕他再说下去,便插口道:“苗老伯谈了一回少年本色,且吃杯酒儿以助豪兴。”家人斟上酒来,吉士每人递过,众人都出席打恭致谢。那戏旦凤官、玉官、三秀又上来磕了头,再请赏戏,并请递酒。庆居等从前已都点过,卞如玉点了一出《闹宴》,吉士点了一出《坠马》,施延年点了一回《孙行者三调芭蕉扇》。当日觥筹交错,极尽其欢。

吉士回家,与蕙若歇了,将席间的话谈笑了一回。次早起来,早有家人禀说:“新巡抚不日到任,就是从前在这里的广粮厅申大老爷。”吉士分付家人:“快打听,大人几时船到码头,我去拜谒。”家人答应去了。

原来申公自升擢江西藩宪,圣眷日隆,七月中召他陛见,有旨垂询海疆事宜。申公奏对称旨,又力保庆喜熟悉防海机宜,可以控制两广,圣心喜悦。因广东巡抚久已缺员,即放了申公,并传谕:“庆复任两广,得旨之后,即驰赴新任。胡成剿抚失宜,降补惠潮兵备道,其庆喜未到之时,仍暂护总督印信。”

此时李匠山与申荫之俱来京师乡试,荫之中了举人,匠山依然下第,住在儿子李薇省下处。这薇省暗暗禀明姚霍武之事,及苏吉士所托密语。他就绝意科场,恳薇省的同年耿御史上了一疏,情愿随抚臣申晋军前效用,稍报涓埃。奉旨交该部并粤抚申晋议奏,都覆奏过了。奉圣旨:“李国栋着即给予伊子诰封,随申晋前去参赞军务。”李匠山得了旨意,即分付儿子明春归娶,自己跟着表叔申大

赞广东军务诰封掌河南道察院李，文檄自号丰乐
之：
窃据之英雄，本朝无稽诛之草寇。我皇上一人
尘；四海鹑居，八荒蛾服。西域夜郎自大，版籍
竹未供，君长北系。魂余鸟鼠，齐东只用笔管；
越但需鞭打。凡稽古未有之功勋，皆率土臣民
遐采卫，宁勿闻知？尔乃僻处边陲，跳梁粤海，
洞庭之险，除是飞来；智高负邕州一隅，谁能采
舞，汝且弧张，惑我人民，扰我士卒。呜呼，兽将
而法无可宽；鸟即合环，纵投怀而情无可恕矣！
武惟扬，命两广总督庆、广东巡抚申，聚来殿
。巴蜀用崇文之将；街亭撤马谡之军。牙璋内
。夫太阳之沃霜雪，所过皆消；久旱之望云霓，
尔有众，亦曰殆哉。本参赞先知号哲，见远为
虽井底，何莫非孝子顺孙；雀且朝飞，宁不知
请命于督将，将待尔以生全。倘无复反之心，
。斯言金石，永矢山河！若其故智尚萌，野心
之兵五道，孙武之智九天，弓挽六钧，矢穿七
三门，头飞六角。山形拔而不藉五丁之力；天
面之开。弓挂扶桑，火焚玉石，碑镌铜柱，歌
先几，必贻后悔！故檄。

为雄，足褫贼人之胆。"因对申公说："即当酌派
"李表侄曾说，番禺有一贡生苏芳，少年练达，
愿前去。"庆公道："事关重大，非徒寻常奔走之
比生想能胜任。"匠山道："苏芳虽则年轻，颇有
差，不过因公起见。现带在军门，还求大人着

庆公命坐。陪过了茶，问道："李参赞力保先生

人，于九月中旬起身。一路驰驿，并站兼行，至十一月廿八日已抵广东省会。各官迎接。申公进了抚署，接了巡抚关防，李参赞另寻公馆住下。

苏吉士先于码头递过手本，俟申公进署，约略文武官上辕散后，再递手本禀见。申公欣然传进。待过茶，先说："尊翁已作故人，可伤之至，因职守在身，有缺吊奠。"又询问家事。吉士一一禀明，申公深为赞叹。吉士又贺荫之世兄秋闱之喜，方才禀[辞]出来。忙到匠山公馆，久别乍逢，悲喜交集。

叙了一回寒温，匠山屏退下人，说道："此行原出于不得已，因为着去年你对垣儿说的话，所以请旨前来。但不知这姓姚的说话还是出于至诚，还是借端推宕，希图稽迟天讨的意思？"吉士道："据学生看来，姓姚的系感慨激烈之谈，倘得先生一书，定然俯首归顺。学生不但见得透，并能奉书前去，谕以福祸，使其待罪军门。"匠山道："果能如你所言，俟庆大人到来，定当依计行事。"

第二十一回　故人书英雄归命　一载假御史完姻

笑向军门解战袍,死生威福等鸿毛。
已藏鱼腹穿杨箭,还放龙头带血刀。

臣罪繁多难擢发,君恩浩大真铭骨。
秋风铁马漾旌旗,誓扫尘烟安百粤。

侍宴披香乐未央,金莲宝炬照回廊。
颁来恩旨天颜喜,好谱《关雎》第二章。

玉鞭骄马春郊路,柳媚花娇芳草渡。
史笔从今暂画眉,等闲莫把青年误。

胡总督从潮州败绩之后,分饬各路紧守城池,又调了高州镇几千兵秋间进捕。奈摩刺狡猾善战,四护法武勇绝伦,虽则任提督出奇制胜,稍挫敌势,毕竟功不掩罪。九月间得了严旨申饬,十月中又奉了胡成降补惠潮兵备道的旨意,因退兵界口,静候交代。至腊月初旬,新总督庆喜已到,胡成当即还省,交过总督关防。庆大人望阙叩头受讫,各官纷纷禀贺。庆公谕令胡公暂住省城,明春随军征进。

倏忽过了残年,申公因陛辞时圣旨分付,着紧会同庆喜剿办贼匪,以苏粤民,所以邀同庆制府、任提督、李参赞、胡兵备等会议。

正午时候,各官陆续到
奉严旨,协同庆大人收
祈各位大人教诲。”庆
知二匪虚实,幸即聚
“小弟屡挫王师,实深
愚衷,以图报效。大
霍武负隅自固,虽抗
使然。去年释胡同
兵;吕又逵醉打平民
淫,罪大恶极,百姓
难当,狡猾百出,还
道:“李老先生赴阙
指示。”李参赞道:
草寇,不越抚、剿两
“秃贼纵横恣肆,
盛之时;又因提标
议抚。”李参赞道
那摩刺恶已滔天
廷。据晚生愚见
之见,未免纸上
之论,允中机宜
此。”庆制府道:
当用如何抚法?
草尺一书,谕之
抚军道:“既是
送去。”当下各
次日,任公
一班战将,定
用自己出名,

钦命参
长姚霍武知
自古无
有庆,五岳
东归;南夷
臂逞螳螂,
所传诵。虽
自谓杨太恃
入。阶方羽
入槛,虽摇尾
皇赫斯怒,我
前,借筹闽外
颁,金玦外断
归来恐后。
明。念尔辈
宸居帝室?
当请不死之
未死,则嫖姚
札,必致面缚
网密而未必
满珠崖。倘昧

庆公道:“积健
妥员送去。”申公道
即系表侄学生,他
劳,二公所见既同,
才干。况他求讨此
验。”庆公即命请进
吉士上前参见,

人，于九月中旬起身。一路驰驿，并站兼行，至十一月廿八日已抵广东省会。各官迎接。申公进了抚署，接了巡抚关防，李参赞另寻公馆住下。

苏吉士先于码头递过手本，俟申公进署，约略文武官上辕散后，再递手本禀见。申公欣然传进。待过茶，先说："尊翁已作故人，可伤之至，因职守在身，有缺吊奠。"又询问家事。吉士一一禀明，申公深为赞叹。吉士又贺荫之世兄秋闱之喜，方才禀[辞]出来。忙到匠山公馆，久别乍逢，悲喜交集。

叙了一回寒温，匠山屏退下人，说道："此行原出于不得已，因为着去年你对垣儿说的话，所以请旨前来。但不知这姓姚的说话还是出于至诚，还是借端推宕，希图稽迟天讨的意思？"吉士道："据学生看来，姓姚的系感慨激烈之谈，倘得先生一书，定然俯首归顺。学生不但见得透，并能奉书前去，谕以福祸，使其待罪军门。"匠山道："果能如你所言，俟庆大人到来，定当依计行事。"

第二十一回　故人书英雄归命　一载假御史完姻

笑向军门解战袍，死生威福等鸿毛。
已藏鱼腹穿杨箭，还放龙头带血刀。

臣罪繁多难擢发，君恩浩大真铭骨。
秋风铁马漾旌旗，誓扫尘烟安百粤。

侍宴披香乐未央，金莲宝炬照回廊。
颁来恩旨天颜喜，好谱《关雎》第二章。

玉鞭骄马春郊路，柳媚花娇芳草渡。
史笔从今暂画眉，等闲莫把青年误。

胡总督从潮州败绩之后，分饬各路紧守城池，又调了高州镇几千兵秋间进捕。奈摩剌狡猾善战，四护法武勇绝伦，虽则任提督出奇制胜，稍挫敌棼，毕竟功不掩罪。九月间得了严旨申饬，十月中又奉了胡成降补惠潮兵备道的旨意，因退兵界口，静候交代。至腊月初旬，新总督庆喜已到，胡成当即还省，交过总督关防。庆大人望阙叩头受讫，各官纷纷禀贺。庆公谕令胡公暂住省城，明春随军征进。

倏忽过了残年，申公因陛辞时圣旨分付，着紧会同庆喜剿办贼匪，以苏粤民，所以邀同庆制府、任提督、李参赞、胡兵备等合正午时候,各官陆续到齐。官吏献过了茶,申公举手问道:“小弟面奉严旨,协同庆大人收捕惠、潮二匪,自愧文同窥豹,武无缚鸡,还祈各位大人教诲。”庆制府道:“任大人屡次收剿,转战一年,谅必深知二匪虚实,幸即聚来席前,再候申大人、李参赞定议。”任提督道:“小弟屡挫王师,实深蚊负,蒙圣恩不加诛戮,待罪戎行,敢不直剖愚衷,以图报效。大约二贼叛逆之罪维均,而摩刺之恶浮于霍武;霍武负隅自固,虽抗拒朝廷,并未草菅民命,其安心叛逆,或缘有激使然。去年释胡同知之因绝摩刺之使;曹志仁误犯嘉应,则撤其兵;吕又逵醉打平民,则鞭其背,都算他的好处。至于摩刺,贪酷骄淫,罪大恶极,百姓倒悬,自当先为扑灭,再向陆丰。只是摩刺勇悍难当,狡猾百出,还仗二位大人的虎威,参赞大人的妙算。”庆制府道:“李老先生赴阙请缨,从军粤海,必有奇谋异策,惠此一方,敢求指示。”李参赞道:“晚生略参末议,还听列位大人处裁。自古收捕草寇,不越抚、剿两途,不识胡道台从前可曾招抚过否?”胡兵备道:“秃贼纵横恣肆,抚之未必能来。姚贼浃旬之间,连克二县,意气方盛之时;又因提标贺副将全军覆没,职道誓欲灭此朝食,所以不曾议抚。”李参赞道:“晚生方才敬聆任大人的议论,实属老成灼见。那摩刺恶已滔天,自当议剿。姚霍武绝妖僧之使,未必非心向朝廷。据晚生愚见,还当先抚陆丰,再剿摩刺。”申抚军道:“表侄书生之见,未免纸上谈兵,任、胡二公以为然否?”任提督道:“参赞大人之论,允中机宜。小弟从海道回来,就在潮州打仗,所以计未出此。”庆制府道:“先抚后剿,本属兵法之常,如今再请教李老先生,当用如何抚法?”李参赞道:“请各位大人简选精锐,移驻惠州,晚生草尺一书,谕之以祸福,恩威并用,彼稍知顺逆,自当面缚军前。”申抚军道:“既是制台、提台依议,吾侄速草檄文,还当酌议妥干之员送去。”当下各官定议而散,惟有胡成暗笑:“料来此举无功。”

次日,任公先辞还惠州,督抚二公选了一万雄兵,带了巴布等一班战将,定于二月初吉起程。李匠山文已草就,定了主意,竟单用自已出名,呈与督抚观看:

钦命参赞广东军务诰封掌河南道察院李，文檄自号丰乐长姚霍武知之：

自古无窃据之英雄，本朝无稽诛之草寇。我皇上一人有庆，五岳无尘；四海鹑居，八荒蛾服。西域夜郎自大，版籍东归；南夷邛竹未供，君长北系。魂余鸟鼠，齐东只用笔笞；臂逞螳螂，闽越但需鞭打。凡稽古未有之功勋，皆率土臣民所传诵。虽遐采卫，宁勿闻知？尔乃僻处边陲，跳梁粤海，自谓杨太恃洞庭之险，除是飞来；智高负邕州一隅，谁能采入。阶方羽舞，汝且弧张，惑我人民，扰我士卒。呜呼，兽将入槛，虽摇尾而法无可宽；鸟即合环，纵投怀而情无可恕矣！皇赫斯怒，我武惟扬，命两广总督庆、广东巡抚申，聚来殿前，借筹阃外。巴蜀用崇文之将；街亭撤马谡之军。牙璋内颁，金玦外断。夫太阳之沃霜雪，所过皆消；久旱之望云霓，归来恐后。几尔有众，亦曰殆哉。本参赞先知号哲，见远为明。念尔辈蛙虽井底，何莫非孝子顺孙；雀且朝飞，宁不知宸居帝室？爰请命于督将，将待尔以生全。倘无复反之心，当请不死之诏。斯言金石，永矢山河！若其故智尚萌，野心未死，则嫖姚之兵五道，孙武之智九天，弓挽六钧，矢穿七札，必致面缚三门，头飞六角。山形拔而不藉五丁之力；天网密而未必一面之开。弓挂扶桑，火焚玉石，碑镌铜柱，歌满珠崖。倘昧先几，必贻后悔！故檄。

庆公道："积健为雄，足褫贼人之胆。"因对申公说："即当酌派妥员送去。"申公道："李表侄曾说，番禺有一贡生苏芳，少年练达，即系表侄学生，他情愿前去。"庆公道："事关重大，非徒寻常奔走之劳，二公所见既同，此生想能胜任。"匠山道："苏芳虽则年轻，颇有才干。况他求讨此差，不过因公起见。现带在军门，还求大人着验。"庆公即命请进。

吉士上前参见，庆公命坐。陪过了茶，问道："李参赞力保先生招安姚霍武，先生此去，不知如何措词？”苏吉士对道：“贡生一介青衿，本无才辩，既蒙老大人录用，惟当宣朝廷之教令，布节钺之恩威，俾知向背顺逆之大义，令其解甲归降，并剪灭秃匪，以求自效。立言之旨，未知何如？”庆公道：“妙极！先生人如张绪，志比终军，将来定为国家梁栋。姚霍武果能克复潮州，我与申大人定当恳求圣恩，不惟赦其前罪，并且嘉与维新。”因着苏芳定于廿八日先行，并拨标下两员千总护送，有功回来，一例奏请恩旨。

吉士禀谢出来，匠山带着他一同进了公馆，备酒留坐。匠山道：“贤弟此番出使，系广省治乱关头，不可不格外谨慎。我另有书信一封，送与霍武。看来霍武不难招致，只恐他手下人心不一，贤弟还要费些口舌之劳。”吉士道：“学生久已打听明白，这些胁从之人，皆是庆大人从前收募的乡勇，后因胡大人变易法度，地方官刁蹬勒掯，所以流而为盗。如今只要宣谕庆公恩德，自然俯首顺从。学生先大军五日起身，只怕大军不消到得惠州，霍武已来省会矣。”匠山道：“但愿如此。明早我即着人送文书到来，你也不必再辞督抚，我替你说就是了。”

吉士告辞回家，那两员千总已同着二十余个马兵在门首伺候。吉士叫家人款待，自己进内，分付收拾行装，派了杜宠、阿青、盛勇、阿旺跟随，一面领了文书，关了军饷，下船进发。

因是军差，一路都有地方官迎送。到了惠州，见过提督，一行三十余人上马而去，直至羊蹄岭下。关上见有一簇人马到来，叫声“放箭”，一声梆响，箭如飞蝗，早射伤了一名兵卒。吉士忙叫众人退下，分付杜宠单骑先去通报。杜宠策马上前，大叫：“不要放箭！俺家苏大爷有事求见。”王大海等在关上问了备细，方才放炮开关，摆齐队伍，迎接进去。那王、褚二将都认得吉士，一面设席待他，一面点起五百军兵，王大海亲自押送。不到两日，已至陆丰。

此时姚霍武等已知广东换了总督，就是从前募收乡勇的庆公，一个个都有投诚之意，惟恐自己负罪深重，万难赦宥。这日听得苏吉士奉着差遣赍书到来，知道定有好意，不胜踊跃，忙分付白希邵、冯刚出城远接，自己在署前拱候。

不一时，苏吉士到来，霍武打恭迎接。吉士分付兵卒外边伺候，自己同霍武进了大堂，将檄文及匠山的书信一并递上。霍武看过，说道："姚某实不晓得匠山哥哥到来，若早得知，已束甲归降久矣。"吉士便将前年告诉李垣及李垣回京禀明先生，才请旨来招抚的原委说了一番。霍武又打恭致谢道："蒙匠山哥哥父子委曲扶持，容图报效。先生请暂屈几宵，待姚某约齐众兄弟，同诣军门，死生惟命。"当下一面差飞骑撤回碣石、甲子驻守的将官，一面着冯刚检阅兵马；其原系各城城守，一并留下；其新增及后来归附者一并带去。又着韩普算明钱粮仓库的羡余，造明册子，归还朝廷。以前监禁的地方官，亦皆带至省城，交督抚发落。大排筵席，畅饮欢呼。又着人款待跟来的千总、家人、二十余个兵士，各人都送了盘费。晚上仍送至从前公馆安歇。

次早，霍武领着众人亲至公馆拜望，吉士接进就坐。叙谈一回，只不见白遁庵到来。霍武着人催促，早有门吏禀说："军师昨晚三更出城，不知去向，留一别柬上覆主公，一切银钱衣服等物封锁府中，分毫未动。"霍武忙取别柬开看：

> 邵以布衣，猥蒙宠任，片言投契，职典机枢。黾勉年余，差无陨越。乃者，督抚招安，明公效顺。邵夜占一卦，知明公鹏方展翅，莺已迁乔。特恨贫贱之身无肉食相，不能长侍左右，快睹元勋。浮海徜徉，并不知赤松子为何许人也。惟明公谅之！

霍武看完，不觉泫然泪下，叹道："遁庵才略，仅见一斑，今忽弃我而去，何不如意事之多也！"吉士劝道："将军不必悲怀。他绝意功名，也是各行其志耳。"冯刚道："白先生原是半途而来，今忽半途而去，人生聚散，自有定数，哥哥何必介怀！"于是张筵饮酒。

席间，吉士说起潮州摩剌肆恶殃民，"将军若能请于督抚，扑灭此僧，定觅封侯之赏。"霍武道："姚某既以此身许国，虽赴汤蹈火亦不敢辞，敢冀封侯？但求免罪足矣！"

话休饶舌。吉士住了三天，碣石、甲子诸将都到，霍武分付竖起降旗，一同就道。到了羊蹄岭，合兵一处，共是十五员将领，马步军兵一万二千，望惠州进发。打听得督抚已驻惠州，同任提督离城三十里下寨，霍武即分付于平山屯住，吉士先去报知。然后，霍武同众人卸甲面缚，在于营门伺候，督、抚、提三位，知道姚霍武全师效顺，不胜忻悦，都向匠山、吉士贺功，然后放炮开营，众军全身披挂，诸将站立两傍，传霍武等进见。正是：虽依汉与依天等，而受降如受敌然。

霍武等膝行至前，叩首伏罪。庆、申二公都各站起，任公解其绑索，赐坐赐茶，再三奖谕。霍武归还仓库羡余的册子，并获地方官及民间告他们的词状。督抚收了，分付发与广州府审核详报。霍武又跪下禀道："霍武罪大滔天，蒙各位大人恩宥，粉骨难报。今愿率领部下前往潮州，擒获妖僧，以赎前罪，伏候主裁。"庆公道："将军从前义绝逆僧，便是此番投诚之兆，既愿扫贼自效，本部堂自当与抚、提二大人专摺保举，除授一官，才可领兵前去。此时且同至省城静候恩旨。"霍武又拜谢了。当下赏了众人酒席，命巴副将、惠州府相陪，并发银一万二千两、酒五百坛、肉五百斤，委员犒赏降兵。这吕又逵、何武等虽则跟着霍武投降，未免还萌异志，今见都抚殷勤相待，也就默化潜消。当时督抚会议，将这一万二千兵卒分隶各标，姚霍武等并归巡抚标下，申公愿将姚霍武暂署本标中军事务，即以此衔保奏，一面遴选文武各官往海丰等处到任。李匠山接见了姚霍武，昼则同食，夜则联床，随同督抚回省，还有许多教诲勉厉之[言]。霍武又转托匠山，要他转恳督抚，昭雪乃兄之冤。匠山许他俟潮州立功后，请督抚题奏。

不日到了省中，督、抚、提三位即日会摺五百里马上飞奏，恭候旨下施行。申公即分付霍武到中军参将之任，冯刚等自然居住一处。只有匠山无事，与督抚闲谈之暇，仍与苏吉士、卞如玉等诗酒遣怀。

这日吉士从姚中军署中赴宴回来,杜宠跟着禀说:“小的有机密话回明大爷。”吉士即坐在书房,屏去众人。那杜宠禀道:“小的去年犯了不是,蒙大爷的恩典,周全小的两口儿,自恨没有什么报效。今日听得大爷与李大老爷、姚大老爷商量潮州的事,小的深晓得这摩刺和尚十分了得,急切胜不得他;就是胜了他,那潮州城池坚固,不用七八万兵,也不能破得。如今小的想了个主意,既可以报得大爷恩典,又可以图个出身,不知可办得否?”吉士道:“你有什么计较,你且说来。”杜宠道:“小的在关部署中向来认得这个和尚。盗逃之时遗下一个包裹,内藏喇嘛度牒一张,乃是他的至宝,现在小的拾取,带在身边。况潮州地方,小的前年去过,认得几个口书。如今小的用诈降之计,预先去投他,他见了这张度牒,一定收用的。俟姚爷与大爷领兵到来,小的乘空射书出来,约定时日,开门接应,这不是容易擒他了么?”吉士大喜道:“此计大妙,你须小心在意。”杜宠道:“小的知道。大爷且不必告诉众人,恐怕泄漏,小的明早即便起身。”吉士应允了。杜宠于次日五更潜踪而去。

此时,吉士正该除服之期,延了几十名僧道,广做道场。除灵已毕,晓得李薇省归娶之期已近,分付苏兴制办一切。自己择日纳了小乔,并将巫云、也云收为侍妾,亦各住一房,各派两名丫头伏侍,上下呼之为姨,班次小霞、小乔一等。正是:

广列名花任品题,羊车到处总离迷。
而今了却风流愿,掷果由他衬马蹄。

话说李薇省在京,本拟俟申荫之会试之后,一同南还。这元宵节下,同一位副宪江大人入直,皇上问他曾否聘娶,李垣跪奏:“臣父国栋曾聘定广东番禺县恩贡生苏芳之妹与臣为妻,还未完娶。”次日,中官传出恩旨:

掌河南道监察御史李垣,年未成童,即与曲江之宴;兹将弱冠，正当授室之期。尔父国栋，象魏请缨，驰驱粤海，尔垣豸冠珥笔，黼黻皇猷。夫冰将追泮，尚迟谷旦之差；桃已方华，未卜仲春之会。乌台风冷，玉漏宵长。惊三星之在隅，犹五夜之待漏。朕甚悯焉。今特给尔还乡之假，成夫合卺之荣。烛撤金莲，光生天上；衣颁官锦，香到人间。敕媒氏以平章，幸相公之燮理于戏。天钱撒帐，女床听鸾鸟之鸣；史笔催妆，银管耀雀钗之色。青绫被好，郎署熏香；黄纸缄封，宜人锡号。此日春江奠雁，儿真衣锦而还；明年昧旦闻鸡，朕亦倚门而望。毋甘同梦时乃之休。

薇省接了恩旨，不敢稽迟，即日谢恩辞朝，打发头站先往广东，自己辞过同寅，别了荫之，随后就道。都下传为美谈，那赋诗饯别的不下三百余人。不必细述。

薇省先到江苏，禀过祖父、祖母、母亲，住了三日，由浙江、江西一路转至广东，已是暮春光景。吉士接得头站来信，家中各样俱已全齐。薇省到来，见过父亲，拜过督抚、司道、府县等官，温家、苏家都拜望过了。他定于四月初一日完姻。依着吉士，原要入赘在家，匠山必要娶回公馆，只得依了男家。

到了吉期，合省官员送礼拜贺，灯烛辉煌，笙歌喧闹，不消说得。花轿进了中堂，扶出新人，李垣先望阙谢恩，再拜花烛。侍女们掌灯送入洞房，自有苏家带来的十数名丫头、仆妇簇拥伏侍。夜阑客散，醉意入房，却扇卸妆，同归衾枕。新婚燕尔，其乐可知。有《凤凰台上忆吹箫》为证：

鸳枕牙床，罗帏绣幕，此乡合号温柔。正花倚庭树，月射帘钩。晓起艳妆新试，匀娇面、粉腻香浮。拖云鬓，一般婀娜，别样风流。　　悠悠，百年伊始，看兰焚宝鼎，玉软琼楼。恨昼长人倦，一日三秋。生怕檀郎调笑，偏提起、昨夜娇羞。关情处，红生脸际，春透眉头。

第二十二回　授中书文士从军　擒护法妖人遁土

富埒王侯，貌欺潘、宋，恂恂儒雅温存。轻财好客，豪气欲干云。争羡风流张绪，谁知是、年少终军。持文檄，三城纳款，五日立功勋。　纷纷回首处，鱼虾戢浪，虎豹潜氛，看旌旄静卷，抃舞欢欣。丹诏飞来海峤，授尔职、郎署修文。篆烟裹，嵩呼叩首，瑞霭漾氤氲。

试眺城楼，飞不尽，尘烟羽檄。多半是，科头跣足，蛙声紫色。老稚已教填鬼箓，丁男更复撄锋镝。待何时，洗涤旧山川，归图籍。　命将帅，膺旄钺。擒元恶，除余孽。奈贼氛甚炽，风还六鹢。小丑游魂随铁棒，渠魁遁土归槽枥。逞凶顽，纵火煽妖风，夸无敌。

摩剌从杀退胡成、任恪之后，日以声色自娱，后闻霍武辱他使人，勃然大怒，定要兴兵吞并，那海元等再三劝他不可再树一敌，也就罢了。因在府中大兴土木，造起“任意楼”、“迷心阁”、“解脱轩”之类，将灯市中所选良家女子充实其中，自己肆意鲸吞，恣情狼藉，恃着他会默运元功，纳龙吞吐。谁料精神有限，美色无穷，渐渐运气之法不灵，放而不能复纳，禁不起那众女子的吸髓收精。因想起从前有许多先天丸药，可惜失落省城，此时再要合起来，偏少了那海岛中许多奇鸟异兽。后来听得探卒报说姚霍武全师归降，晓得自己孤立无依，将来定有一番厮拼。因思三军未动，粮草先行。近日用度浩繁,无甚剩余的粮饷,分付海元等四人,各领二千兵卒,四路攻城,一则取些仓库,一则多取几城以自辅。奈各城城守都受了任提督密谕,紧紧守城,不许出战,四护法无功而还。摩刺只得叫他们到乡间去问这些富户借粮,为自守之计。

这日正在任意楼中取乐,伺候的禀说:"孟将军领着一个京里人要见,说是向来伺候过王爷,特来投诚的。"摩刺分付:"传他后殿进见。"顽了一会,踱将出来,正面坐下。两边排着百来名刀斧手,那人上前叩见。摩刺喝问道:"你是那里人?叫什么名字?可是从广州来做奸细的么?"杜宠道:"小的杜宠,向在关部中跟随包进才的。佛爷升了王爷,就不认得小的了么?小的只晓得伺候主人,却不晓得什么奸细。"摩刺道:"你那关部已经坏事的了,你到这里做什么?"杜宠道:"小的自赫大人查抄之后,无处投奔,因拾了王爷两件法宝,即要送来。因官兵阻住了来路,打从惠州转折,又被姚霍武手下兵卒拿住,禁了一年。目下霍武投降,小的才能到此。"说毕,忙向怀中取出一个金漆葫芦、一个包袱,双手呈上。摩刺一见两种旧物,心中大喜,分付杜宠站起,说道:"好孩子,很难为你了!你如今到这里,要做什么官?"杜宠道:"小的动不得刀枪,懂不得笔墨,不敢做官,情愿伏事王爷,求王爷收用。"摩刺道:"很好。我这里便少了个把守内宫门的人,就派了你罢。你原是关部旧人,那四品王妃宫中不妨出入传话,只不许走进任意楼、迷心阁等处里边去。"

杜宠磕头谢了,就在宅门外三间侧房居住。便有许多伺候的过来磕头参见,称他老爷。又有许多受伪职的文武官前来贺他,到很热闹。次日,伺候摩刺早朝已毕,他便跟进里边,到品娃等宫中叩见。四人都问了一回旧话,才走出来。到各文武官家中回拜,也有留茶留酒的,至晚方回。却好摩刺传出一枝令箭,着他传谕周于德,催促各路粮饷缴令。

杜宠便持了令箭上马,至周头目府中分付明白,回来已是一更天气。走进宫来,要回摩刺的话,打听摩刺在解脱轩中夜饮,不敢进去,叫侍女传禀。回说:“王爷知道了。”杜宠慢慢的走将出来,打从品娃等院门前走过。那品娃等因摩刺弃旧怜新,整月不来外院,未免生怨悔之心,今早见杜宠到来,反觉十分亲热。况且杜宠是个标致小官,那一种风流神采、婀娜丰姿,令人慕爱。正在倚门斜立,盼望摩刺到来,却好杜宠走过,便唤他进来,问道:“你到那里去来?”杜宠道:“小的回王爷的话,在解脱轩外伺候了一回才来了。”品娃道:“王爷在那里做什么?”杜宠道:“小的没有进去,不晓得,像是同众夫人饮酒的一般。”那品娃叹了一口气,便分付侍女们:“将各处的门都关锁上了,这杜老爷是我们的旧人,快请三位娘到来,一齐赏他酒饭。”侍女答应去了。

杜宠道:“小的虽蒙娘娘抬举,只是小的不敢领赏。”品娃笑道:“是我们赏你的,你怕什么?这里比不得关部中,没有人敢泄漏的,就是王爷知道,也禁不住我们。你放大胆子。”一头说,一头进内。那侍女们已把杜宠扯拽将来。一时那品娇等三人都到,酒已摆上,山珍海错,罗列满前。四人叫杜宠旁坐,侍女斟上酒来,各人劝饮。这酒是摩刺用药制过的,十分冽切。杜宠本来无甚酒量,竭力推辞,那禁他四人再三不准,不觉的头重脚轻,睡倒席上。品娃分付撤去酒席,四人将他洗剥上床。这杜宠因服过摩刺的先天丸,厥物苗条,光彩夺目,四妃开门揖盗,轮流大嚼,以解渴怀。原来这样做局,从前非止一回,亦非一人,那侍女们都是司空见惯的,只有杜宠,一觉醒来,未免栗栗危惧。四人熨帖慰谕,杜宠稍觉放心。况箭在弦上,有不得不发之势,因与四人尽力盘桓,四人都赞他少年勇猛。从此,杜宠与品娃等打成一局。众侍女一来恨摩刺的残虐,二来又得了杜宠的甜头,那肯泄漏?杜宠日日伺候传谕摩刺的言语,颇有威权。按下不表。

再说卞如玉外面虽甘淡泊,乃心锐意功名,因见李薇省奉旨完婚,十分荣耀,自己立意上进。是岁又值正科乡试,在苏府目不窥园,手不释卷,竭力揣摩。晓得匠山是江苏名宿,因将制艺请教他。匠山赞不绝口,只叮嘱他说:“格局不必谨严,心思不必曲折,典故只好用习见，切不可引《荀》、《列》诸书。文章只要合时宜，断不可学欧、苏一派。这便是命中之技了，大约房考试官都以此种得科名，即以此种取士子。小弟文战二十余年，自己吃了亏，自分青衿没世，老世台当视为前车之覆辙。”如玉心领神会，后来另用了一番功夫。

正值薇省已经满月，匠山叫他带了媳妇还乡，侍奉祖父母半年，也算代父尽孝。薇省因拜辞各官及诸亲友，择日还乡。那阿珠与母亲、生母、诸嫂、妹子离别之情，真是难分难舍。无奈出嫁从夫，万难自主。过了端节，夫妇二人带了许多仆从，竟是飘然去了。

吉士送行回来，他母亲还泪流不止，因劝道：“珠妹妹随着李妹丈回乡，夫荣妻贵，乃大喜之事。过了二三年，妹妹思家，可以归宁的，母亲何必悲伤？”毛氏道：“我原晓得女生外向，像我这样年纪，何尝还想着家中，也因路远了些，四五年不通音信，倒也罢了，这珠丫头热剌剌的整千里路去了，教我那里割舍得来！美儿的事，你须打定主意，赘在家中，断不可又叫他远去。”吉士道：“这个容易。卞妹丈家横竖近在里，可以不时往来的，只怕卞妹丈也做了官，这就拿不定了。”毛氏道：“我听得他们说，卞家女婿日夜用功，你还劝他将就些罢。做了官有什么好处？你看屈大人做了巡抚，还被强盗拿去受罪哩。”吉士笑了一笑，正要回言，只听丫头禀道：“外边厅上有许多报喜的，说大爷做了官了，请大爷出去讨赏。”吉士笑道：“才说做官不好，又闹起官来了，那个去做他。”

走出外边，原来是督抚会奏本已批下：“霍武准以参将用；其附从十四人，着该督抚以守备、千总等官酌用，尅日领兵征剿潮匪。生员李国栋着以五品京堂用，贡生苏芳着以内阁中书即补，俱随军参赞。总督庆喜加一品衔。巡抚申晋加二品衔。”吉士看了京报，赏了众人。即有督抚处差人来说：“明日齐集抚署，会议事件。”递上传单。吉士说声“知道”，即分付备轿，先往督抚辕门致谢，并到匠山公馆及姚参将署中。回来，那督抚、司道已都差家人持帖道喜，府县文武各官贺喜者纷纷不绝，吉士一一打发家人缴帖谢步，忙乱了一天。明早亲往各衙门拜见。

那中书虽系七品京官，却很有体面，写着拳头大字的字帖子拜人；见大学士，只称门生；见六部，不过长揖；督抚、司道等官，俱从中门出入。当日吉士回拜了各官，便往抚署，会议征剿潮州之事。议得权以姚霍武为大将军，李国栋、苏芳为参谋，督标副将巴布为左军，潮镇总兵官钟毓为右军，都受霍武节制。拨督标兵马四千、提标二千、抚标四千，又潮镇镇标二千，共一万两千，冯刚等将佐二十员，一同征进。拜本后，飞催钟毓，只在潮州会齐，定于五月二十日起程。

吉士顺路拜望亲友回家，他母亲、妻妾听得奉旨从军，未免心惊胆战。他母亲先于内厅摆酒，算是贺喜送行。吉士虽则心上坦然，但他母亲既怀着鬼胎，惠若等又面有忧色，饮酒自然不乐。有时人《从军行》一首，道得逼真：

古来戎马间，躯命常草草。
一身既从军，生死那得保。
此意暗自怜，未敢向人道。
作气自振厉，命酒豁怀抱。
妻妾则已知，顾勿忍深考。
闻出一语商，似预筹未了。
乱之以他辞，中心各如捣。

吉士在蕙若房中宿了一夜。次日，那些送贺礼的还拥挤不堪，吉士分付家人一总收下，登簿记明，候潮州回来张筵请客。至各官各家饯行酒席，一概致谢。天天领这班妻妾们的盛情。

过了几天，姚参戎挑选兵卒已足，回明督抚，会同李参军、苏参军一并起行。庆、申两公同了文武各官出城远送。姚霍武拜受了将军印剑，督抚、司道都递酒三杯，又递了两参军的酒，犒赏了众军，方才回城。霍武升帐，与两位参军坐定，各将佐参见已毕，便传下号令：命秦述明、吕又逵、何武领二千铁骑为前部先锋；巴布为左军，以王大海、褚虎为副；钟毓为右军，以蒋心仪、谷深为副。中军副将便是冯刚、尤奇、杨大鹤、曹志仁四员，许震、戚光祖、韩普督运粮草。祭旗放炮，浩浩荡荡杀奔潮州而来。

此时正当溽暑之候，山川尽赤，天地如炉，军士们焦额汗颜，十分苦楚。幸得姚中军爱惜军兵，与同甘苦，天明早起，晚上多行，午间暂驻。李匠山又制《六月从军歌》教众军习唱。十日之内，已抵潮州。

那摩刺正在琼楼避暑，璇室迎凉，忽然接了紧报，大笑道："六、腊不交兵，姚霍武徒有虚名，不知兵法，不到一月，他那几个兵将都做了火焰山的鬼了。"即发下令箭，传谕四护法："各领本部兵先出城下寨，紧守寨门，不许交战，候咱到日定夺。"秦述明打听得潮州已有兵马出城，便离城四十里屯住，伺候大军到来。

次日早晨，姚中军等三军已至，秦述明便禀明："前有贼兵下寨，我们也未索战，他们也未挑兵，候主帅定夺。"霍武分付讨战，二人一声答应，即领本部兵直抵贼营。叫骂了半天，并无一人答应。闷闷回营，至中军禀明。霍武十分疑异，吉士道："闻得贼秃狡猾异常，惯用劫寨之计，出人不意，胡制府因此致败。他日间不肯出战，想必晚上才来。"霍武点头道："是。"即叫尤奇持了令箭，分付各营不许卸甲安睡，一营有紧，三营齐出救应。

却说摩刺正于是日晚上出城，分付杜宠紧守宫门，留周于德、周于利、李翻江、殷好勇四员头目守城，带了夏叱咤、孟飞天、康安、顾信四人出战。一更时分，进得营来，四护法接住，禀明日间之事。摩刺道："他日间劳碌了一天，夜里必定贪凉安睡，你四人快领兵劫寨，倘有准备，只须退回，我自遣兵接应。"海元等各各上马，领着六千人马，悄悄的杀向前营。幸得秦述明等未睡，连忙接战。无奈潮州兵马推山倒海而来，众兵立脚不牢，三将死战得脱，比及三营救应兵来，海元等已经退去了。秦述明折了三百余人马，来到中军请罪，霍武道："是我防备不周，先锋无罪。"

次早，四营并起，直抵摩刺寨前，摩刺亦麾兵出战。秦述明因遭挫败，咬牙切齿，飞出阵前，海亨接住厮杀。约三十余合，海亨渐渐力怯。海元便拍马夹攻，吕又逵早又接住。海贞、海利并力上前，这边钟毓、巴布接住。王大海、谷深等亦与四头且捉对酣斗。秦述明狼牙棒紧处，早把海亨打下马来，仍复一棒结果了性命。摩刺一见大怒，便飞起禅杖，劈面打来。秦述明双手举棒一架，觉得沉重。那摩刺左手戒刀又拦腰截来，述明又往下一掠，恶狠狠的战了十余合。冯刚看见秦述明面赤耳红，非摩刺对手，便目视曹志仁，两马齐出。摩刺力敌三将，前挡后护，左遮右拦，只有招架之功，没有还兵之力。何武又提着铁棒飞骑上前，摩刺支持不住，忙虚幌一刀退下，口中不知念诵了些什么，霎时一阵狂风卷地飞来，吹得人翻马仰，那边兵将乘势滚将进来。秦述明等晓得是他的妖法，正思退避，却只见风响沙飞，不见别样。那风又时大时小的，便不怕他，奋勇上前，将他围住。摩刺回身接战，就不能使法，连风都没有了，依旧是赤日青天。众将士得了这阵风，到觉凉快，一个个鼓勇争先。孟飞天、康安又被褚虎、王大海杀了。摩刺的战马着了何武一捧，把他撞下马来，众人正要擒他，却已影儿不见。海元等忙收兵败下，姚霍武亦暂且收军。上了秦述明、褚虎、王大海、何武的功绩。吕又逵左臂着了海元一箭，及五百余带伤兵卒，都发往后营调养。

当夜摆宴贺功。霍武与众人商议道："他的妖法也不见得十分利害，只是方才落马逃去，只怕他善于五遁之法，这就难擒了。"匠山道："落马不见，自然是土遁去了。这五遁俱全的，后世绝无其人，他也不过知道一两样罢了。明日出战，众将仍是轮流战他，主帅可隐在门旗之下，赏他一箭，看他可能金遁，若再借金遁去，这便非刀箭所能伤害，殊为费手。"霍武道："就依计而行。"

谁料次日摩刺出兵，并不交战，他使了妖法，刮起大风，叫众军乘风纵火。霍武等出于不意，败了一阵，退三十里下寨。因天气过于炎热，两下暂且休兵。

第二十三回 姚参戎功成一夜 雷铁嘴相定终身

六月兴师敢惮劳，将军挥汗湿征袍。
火围甲帐催飞骑，天放流乌烁大刀。
蔡孽荡平非雪夜，韩碑磨就展霜毫。
南人不反烽烟静，从此声灵到不毛。

难收谷食岂无稽，更有闻声羊舌妻。
曾入茅檐占将相，转于耆耄话孩提。
指迷眼似新磨镜，摸骨方真夜照犀。
只恐江湖漫饶舌，好将两目刮金鎞。

话说杜宠在城打听得桃监生女儿淫毒致死，怀恨在心。一日晚上，接到摩刺败了一阵、伤了大将三员，他只说巡察街坊，也不带人，曲折的转至运同署前，趱入桃监生家里。那桃灼延他坐下，问他姓名。杜宠道："足下休惊。俺姓杜名宠，现在大光王麾下，充总领宫门使之职。特来有事相商。"那桃灼忙打恭道："原来是杜老爷，监生不知，多多得罪了。"因问："杜老爷夤夜到舍，有何见谕？"杜宠道："咱奉王爷密旨，因军饷不敷，分派在城富户、大户捐银七万，中户五万，下户三万。足下姓名系中等富户，该输银五万两。咱晓得你是个好人，恐怕一时不能凑手，所以预先送信给你，快赶紧趱办，后日一准送进宫来。"桃灼吃惊道："这事王爷打听错了！监生单靠着三千多的荒田，收租过日。因近年兵戈不息，那些佃户并无颗粒送进城来,这漕米钱粮都是赔偿的。不要说家中没有五万银子,就是连身家性命,也换不出一二万银子来。求老爷替监生转禀苦情,举家感戴。”杜宠道:“这话你就不是了。王爷军令已出,谁敢挽回?你若短了一分一厘,怕不全家处斩。”桃监生垂泪道:“我与王爷无甚冤仇,何苦一层一层的送我性命?”杜宠道:“王爷从前并未勒派你们,你怎么说这话?”桃监生道:“虽未派我银钱,我女儿已活活的被王爷送死了!”杜宠道:“这却为何?你不妨直说,我替你周旋。”桃监生道:“说也惨然。”便将女儿如何看灯、如何致死说了一回。杜宠道:“这么说起来,二护法昨日阵亡,到替你女儿报仇了。”桃监生道:“冤仇不在此人。”杜垄道:“却是那一个?”桃监生道:“一时失口,亨护法便是我的仇人。”杜宠道:“你不须瞒我,我也是同你一样的冤仇:因四个小妾被他拐骗前来,所以假作投降,希图报仇的。你有事不妨同我商量。”桃监生那里肯信?杜宠刺臂赌咒,桃监生方才说道:“这贼秃无恶不作,满城切齿痛心。我们打算约齐众人,俟姚将军到来,开城纳降。只怕他勇力难当,擒他不得。”杜宠道:“这事不可造次,须要待他败入城中,预先送信出去,约定日期,才可开门。你们共有多少人投降?”桃监生道:“共四百零五家。”杜宠道:“也就够了,不必再多,恐怕泄漏机密,不是当耍的。到那时,我先来知会你,你们只管开门,我还要想一个杀他的计较。”当夜,桃监生留杜宠饮酒,尽欢而散。

回到宫中,与品娃等商议道:“王爷连日大败,看来此城不能久居,你我作何计较?”品娃道:“我们有什么计较?如今他也不顾我们了,倘若官兵进城,只可同着你一路逃走。”杜宠道:“这是女孩子话,不要说逃不脱,就是逃脱了,日后被地方官拿住,系叛逆家人,也是一个斩罪。”品姪道:“据你说,怎样才好?”杜宠道:“我们且慢慢商量。”五人饮酒上床,杜宠又各人奉承了一会,然后告诉他们说:“候王爷杀败回来,定了日期,劝他饮醉,我在外边开城接应官兵,你们乘醉将他刺死,这个不但没有死罪,而且有了功劳,将来朝廷还有恩典。”品娃道:“他的酒量甚高,那里灌得他醉?”杜宠道:

“我已预备下药酒，只消一壶就醉的，那时只要你们看机行事。”说得众人允了。正是：安排四朵莲花座，坐化金刚不坏身。

姚参戎休兵十日，预备下许多牛皮网纱之类，防他火攻；弄了无数狗血污秽之类，破他妖法，分四路杀进。那摩刺果然接应不来，又败了一阵。霍武收兵回寨，与众人商议道：“趁此时我们锐气方盛，须要设法破他，不要养成贼势。”冯刚道：“这贼惯以劫寨取胜，如今只用此计破他。”霍武道：“他既善于劫寨，岂不自己提防，只怕劳而无功，徒损兵将。”匠山道：“如今将兵马分为八枝，一枝劫寨，两枝救应，四枝分两翼搜其埋伏，一枝抄出背后，断其归路，总无不胜矣。”霍武称善，即令秦述明、吕又逵、何武当先劫寨；冯刚、杨大鹤、曹志仁救应。钟毓、蒋心仪、谷深杀向右边，巴布、王大海、褚虎杀向左边。如无埋伏，并力合攻大寨；若杀散埋伏，亦向大寨杀来。自己同尤奇抄出背后，二参军守住老营。众人各各遵令而去。

原来摩刺虽遭衄败，果然防备劫营，分付海元、海利各领一千五百军兵左右埋伏，倘有贼兵劫寨，听到号炮声响，分两路杀来。自与海贞、顾信、夏叱咤于寨中纳凉饮酒。约到二更以后，兵士报说：“北路上有好些兵马，掩旗息鼓而来。”摩刺大笑道：“果然不出我之所料！”因分付：“披挂上马，俟他到来，放起号炮，一涌杀出，今番定教他片甲不回！”

秦述明等领了二千人马，暗暗杀至寨前。听得震天价一声炮响，海贞手挥大斧而出，众军将涌将上来。秦述明知道他预有准备，忙退下一箭之地。吕又逵早与海贞厮杀。摩刺飞马到来，秦述明、何武双骑接住。那夏叱咤、顾信亦两骑齐来，这里冯刚等已到，杨大鹤便战顾信，曹志仁便战孟飞天，冯刚忙举大戟，刺斜里望着摩刺便刺。那孟飞天战不过曹志仁，十数合之中，早被曹志仁一枪刺死。顾信吃了一吓，手中兵器一松，也被杨大鹤斩于马下。便并力来战摩刺、海贞二人。摩刺恃有埋伏，愈战愈凶，死战不退，约有一个时辰。那钟毓、巴布两枝兵已杀散埋伏，斩了海元、海利，都杀奔大寨而来。这摩刺现在抵当不住，怎禁得又添上这几员勇将及两枝生力兵！晓得事情不妥，忙从刀枪棍棒丛中杀出，大呼："海贞，且收兵，入城再处！"两人领了千余败残兵卒，杀出重围，望南逃走。这里合兵赶来。

摩刺走不上数里，一声炮响，无数兵马挡住去路。姚霍武手横大刀，大喝："摩刺休走，且留下光头回去！"海贞大怒，拍马上前，尤奇挺枪接住，摩刺也恶狠狠的飞起禅杖打来。霍武大喝："贼秃！休得逞能，有我在此！"一刀砍来。摩刺急架相还，觉得刀法精纯，兵器沉重，大叫："你这汉子可是姚霍武吗？"霍武道："既知本帅大名，还不下马受缚！"摩刺忙架住大刀，说道："姚霍武，我有好言赠汝：王爷走遍外国、中华，未逢敌手，看你这柄大刀，可以配得王爷的禅杖，你也算是真正英雄。只是你哥哥在广二十余年，尚且首悬街市，你又何苦出这死力？不如跟着王爷，平分广东，同享富贵，何如？你须自己想一想！"霍武大喝道："泼贼，不要煽惑军心，看刀！"摩刺也大喝道："王爷难道杀你不过？你我既算英雄，不须旁人帮助，咱们两下拼一拼。"此时天已大明，后面追兵都到，杀败了海贞，把残兵杀得七零八落。霍武忙喝众将："不须帮助，看我擒他！"当下众将约住众兵，都不上前。两个你刀我杖，左盘右旋，战有五十余合。摩刺因下部虚嚣，敌不过霍武的神力，要用妖法，又被这大刀紧紧逼住，没有半点空儿。回顾手下众兵，止剩海贞一个，只得喝道："王爷杀你不过，我去也！"一骨碌滚下马来，又不见了。众将各举兵器，将海贞砍为肉泥，收兵扎住。

摩刺独自一个土遁归城，分付周于德等四头目分守四门，多备炮石，自己进入府中。早有许多伪官问安参见，杜宠跟着进宫叩头，问道："王爷此番出城，胜败如何？"摩刺道："咱从海道起兵以来，从未有此大败，如今四护法都没了，剩了几个头目，只好守城。倘若势头不好，我原退回浮远山中，日后再来报仇雪恨。"杜宠道："这潮州城池高厚，他那一二万兵怎能破得？王爷只管放心，这么大热天，坚城在前，粮饷不继，他自然退去了。"摩刺道："你须小心伺候，倘有紧急军情，不论半夜五更，都要飞报与我知道。再拿了我的令箭，日夜巡城一次，戒饬那些兵将，这四员头目比不得那四个护法。待姚霍武兵退了，我赏你几十名宫女。”

杜宠答应出来，持着令箭，带了一二十名心腹健卒，日夜巡城，暗暗的写了密书射出，约于七月二十日三更，暗开北门接应。又告诉了桃监生，那日都在北门内伺候；又约品娃等于是日举事。暂且按下。

再说姚霍武得胜收兵，商议攻城之策。钟总兵道：“这潮州系小弟的汛地，城有五十余里大，六丈多高，五尺余厚，尽着我们的兵马，围城不到一半，如何破得？须要请于督抚，再添三万兵来，才好用计。”霍武即请匠山写了备细书禀，分报两衙门。到了晚上，吉士将杜宠诈降之计告诉匠山、霍武，说道：“如今且佯作攻城之状，天天叫骂，看他有无书信出来。”霍武大喜道：“此计若成，这城就不难破了。平复之功，先生断居第一。”因传下号令：巴布领着副将攻打东门，钟毓领着副将攻打西门，秦述明攻打南门，自与冯刚等攻北门。命军中多设参军“苏”的旗号。又着杨大鹤领兵五百，将沿海船只一并撤回，绝他去路。

攻打了三天，到伤了几十名兵士。第四日傍晚，尤奇部下小军拾了一根箭头，上系着蜡丸，呈与尤奇，尤奇转呈中军。姚霍武等三人开看：

小的杜宠跪禀恩主大爷座前：

小的从省到潮，将所拾包裹等物送还和尚，和尚十分相信，着小的看管宫门，目下又派委巡城，颇为任用。宫中有赫旧主姬妾四人，已与小的合成一局，准于本月二十日夜送摩刺的性命。小的又密约受害富户桃灼等四十馀家，定于二十日三更开北门迎接大兵，城楼上悬玻璃灯为号。望大爷即告诉姚将军等，于是日晚上并力攻城。宠跪禀。

三人看完，心中欢喜，霍武对着二人道：“亏得苏先生预先定计！到了那日，日间只好攻打那三门，使他不及提防，晚上依计而行。”于是只将兵马远远围住，并不附城，并四布流言，说兵马不敷，须退回省中，另起大兵前来攻打，以缓其心。

那摩刺在宫，虽耽于酒色，却还停了一两日出来巡城一次。看见城外军兵懈怠，想要乘势出兵，无奈孤掌难鸣，又怕姚霍武的神勇，只分付头目小心守护，自己仍以醇酒、妇人解闷。

到了七月二十日，巡城回来，看见官兵只打三门，他就有个潜出北门逃归海岛的意思，与品娃等商议。品娃道：“王爷恃着随身本事，什么地方去不了。只苦了我们这些人，全伙儿都是死数！我听得那唱书的说，吕布背了一个女儿，就不能杀战，何况王爷有这么多人。王爷若要回山，我们只好趁早寻死。”摩刺道：“我不过是这等商量，你们休要着急，我那里割舍得你们？不是为你们，我已去得多时了。”慢慢的想出一个计策来，因分付备酒取乐。四人这个逢迎，那个埋怨，追欢索笑。饮够多时，传杜宠进来，分付道：“今日贼兵专打三门，晚上恐怕北门有紧，你传我令箭，叫北门加紧提防。”杜宠答应了，又跪禀道：“小的制有滋补药酒，最长精神，王爷连日辛苦，小的奉敬几壶，略表孝意。”摩刺道：“好孩子，只管拿来，你快办你的事去。”

杜宠出来，带了心腹，上马飞至北门，分付李翻江道：“王爷钧谕：官兵今日攻打三门，须要严紧防备。这北门着我看守，李将军可去往来巡察，晚上不许安睡。”真个李翻江带了兵卒去了。

到了三更，那众人都到城上，竖起一盏玻璃灯。远远望见官兵近城，即率同众人开城伺候。秦述明当先，众将一涌而入。众百姓两旁跪接。杜宠忙迎上姚霍武、苏吉士等叩头。霍武执手慰谕，问了备细，即分付钟毓、巴布、冯刚等杀向三门，切不可伤害百姓。自己率同众将，杜宠为导，杀入大光王府中。此时摩刺已烂醉如泥，挺睡床上，那四姬手软，不能杀他，被吕又逵一斧劈死：不是干戈擒壮士，却缘衽席杀英雄。

姚参戎与二参军坐在府堂，一面出榜安民，一面分兵接应三门诸将。吕又逵献上摩刺首级，众将俱陆续报功，只有周于德开城在逃,不知去向。

天明,霍武分付蒋心仪、韩普稽查钱粮仓库,暂管海阳、揭阳两县事务。钟毓原领本部兵镇守潮州。将摩刺所藏民间妇女一一放还,又从重赏了桃灼众人,将四姬交杜宠领回。又着人到监中去查问屈强,回说:“已于一月前瘐死了。”凯宴二日,振旅而还,将所擒伪文武官都上了囚车,带至省中,分别发落。

到了八月中旬,早至省会。庆、申二公从前连接霍武捷报,已知功在垂成。后又接了摩刺死据潮州城,攻之未能即克,祈天兵协助的话,督抚会议正要分调人马前来,却好又接了苏芳预用诈降之计,克复潮州之报,因撤回调兵文书。这日大将军回来,申抚军正在试院监临,庆制府领了文武各官出城远接,一路鼓吹喧闹,彩旗摇漾。霍武等皆滚鞍下马,同进城中,将兵马分归各标,早于越秀山排下公宴,庆大人把盏贺功。霍武跪饮了,次及苏、李二人,都打恭立饮。霍武呈上有功诸将册子,及解到伪官。庆公道:“当与申大人会摺奏闻,请旨定夺。”霍武又跪禀:“乃兄之冤抑,祈求大人据实奏明。”庆公应允。

当日众官散了,吉士仍同杜宠回家,合府中内外上下的欢喜自不必言。杜宠另找房子居住四姬。又值卞如玉三场考毕,在厅上大排筵宴。次日就有许多官员及各亲友前来拜望,吉士迎接、回拜。闹了几天,即发帖请酒,却是从前送礼的人,接连十数日。

这日在家安闲,门上伍福禀说:“府大老爷差人送一位相士到来,叫做雷铁嘴。”吉士延入书房,但见:

> 清奇格相,五尺不到身材;苍白须髯,七十有余年纪。悠悠自得,神韵在松竹之间;落落寡交,品地直羲皇以上。喉咙响亮,开口不带谀词;趋走安翔,举足定无乱步。亭亭若云间之鹤,皎皎如空谷之驹。

吉士肃然起敬,与他打恭坐定,问道:“先生仙乡那里,缘何与上官公祖交好？”那雷铁嘴道：“在下江苏江阴人氏，仗着这满口的花言巧语，煽惑士夫。上官老爷并非夙交，亦系偶然萍合。”吉士道：“那满口胡柴的，断不自己宣明，先生不无太谦了？请问先生，还是食素还是用荤？”雷铁嘴道：“虽似黄冠者流，却系儒门弟子，太平之世，原无仙佛，何苦吃斋？”吉士也笑了，分付备酒饭，再叫家人把施相公、卞相公都请来。

须臾，两人到来，作揖就坐。吉士道：“我们兄弟三人，都恳先生赐教。”雷铁嘴道：“请正尊容。”吉士上边坐好，铁嘴望了一眼，说道：“阁下品貌乃水形，得水局也。正面有黄光，意无不遂；印堂多喜气，谋无不通。请尊手一观。”吉士伸出手来，铁嘴又道：“手软如绵，闲且有钱；掌若血红，富而有禄。只嫌目太清，眉太秀，体不甚厚，形不甚丰：官虽有而不高，财虽聚而易散。所喜阴骘纹深，子宜八桂，寿卜古稀。”相毕，延年上来，铁嘴看了，说道：“足下眉清目秀，定为聪进之儿；声浊气粗，未免贫穷之士。白气如粉，父母刑伤；青色侵观，弟兄零落。所幸地库光润，晚景稍可安闲；悬璧色明，家宅可无忧患。”相毕，如玉坐上，铁嘴道：“足下三光明旺，六府高强。骨格清奇，必须显达。形容俊雅，终作贤良；腰圆背厚，自然玉带朝衣；眉耸神清，定主威权忠节。只是美中不足，虽居二品之贵，当叶三褫之占。老运亨通，身耽泉石。子宜两到，寿近渭滨。”

如玉相过，摆上酒来。铁嘴旁若无人，大觥剧饮。吉士又问道：“舍妹丈秋闱得意，今揭晓在迩，未知可能与宴鹿鸣，请先生一观气色。”铁嘴略一抬头，便道：“祥云拥照命宫，旬日中当膺榜首；黄气发从高广，一年内必转官阶。不惟折桂蟾宫，并当策名天府。可贺可贺！”

酒阑客散，吉士叫家人取三十两银子奉酬，雷铁嘴道：“别人不受谢仪，在下有受。无却以相取钱，以钱济相。天下事当如是耳！”也不告辞，飘然而去。

第二十四回　香粉吟成掷地声　埙篪唱彻朝天乐

心事一生谁诉，功名半点无缘。欲拈醉笔谱歌弦，怕见周郎腼腆。　妆点今来古往，驱除利锁名牵。等闲抛掷我青年，别是一般消遣。

九月初八日发榜，卞如玉果然中式。吉士又忙了几天。申公已出闱中，吉士忙去禀见。因申公儿子荫之已成进士，分部学习，吉士一面道喜，申公一面贺功，因说道："我已与庆大人议过，那赫致甫四姬不便奏请，只合分给有功将士。据姚中军申明从军有功人员，只有吕又逵、何武未娶，余剩二姬，当备先生闺房差遣。"吉士忙打恭回道："不敢瞒大人，晚生已有一妻四妾，再不能构屋贮娇，蹈赫公覆辙。"申公道："也须想一个地方，安顿诸姬才好。"吉士道："这杜宠蒙两大人叙功题奏，将来定沐天恩。杜宠在潮时，曾与赫公二姬合同设计，内中宁无暧昧私情？可否求大人的恩典，二姬一齐赏了他罢。"申公连声道好，忙传杜宠分付。杜宠叩头谢了。吉士回家，杜宠早领二人求见，同冶容住在一处，轮流进内当差。

吉士的母亲因如玉中了，定要入赘过了，才许进京会试。吉士因与卞明商议，于十月初三入赘，十一月内起身。却好贺新贵的喜酒才完，朝廷恩旨又下："庆喜、申晋俱加军功一级。霍武擢总兵，来京陛见简放。冯刚等着该督抚以参将、游击、守备，量才委用。李国栋、苏芳着即来京供职。杜宠着该督抚以从九品补用。姚卫武恩赠原衔。胡成着革职来京待罪。更恩免惠、潮二府明年租税之半。"吉士得了此旨,即与匠山商议,转求申巡抚奏请,情愿以中书职衔家居,不愿供职。申公允了。后来题奏上去,自然恩准。李匠山、姚霍武拟与下如玉一同起身。

转瞬间如玉吉期已到,吉士将蕙若的房移住正楼,巫云、也云即居楼下,将这东院六间与妹子居住,另开一层仪门,从东边出入。一切嫁资等物,俱照阿珠旧例。新婚套话概不必言。

过了五朝,吉士日日事忙,又值时邦臣去世,乌必元新署了番禺县的菱塘司,先着人送银助丧,自己却往乌家奉贺。必元提起他儿子岱云有书到来,"他在家开了一个酒米铺,本钱就是你送他的。又娶了媳妇,并生下儿子了。只是我在这里做官,弄了许多未完,不知作何归楚。"吉士道:"这点儿未完倒也不怕。听得菱塘司是三千的缺,到了那里,自然运转得来,只是远了一步,未免会少离多了。令爱也要归宁,是我阻住了。迟一日,在家奉饯之时,再叫他拜贺罢。"

坐了一回,告辞出来,便往时家吊孝。邦臣没有儿子,就是顺姐一个女儿,向来与吉士见面的,因请他进去。顺姐穿着一身重孝,拜谢过了。延年再三留坐,吉士因见茹氏也在里边,倒觉得不好意思,连忙起身,上轿回去。

却好杜宠借补了甲子司巡检,领凭赴任,伺候叩辞。吉士进了书房,杜宠向前叩见,并禀明:"后日领了妻子起身,已都进府,替老太太、太太们磕头,候大爷示下。"吉士道:"你如今做了官,便不是我的家人了,这也可以不必磕头。只是你起身的盘费还可充裕么?"杜宠道:"蒙大爷照应,告诉了藩司,又系军功人员,一切上下用〔度〕不满二十两银子,这里到甲子不到十天路程,不过百来两银子就够了。"吉士道:"你那里有什么银子?叫苏兴支二百两银子与你用去。"杜宠又打跧谢了。吉士道:"你虽是个小官儿,也是皇上天恩,也管着许多百姓,第一不可贪财,第二不可任性。那甲子地方沿着海边,现在洋匪未靖,前日都抚会议善后事宜,原要照旧募收,这乡勇们须要格外优待,擒住洋匪,断不可刁蹬他们。你不见从前这些官，广府审出实情，一个个分别定罪么？只有吴同知没人告他，到题署了高州府。可见做官的好歹日久自见，再瞒不过民情，最逃不过国法的。”杜宠答应了“是”。

吉士退入后边，那冶容与品娃、品姪因老太太留饭，分付巫云、也云相陪。见吉士进来，都上前叩头。吉士叫丫头赏些衣服、路菜之类，自己却踱过如玉那边，手谈遣兴。如玉说起：“进京在即，令妹自然仍住家中，伺候岳母。弟意欲趁这几天闲暇，同他回去拜过姑嫜，再上省来，祈大哥代弟转禀岳母。”吉士道：“这是正理，极该就去。妹丈一面定了日子，我禀母亲，来回也不过十天罢了。”如玉道：“明日你令岳相邀，奉陪乌公。后日是杨公忌，准于十八日起身罢。”两人下了一局棋，吃了一回酒才散。

次日，因韩普、蒋心仪回省，他来拜过，吉士回拜了，才与如玉至温家赴宴。春才也要一同进京，吉士劝他说：“还是静候几年，得个知县够了，何必会试。”温仲翁依了。直到晚上才回。

过了两日，已是十七，吉士分付家人预备酒席，晚上与二小姐饯行，自己去贺广府推升粮道之喜。上官老爷留坐，至掌灯以后回家。走进女厅，早已华烛高烧，珠帘低挂，炉焚兰麝，地贴氍毹。蕙若与小霞、小乔陪着阿美行令催枚，钗横镯响。吉士就在阿美对面坐下，便问：“老太太呢？”蕙若道：“老太太吃了三四杯酒，看了两出戏，熬不过，先上楼去了。姑娘不肯吃酒，我们叫做戏的丫头散了，与两个妹子在此三战吕布哩。”吉士道：“这个忒武了，我们还是行令。”小霞道：“我们也还打算作诗送行。”吉士道：“先行令，再作诗，都是一样。如今这令就将妹妹回门为题，要一句《四书》，一句《诗经》，一句不拘子史古文，一句《西厢》词曲，合上一个曲牌名与一句《千字文》，说得不好罚一杯。”阿美道：“哥哥太琐碎了。”吉士道：“我才出令，如何你先乱我堂规？快罚一杯！”阿美吃了。吉士也饮了令杯，便说道：

不待父母之命。殆及公子同归。日暮途远。倩疏林，你与我挂住斜晖。这却是两同心。夫唱妇随。

阿美道:“哥哥第一句说错了,须吃一杯。”吉士想了一想,说道:“我吃,我吃。”交到蕙若。蕙若说:

有故而去。曾不崇朝。童仆欢迎。却教我翠袖殷勤捧玉钟。看开着后庭宴。肆筵设席。

小霞未说,先自已笑道:“我肚里实授没有书卷,只谄得这几句儿,说了,姑奶奶不要骂我。”阿美道:“说俗了一句,罚吃十大杯!”吉士道:“你快说出来,我这里自有公道!”小霞便说道:

夫妇之不肖。要我乎上宫。止而享之勿宾。不知他那答儿发付我。禁不得花心动。器欲难量。

阿美飞红着脸,立起来,斟大杯灌他。众人都笑道:“该罚的。”小霞饮了。小乔说:

往送之门。孔乐韩土。忘路之远近。车儿快快随。忽地送我入门来。藉甚无竟。

阿美说:

予将有远行。言告师氏。问征夫以前路。他说,小姐你权时落后。好教我意难忘。同气连枝。

当下合席干了一杯。丫头换上酒菜,吉士道:“分韵不如联句;做得好的,公贺一杯,庸劣的自罚一杯。各人拿出良心天理来,不许争竟,临做时不许争先落后。”因取过一张笺纸,说道:“原从我

起,至美妹妹止。”即提笔写下:

榜蕊才分蟾桂香,

说道:“聊以免罚。”蕙若即吟道:

又吹玉管叶鸾凰。百年缡结蘋蘩始,

小霞忙接口道:

九十仪多筐筐将。慰贴真教怀奉倩,

阿美道:“施嫂嫂又说那一道去了,慢罚一杯!”小乔道:“我也罚一杯。”因吟道:

嫌疑那复怨王郎。花生彩笔环眉妩,

阿美吟道:

案举春慵愧孟梁。不解烹雌伤寂寞,

吉士也接口道:

何当弋雁任翱翔。年方笄字随夫子,

蕙若道:“我们只管填砌,总不入题,不要弄到头重脚轻,强必压主。”吉士道:“正是入题时候了。”蕙若吟道:

礼拜姑嫜奉寿觞。饮饯藏阄嫌夜短,

小霞道：

分题刻烛引杯长。窥帘新月明还佩，

吉士道："推开得好，时景亦断不可少。"小乔忙接口道：

挂斗疏星挹酒浆。好趁一帆归梓里，

阿美道：

未谙三日作羹汤。此行不是怀韩土，

吉士道："不过尔尔，我结了罢。"

拭目香雏慰北堂。

写毕，评道："通首散漫，无甚佳句。乔妹妹'酒浆'句推陈出新；美妹妹'羹汤'句自然之极。各公贺一杯，余外不消罚得。"于是各人斟上两杯。才吃干了，只见巫云走来说道："姑奶奶明早就要起身，大爷也不要再耽搁了。方才姑老爷已着人来问过两次了。只是姑奶奶还该赏个脸，我也要敬杯酒儿。"便斟上一杯送上。阿美站起来接了，说道："又劳动巫姑娘，只是我吃得多了。"因呷了一口，回奉一杯与他。吉士叫他旁坐，又饮了一回，方归房安寝。

次日，如玉夫妇回乡，只带一个家人、两名小子、三四个丫头仆妇，押着随身行李衣服，共六乘轿子，到码头下船，余外的都留在家中照应。吉士送到码头回来，分付持帖请乌必元。明日送行，再请温仲翁父子、李匠山、苗庆居相陪。那温家去的人转来禀说："温少爷今早生下相公了，所以不曾来送姑爷，明日也不能赴席。转请大爷,后日洗三,今日就来领大奶奶回去。”吉士因着人送了一份贺礼。又因冯刚补授了抚标中军,秦述明补了督标参将,吕又逵、何武俱受了碣石镇标游击,嘉应州知州时不齐题署了广州府,拜贺的拜贺,送行的送行,整整忙了十余日,只盼如玉到来。李匠山、姚霍武已定于十月初八日辰行。如玉直至初四日上省,又各家去拜望过了,与姚、李二人约定了,雇了两号大船,姚霍武同夫人秦氏一船,李匠山同如玉共一船。各人收拾行装,辞行拜客。

先是督抚公饯,次及司道,最后还有巴副将等一班武官。不觉行期已到,吉士约了春才,雇一个大花姑艇,叫了戏子,分付苏邦、苏旺带了厨役,整备酒筵,先往花田伺候,自己随着众文武官候送。因申抚台自己亲身出城,所以这些送的官越发多了。姚、李二人一一申谢,先请申公回辕,再敦请各官上轿,方才点鼓开船。吉士、春才就在李、卞二公船上。

倏忽到了花田,那花艇上戏子望见座船到来,早已鼓乐迎接。五人同过船来,吉士递过酒,入席坐定,便道:“姚老总戎此去未知荣任何方,便中祈赐一信。”霍武道:“从前荷蒙许多台爱,还未报涓埃,倘有了地方,定当专人到府。”吉士道:“先生到京,谅与妹丈同寓。就是李妹丈也该假满来京了。门生辞官之事,倘不蒙恩准,还求先生委曲周全。”匠山道:“这个自然。就是我这个意外之官,也须要辞得妥当。”吉士又道:“卞妹丈春闱一定得意,但授职之后,亦当请假南还。不要说家母与舍妹悬望甚殷,卞太亲台更为伫切。”如玉道:“小弟会试以后,不论中与不中,都要到家,堂上双亲还祈不时照应。”吉士道:“这倒不消分付。”匠山道:“人生聚散,是一定之势,是偶然之理,吉士何必恋恋多情。想着从前在此教授之时,不过四更寒暑。赫致甫骄淫已甚,屈抚台拙拗生性,都罹法网;岱云无赖,不必说他;春郎竟掇高魁,大是奇事;荫之、薇省与你三人,曾几何时,各干一番事业;又不意中遇着姚孟侯兄弟,竟闹到搅海翻江。我李匠山一生,不过为他人作嫁衣裳耳。”霍武道:“兄弟若无苏先生与哥哥搭救,此时求为赫、屈二公而不可得矣。”匠山道:“天下的事，剥复否泰，那里预定得来？我们前四年不知今日的光景，犹之今日不能预知后四年的光景也。总之，酒色财气四字，看得破的多，跳得过的少。赫致甫四件俱全，屈巡抚不过得了偏气，岱云父子汲汲于财色，姚兄弟从前也未免好勇尚气，我也未免倚酒糊涂。惟吉士嗜酒而不乱，好色而不淫，多财而不聚，说他不使气，却又能驰骋于干戈荆棘之中，真是少年仅见，不是学问过人，不过天姿醇厚耳。若再充以学问，庶乎可几古人。”

当日，众人饮至下午才分手过船，吉士未免依依。匠山大笑道：“何必如此，我们再看后几年光景。”举手开船而去。

虞山卫峻天刻